STEPHEN KING

IM MORGENGRAUEN

Unheimliche Geschichten

Deutsche Erstausgabe

Aus dem Amerikanischen von
Alexandra v. Reinhardt

WILHELM HEYNE VERLAG
MÜNCHEN

HEYNE ALLGEMEINE REIHE
Nr. 01/9478

Titel der Originalausgabe
SCELETON CREW

Dieser Band erschien bereits
in der Allgemeinen Reihe mit der Band-Nr. 01/6553

26. Auflage
1. Auflage dieser Ausgabe

Copyright © by Stephen King
Copyright © 1985 der deutschen Ausgabe
by Wilhelm Heyne Verlag GmbH & Co. KG, München
Printed in Germany 1995
Umschlaggestaltung: Atelier Ingrid Schütz, München
Gesamtherstellung: Elsnerdruck, Berlin

ISBN: 3-453-08409-8

Inhalt

Der Mann,
der niemandem die Hand
geben wollte
Seite 7

Achtung – Tiger!
Seite 34

Omi
Seite 41

Morgenlieferungen
Seite 85

Der Nebel
Seite 92

Der Mann, der niemandem die Hand geben wollte

Stevens servierte die Getränke, und kurz nach acht Uhr zogen sich an jenem bitterkalten Winterabend die meisten von uns damit in die Bibliothek zurück. Eine Zeitlang herrschte Schweigen. Nur das Knistern des Feuers im Kamin, das leise Klacken von Billardkugeln und das Heulen des Windes vor den Fenstern war zu hören. Hier drinnen, in Haus 249B der East 35th, war es sehr warm.

Ich erinnere mich daran, daß David Adley an jenem Abend rechts von mir saß, und links von mir Emlyn McCarron, der uns einmal eine schreckliche Geschichte über eine Frau erzählt hatte, die unter ungewöhnlichen Umständen geboren hatte. Neben ihm saß Johanssen, sein gefaltetes ›Wall Street Journal‹ auf dem Schoß.

Stevens trat mit einem kleinen weißen Päckchen ein und überreichte es ohne Zögern George Gregson. Stevens ist trotz seines schwachen Brooklyn-Akzents (oder vielleicht gerade deshalb) der perfekte Butler, aber seine bemerkenswerteste Eigenschaft ist meiner Meinung nach, daß er immer weiß, wem er das Päckchen geben muß, auch wenn niemand danach fragt.

George, der in seinem hohen Ohrensessel saß, nahm es ohne Proteste entgegen und starrte in den Kamin, der so groß ist, daß man darin einen ausgewachsenen Ochsen braten könnte. Ich sah, wie sein Blick zu der in den Schlußstein eingemeißelten Inschrift schweifte: *Es kommt auf die Geschichte an, nicht auf den Erzähler.*

Er riß das Päckchen mit seinen alten, zittrigen Fingern auf

und warf den Inhalt ins Feuer. Einen Augenblick lang leuchteten die Flammen in allen Regenbogenfarben, und ein leises Lachen ertönte. Ich drehte mich um und sah, daß Stevens im Hintergrund neben der Tür stand. Er hatte die Arme auf dem Rücken verschränkt. Sein Gesicht war völlig ausdruckslos.

Vermutlich zuckten wir alle zusammen, als die krächzende Stimme das Schweigen brach; ich jedenfalls tat es.

»Ich habe einmal miterlebt, wie in eben diesem Zimmer ein Mann ermordet wurde«, sagte George Gregson, »obwohl kein Geschworener den Mörder verurteilt hätte. Aber zu guter Letzt verurteilte er sich selbst – und war sein eigener Henker!«

Er legte eine Pause ein, um seine Pfeife anzuzünden. Sein narbiges Gesicht wurde in bläuliche Rauchwolken gehüllt, und er löschte das Streichholz mit den langsamen, vorsichtigen Bewegungen eines Mannes, dessen Gelenke stark schmerzen. Er warf das Streichholz in den Kamin, wo es auf der Asche des Päckchens landete. Er beobachtete, wie die Flammen das Streichholz verzehrten. Seine scharfen blauen Augen brüteten unter den buschigen schwarzen Brauen, die von weißen Fäden durchzogen waren. Seine Nase war groß und gebogen, seine Lippen dünn und fest, und seine Schultern stießen fast an die Rückseite seines Schädels.

»Spann uns nicht auf die Folter, George!« brummte Peter Andrews. »Nun erzähl schon!«

»Nur keine Hektik.« Und wir mußten uns alle gedulden, bis seine Pfeife zu seiner vollsten Zufriedenheit brannte. Dann faltete er seine großen, etwas gichtbrüchigen Hände über einem Knie und begann:

»Also gut. Ich bin jetzt fünfundachtzig, und die Geschichte, die ich euch erzählen möchte, hat sich ereignet, als ich so um die Zwanzig herum war. Es war jedenfalls im Jahre 1919, und ich war gerade aus dem Großen Krieg zurückgekehrt. Meine Verlobte war fünf Monate zuvor an Influenza gestorben. Sie war erst neunzehn Jahre alt gewesen, und ich muß gestehen, daß ich wesentlich mehr trank und Karten spielte, als gut für mich war. Wißt ihr, sie hatte zwei Jahre auf mich gewartet und mir getreulich jede Woche einen Brief geschrieben. Vielleicht werdet ihr verstehen, warum die Sache mich so mitnahm. Ich hatte keine religiösen Überzeugungen mehr, denn die Lehren und Theorien des Christentums waren mir in den Schützengräben nur noch komisch vorgekommen, und ich hatte auch keine Familie, die mir hätte zur Seite stehen können. Deshalb waren die guten Freunde, die mir in dieser schweren Zeit halfen, so gut wie immer bei mir. Es waren insgesamt dreiundfünfzig — mehr als die meisten Menschen ihr eigen nennen können: zweiundfünfzig Karten und eine Flasche ›Cutty Sark‹-Whisky. Ich wohnte damals schon in der Brennan Street, in der gleichen Wohnung wie heute. Nur war sie damals viel billiger, und es standen wesentlich weniger Arzneimittel herum. Trotzdem verbrachte ich die meiste Zeit hier, in 249B, denn hier fand ich so gut wie immer Partner zum Pokern.«

David Adley unterbrach ihn, und obwohl er seine Frage lächelnd vorbrachte, glaube ich, daß es ihm durchaus ernst damit war. »Und war Stevens damals auch schon hier, George?«

George drehte sich nach dem Butler um. »Waren Sie es, Stevens, oder war es Ihr Vater?«

Stevens erlaubte sich den Anflug eines Lächelns. »Nachdem 1919 schon fünfundsechzig Jahre zurückliegt, Sir, muß es mein Großvater gewesen sein.«

»Diese Stellung bleibt demnach von Generation zu Generation in Ihrer Familie?« sagte Adley fragend.

»So ist es, Sir«, erwiderte Stevens ruhig.

»Jetzt, wo ich darüber nachdenke«, sagte George, »fällt

mir auf, daß eine bemerkenswerte Ähnlichkeit besteht zwischen Ihnen und Ihrem... sagten Sie Großvater?«
»Ja, Sir.«
»Wenn Sie und er nebeneinander stünden, würde es mir schwerfallen zu sagen, wer wer ist... aber so etwas läßt sich ja ohnehin nicht machen...«
»Nein, Sir.«
»Ich hielt mich im Spielzimmer auf – es befand sich schon damals dort drüben, hinter der kleinen Tür – und legte gerade eine Patience, als ich Henry Brower zum ersten – und einzigen – Male begegnete. Einige gute Bekannte und ich wollten den Abend mit Pokern verbringen, uns fehlte aber noch ein Spielpartner. Und als Jason Davidson mir berichtete, daß George Oxley, der normalerweise unsere Runde vervollständigte, sich das Bein gebrochen habe und mit einem Streckverband im Bett liege, sah es ganz so aus, als würde an diesem Abend nichts aus unserem Spiel werden. Ich glaubte schon, mich damit abfinden zu müssen, daß es keine andere Möglichkeit gab, um meinen quälenden Gedanken zu entrinnen, als Patiencen und eine betäubende Menge Whisky; da sagte plötzlich der Kerl am entgegengesetzten Ende des Zimmers mit ruhiger, angenehmer Stimme: ›Wenn die Herren vom Pokern sprechen, so würde ich mich sehr gern am Spiel beteiligen, wenn Sie nichts dagegen haben.‹

Er hatte sich bis dahin hinter der New Yorker ›World‹ vergraben, so daß ich ihn nun zum erstenmal richtig sah. Er war ein junger Mann mit einem alten Gesicht, wenn ihr versteht, was ich damit meine. Einige der Züge, die ich in seinem Gesicht entdeckte, hatten seit Rosalies Tod auch mein eigenes Gesicht gezeichnet. Einige – aber nicht alle. Obwohl der Mann – nach seinen Haaren, Händen und Bewegungen zu schließen – nicht älter als achtundzwanzig sein konnte, war dieses Gesicht von leidvollen Erfahrungen geprägt, und seine dunklen Augen ließen einen nicht nur traurigen, sondern auch irgendwie gehetzten Ausdruck erkennen. Er sah ganz gut aus mit seinem kurzen gestutzten Schnurrbart und dem dunkelblonden Haar. Er trug einen gut sitzenden braunen Anzug. Der oberste Kragenknopf war geöffnet. ›Mein Name ist Henry Brower‹, stellte er sich vor.

Davidson stürzte sofort auf ihn zu und wollte ihm die Hand schütteln. Aber da geschah etwas Seltsames: Brower ließ seine Zeitung fallen und riß seine Arme hoch, so daß seine Hände außer Reichweite waren. Sein Gesicht drückte wahres Entsetzen aus.

Jason stand wie angewurzelt da, völlig verwirrt, nicht so sehr verärgert, als vielmehr bestürzt. Er war erst zweiundzwanzig Jahre alt – mein Gott, wie jung wir damals alle waren! – und noch ein wenig tapsig, wie ein junger Hund.

›Entschuldigen Sie bitte‹, sagte Brower sehr ernst, ›aber ich gebe nie jemandem die Hand!‹

Davidson zwinkerte mit den Augen. ›Nie?‹ wiederholte er. ›Wie seltsam! Warum denn nicht, um alles in der Welt?‹ Nun ja, ich sagte ja schon, daß er etwas unbeholfen war. Brower nahm ihm diese indiskrete Frage jedoch nicht übel. Mit einem offenen, aber traurigen Lächeln erklärte er: ›Ich bin gerade erst aus Bombay zurückgekehrt. Es ist eine merkwürdige, überfüllte und schmutzige Stadt, und es wimmelt dort nur so vor Krankheiten und Seuchen. Tausende von Geiern stolzieren auf den Stadtmauern umher. Ich habe mich zwei Jahre lang geschäftlich dort aufgehalten. In dieser Zeit habe ich einen Abscheu vor unserer westlichen Angewohnheit des Händeschüttelns entwickelt. Ich weiß, daß ich töricht und unhöflich bin, aber ich kann trotzdem nicht über meinen Schatten springen. Wenn Sie also bitte so freundlich sein könnten, darauf zu verzichten, ohne es mir übelzunehmen...‹

›Nur unter einer Bedingung‹, sagte Davidson lächelnd.
›Und die wäre?‹
›Daß Sie zum Tisch hinübergehen und mit George ein Glas von dessen Whisky trinken, während ich die anderen hole.‹
Brower lächelte ihm zu und nickte. Davidson eilte davon, und Brower und ich begaben uns zu dem mit grünem Filz bezogenen Tisch. Als ich ihm einen Drink anbot, lehnte er dankend ab und bestellte sich eine eigene Flasche. Ich vermutete, daß das irgendwie mit seinem seltsamen Fetisch zusammenhing, und sagte deshalb nichts. Ich hatte schon Männer kennengelernt, deren Angst vor Bazillen und Krankheiten sogar noch ausgeprägter war — viele von euch kennen dieses Phänomen bestimmt ebenfalls.«

Es gab zustimmendes Nicken.

»›Es tut gut, hier zu sein‹, sagte Brower nachdenklich. ›Seit meiner Rückkehr habe ich mich von jeder menschlichen Gesellschaft ferngehalten. Aber, wissen Sie, es ist nicht gut, allein zu sein. Ich glaube, daß die völlige Isolierung von der übrigen Menschheit, selbst für einen sehr von seiner eigenen Person eingenommenen Menschen, eine Tortur sein muß.‹ Er äußerte diese Ansicht mit großem Nachdruck, und ich nickte zustimmend. Ich hatte eine derartige Einsamkeit in den Schützengräben kennengelernt, besonders nachts. Und in noch stärkerem Maße nach Rosalies Tod. Trotz seiner von ihm selbst eingestandenen Exzentrizität fühlte ich mich zu ihm hingezogen.

›Bombay muß faszinierend sein‹, sagte ich.

›Faszinierend... und furchtbar zugleich! Es gibt dort drüben Dinge, von denen unsere Philosophie keine Ahnung hat. Amüsant ist die Reaktion dieser Leute auf Autos: die Kinder weichen ängstlich zurück, wenn eins vorüberfährt, und dann folgen sie ihm ganze Häuserblocks weit. Flugzeuge sind für die Menschen dort etwas Unverständliches und

Schreckliches. Wir Amerikaner betrachten diese Erfindungen natürlich mit Gleichmut — und sogar mit Wohlgefallen! —, aber ich versichere Ihnen, daß ich genauso reagierte wie sie angesichts unserer modernen Technik, als ich zum erstenmal sah, wie ein Straßenbettler ein ganzes Paket Stahlnadeln schluckte und diese dann — eine nach der anderen — aus den offenen Wunden an seinen Fingerkuppen herauszog. Und dabei ist das wiederum etwas, das die einheimische Bevölkerung in jenem Teil der Welt als völlig natürlich empfindet. Vielleicht hätten die beiden Kulturen sich nie begegnen sollen. Vielleicht wäre es besser gewesen, wenn jede ihre eigenen Wunder für sich behalten hätte. Wenn ein Amerikaner wie Sie und ich ein Paket Nadeln verschlucken würde, so hätte das seinen langsamen, qualvollen Tod zur Folge. Und was das Auto angeht...‹ Er verstummte, und sein Gesicht bekam einen leeren und zugleich düsteren Ausdruck.

Ich wollte gerade antworten, als Stevens der Ältere mit Browers Flasche Scotch erschien, dicht gefolgt von Davidson und den anderen.

›Ich habe allen von Ihrem kleinen Fetisch erzählt, Henry. Sie brauchen sich also keine Sorgen zu machen‹, erklärte Davidson. ›Das ist Darrel Baker, der furchterregend aussehende Kerl mit dem Bart ist Andrew French, und dies ist Jack Wilden. George Gregson kennen Sie ja bereits.‹

Brower lächelte und nickte allen zu, anstatt ihnen die Hand zu geben. Poker-Chips und drei neue Kartenspiele wurden geholt, Geld wurde in Chips umgetauscht, und das Spiel begann.

Wir spielten länger als sechs Stunden, und ich gewann so um die zweihundert Dollar. Darrel Baker, der kein besonders guter Spieler war, verlor etwa achthundert (was *ihm* allerdings nicht viel ausmachte — seinem Vater gehörten nämlich drei der größten Schuhfabriken in Neuengland), und die übrigen hatten an Bakers Pech etwa ebenso viel verdient wie ich, Davidson ein paar Dollar mehr, Brower ein paar weniger. Brower hatte damit allerdings ein echtes Kunststück vollbracht, denn er hatte meistens außerordentlich schlechte Karten gehabt. Er war sowohl beim traditionellen Spiel mit fünf Karten als auch bei der neueren Variante mit sieben Karten sehr geschickt, und mehrmals hatte er durch kaltblütiges Bluffen gewonnen, was ich kaum gewagt hätte.

Etwas fiel mir besonders auf: obwohl er ganz schön viel trank — als French die Karten für das letzte Spiel austeilte, hatte er fast die ganze Flasche Scotch geleert —, wurde seine Sprechweise nicht undeutlich, seine Geschicklichkeit im Kartenspiel ließ nicht nach, und er vergaß seinen seltsamen Tick keinen Augenblick. Wenn er gewonnen hatte, rührte er den Pott erst dann an, wenn er sicher sein konnte, daß alle anderen sich ihr Wechselgeld geholt oder fehlende Chips beigesteuert hatten. Und als Davidson einmal sein Glas ziemlich nahe an Browers Ellbogen abstellte, zuckte dieser wie von einer Tarantel gestochen zurück, wobei er fast sein eigenes Glas umstieß. Baker machte ein überraschtes Gesicht, aber Davidson überspielte den kleinen Zwischenfall, indem er eine Bemerkung zu einem ganz anderen Thema machte.

French teilte also, wie gesagt, die Karten aus und sagte ein Sieben-Karten-Stud an, nachdem Jack Wilden kurz zuvor verkündet hatte, daß ihm später am Morgen noch eine Fahrt nach Albany bevorstehe und er deshalb nach dem nächsten Spiel Schluß machen wolle. An dieses letzte Spiel erinnere ich mich so genau wie an meinen eigenen Namen, obwohl ich Mühe hätte zu sagen, was oder mit wem ich gestern zu Mittag gegessen habe. Eine typische Alterserscheinung, nehme ich an, aber andererseits glaube ich, daß ihr euch ebenso gut daran erinnern würdet, wenn ihr dabei gewesen wärt.

Ich erhielt verdeckt zwei Herzkarten und offen eine weitere. Was Wilden und French hatten, weiß ich nicht mehr, aber Davidson hatte Herzas und Brower Pikzehn. Davidson setzte zwei Dollar — fünf war unser Höchsteinsatz —, wir hielten mit, und dann wurde die nächste offene Karte verteilt. Ich bekam ein weiteres Herz, Brower einen Pikbuben, der gut zu seiner Zehn paßte. Davidson hatte eine Drei erhalten, die sein Blatt nicht zu verbessern schien, aber er warf drei Dollar in den Pott. ›Letztes Spiel‹, rief er fröhlich, ›schmeißt ordentlich was drauf, Jungs! Es gibt da nämlich eine Dame, die morgen abend gern mit mir ausgehen möchte!‹

Wenn mir damals ein Wahrsager prophezeit hätte, daß diese Bemerkung mich bis zum heutigen Tage regelrecht verfolgen würde, hätte ich ihm bestimmt nicht geglaubt.

French gab allen die dritte offene Karte. Ich kam dabei mit meinem Flush nicht weiter, aber Baker, der große Verlierer des Abends, konnte jetzt ein Paar vorweisen — ich glaube, es waren Könige. Brower hatte eine Karozwei erhalten, die ihm nichts zu nützen schien. Baker setzte den Höchstbetrag auf sein Paar, und Davidson erhöhte prompt um fünf. Alle hielten mit, und dann wurde die letzte offene Karte ausgegeben. Ich erhielt Herzkönig, der meinen Flush vervollständigte, Baker konnte aus seinem Paar einen Drilling machen, und Davidson erhielt ein zweites As, das seine Augen auffunkeln ließ. Brower bekam Kreuzdame, und ich konnte absolut nicht begreifen, warum er nicht aus dem Spiel ausschied. Sein Blatt sah nicht besser aus als andere, bei denen er im Laufe des Abends gepaßt hatte.

Die Wetten schnellten nun ziemlich in die Höhe. Baker setzte fünf, Davidson erhöhte um fünf, Brower hielt mit. Jack Wilden sagte: ›Ich habe irgendwie den Eindruck, daß mein Paar nicht ganz ausreicht.‹ Er paßte. Ich setzte die zehn und erhöhte um fünf. Baker hielt mit und erhöhte wieder.

Nun, ich möchte euch nicht mit einer allzu detaillierten Beschreibung langweilen. Jedenfalls durfte in dieser Wettrunde jeder dreimal erhöhen, und Baker, Davidson und ich erhöhten dreimal um fünf Dollar. Brower hielt nur mit, wobei er jedesmal sorgfältig darauf achtete, daß alle anderen ihre Hände vom Pott zurückgezogen hatten, bevor er einzahlte. Im Pott lagen schon über zweihundert Dollar, als French uns unsere letzte verdeckte Karte gab.

Für mich hatte sie keine Bedeutung, denn meine Kombination war ja schon komplett und schien ganz erfolgversprechend. Baker setzte fünf, Davidson erhöhte, und wir warteten gespannt darauf, was Brower tun würde. Sein Gesicht war vom Alkohol etwas gerötet, er hatte seine Krawatte gelockert und auch den zweiten Hemdknopf geöffnet, aber er wirkte ganz ruhig. ›Ich setze... und erhöhe um fünf‹, sagte er.

Ich blinzelte verwirrt, denn ich hatte fest damit gerechnet, daß er passen würde. Aber mein Blatt sagte mir, daß meine Gewinnchancen nicht schlecht standen, und so erhöhte ich um weitere fünf. In dieser letzten Wettrunde konnte jeder erhöhen, so oft er wollte, und der Pott wurde immer größer. Ich hörte als erster auf zu erhöhen und hielt nur noch mit, weil ich inzwischen ziemlich sicher war, daß jemand ein Full House auf der Hand haben mußte. Baker hörte kurz nach mir auf zu erhöhen und blinzelte besorgt von Davidsons As-Paar zu Browers geheimnisvollem Blatt, das völlig wertlos zu sein schien. Baker war zwar kein besonders guter Kartenspieler, aber er spürte doch, daß etwas in der Luft lag.

Davidson und Brower erhöhten noch mindestens zehnmal, vielleicht sogar noch öfter. Baker und ich hielten mit, weil wir nicht so ohne weiteres auf unsere hohen Einsätze verzichten wollten. Wir hatten alle inzwischen keine Chips mehr, und im Pott lag auch schon eine ganze Menge Banknoten.

›Nun‹, sagte Davidson schließlich, nachdem er bei Browers letzter Erhöhung mitgehalten hatte, ›ich glaube, ich möchte sehen. Wenn Sie geblufft haben, Henry, so war es eine tolle Leistung. Aber Jack hat morgen eine weite Fahrt vor sich.‹ Mit diesen Worten legte er einen Fünf-Dollar-Schein auf den Pott und verkündete: ›Ich möchte sehen —‹

Ich weiß nicht, wie es den anderen ging, aber ich verspürte eine große Erleichterung, die mit meinem hohen Einsatz nur wenig zu tun hatte. Aber dieses Spiel hatte allmählich etwas Mörderisches bekommen, und während Baker und ich uns im Notfall einen Verlust in dieser Höhe leisten konnten, so war das bei Jase Davidson absolut nicht der Fall. Er hatte damals gerade keine feste Beschäftigung und lebte von einem Kapital — beileibe keinem großen —, das ihm eine Tante hinterlassen hatte. Und Brower — wie gut konnte er einen solchen Verlust verkraften? Ihr dürft nicht vergessen, daß zu diesem Zeitpunkt mehr als tausend Dollar auf dem Tisch lagen.«

George unterbrach seine Erzählung. Seine Pfeife war ausgegangen.

»Nun, und was passierte dann?« Adley beugte sich aufgeregt vor. »Spann uns doch nicht so auf die Folter, George!«

»Immer mit der Ruhe«, sagte George gelassen. Er holte wieder ein Streichholz hervor, zündete es an seiner Schuhsohle an und zog an seiner Pfeife. Wir warteten gespannt, ohne ein Wort zu sagen. Draußen pfiff und heulte der Wind ums Haus.

Als die Pfeife wieder ordentlich brannte, fuhr George fort:

»Wie ihr wißt, muß nach den Spielregeln beim Pokern derjenige als erster seine Karten zeigen, der dazu aufgefordert wird. Aber Baker konnte die Spannung nicht länger ertragen; er drehte eine seiner drei verdeckten Karten auf und präsentierte stolz vier Könige.

›Damit bin ich mit meinem Flush geschlagen‹, erklärte ich.

›Aber *ich* habe eine höhere Hand‹, sagte Davidson zu Baker und zeigte zwei seiner verdeckten Karten — zwei Asse, was insgesamt einen Vierling mit Assen ergab. ›War ein verdammt spannendes Spiel.‹ Und er begann den riesigen Pott an sich zu ziehen.

›Warten Sie!‹ sagte Brower, ohne dabei seine Hand auszustrecken und Davidson in den Arm zu fallen, wie die meisten es getan hätten. Aber seine Stimme genügte. Davidson warf einen Blick auf Browers Karten, und ihm klappte buchstäblich der Unterkiefer herunter. Brower hatte *alle drei* verdeckten Karten umgedreht und konnte einen Straight Flush von der Acht bis zur Dame vorweisen. ›Ich glaube, das dürfte Ihre Asse schlagen?‹ sagte er höflich.

Davidson wurde rot, dann weiß. ›Ja‹, sagte er langsam, als sei ihm diese Tatsache erst in diesem Augenblick klargeworden. ›Ja, so ist es.‹

Ich würde sehr viel darum geben, die Motive zu kennen, die Davidson zu der nun folgenden Handlungsweise trieben. Er wußte über Browers extreme Aversion gegen Berührungen Bescheid; der Mann hatte sie an jenem Abend auf verschiedenste Weise immer wieder gezeigt. Vielleicht vergaß er diese Tatsache einfach in seinem Wunsch, Brower — und uns allen — zu zeigen, daß er ein guter Verlierer war und sogar einen so schmerzlichen Verlust mit Sportsgeist hinnehmen konnte. Ich sagte ja schon, daß er etwas von einem tapsigen jungen Hund an sich hatte, und eine solche Geste hätte vermutlich seinem Charakter entsprochen. Aber junge Hunde können auch zuschnappen, wenn sie provoziert werden. Sie springen zwar niemandem an die Kehle, aber schon viele Leute wurden in den Finger gebissen, weil sie einen kleinen Hund zu lange mit einem Hausschuh oder einem Gummiknochen geneckt hatten. Auch ein solches

Verhalten hätte zu Davidson gepaßt, wie ich ihn in Erinnerung habe. Wie gesagt, ich würde eine Menge darum geben zu wissen... aber an den Folgen hätte das natürlich nichts geändert.

Nachdem Davidson seine Hände vom Pott zurückgezogen hatte, streckte Brower seinerseits die Hand aus, um seinen Gewinn einzustreichen. In diesem Augenblick überzog ein Ausdruck fröhlicher Kameradschaft Davidsons Gesicht, er riß Browers Hand vom Tisch hoch und schüttelte sie kräftig. ›Hervorragend gespielt, Henry, einfach fabelhaft! Ich glaube nicht, daß ich jemals...‹

Brower unterbrach ihn mit einem hohen, weibischen Schrei, der in dem stillen Spielzimmer furchtbar widerhallte, und sprang so abrupt auf, daß der Tisch schwankte und fast umfiel, und daß Chips, Münzen und Scheine überall hin verstreut wurden.

Wir waren von dieser plötzlichen Wendung der Ereignisse wie betäubt und saßen gleichsam zu Salzsäulen erstarrt da. Brower stolperte vom Tisch weg, wobei er seine Hand weit von sich abhielt – wie eine männliche Version von Lady Macbeth. Er war leichenblaß, und das Entsetzen in seinem Gesicht läßt sich mit Worten nicht beschreiben. Mich durchfuhr ein solcher Schrecken wie nie zuvor und nie danach in meinem Leben, wie nicht einmal damals, als ich das Telegramm mit der Nachricht von Rosalies Tod erhielt.

Dann begann er zu stöhnen. Es war ein hohler, fürchterlicher Laut, irgendwie gruftartig, wenn ihr versteht, was ich meine. Ich weiß noch, daß ich dachte: *O je, der Mann ist ja wahnsinnig*. Und dann murmelte er etwas völlig Absurdes: ›Die Zündung... ich habe die Zündung nicht ausgeschaltet... o mein Gott, es tut mir ja so *leid*!‹ Und er stürzte die Treppe zur Eingangshalle hinauf.

Ich gewann als erster meine Fassung zurück, stieß meinen Stuhl beiseite und rannte ihm nach, während die anderen immer noch um den Tisch mit dem vielen Geld herumsaßen. Sie sahen aus wie geschnitzte Inkafiguren, die einen Stammesschatz bewachen.

Die Eingangstür schwang noch hin und her, und als ich auf die Straße stürzte, sah ich Brower sofort. Er stand auf der Gehsteigkante und hielt vergeblich nach einem Taxi Ausschau. Als er mich entdeckte, duckte er sich so unglücklich, daß ich unwillkürlich Mitleid verspürte, in das sich Verwunderung mischte.

›Hallo‹, sagte ich, ›so warten Sie doch! Ich bedaure sehr, was Davidson getan hat, und ich bin sicher, daß er es nicht böse gemeint hat. Wenn Sie aber deswegen trotzdem gehen müssen, so kann man nichts machen. Aber Sie haben eine ganze Menge Geld gewonnen, und das sollen Sie auf jeden Fall bekommen.‹

›Ich hätte niemals herkommen dürfen‹, stöhnte er. ›Aber ich war so völlig ausgehungert nach menschlicher Gesellschaft, daß ich... daß ich...‹ Ohne zu überlegen, streckte ich die Hand aus, um ihn zu berühren – die elementarste Geste, wenn man sieht, daß ein Mitmensch leidet –, aber Brower wich vor mir zurück und rief: ›Rühren Sie mich nicht an! Genügt denn einer noch nicht? O Gott, warum sterbe ich nicht einfach?‹

Plötzlich blickte er wie gebannt auf einen streunenden Hund mit eingefallenen Seiten und struppigem, räudigem Fell, der sich auf der anderen Seite der zu dieser frühen Morgenstunde völlig leeren Straße mit heraushängender Zunge mühsam vorwärtsschleppte, auf drei Beinen humpelnd. Vermutlich hielt er Ausschau nach Mülltonnen, die er umwerfen und nach etwas Eßbarem durchwühlen konnte.

›Das dort drüben könnte ich sein‹, sagte Brower nachdenklich, wie zu sich selbst. ›Von allen gemieden, dazu verurteilt, immer allein zu bleiben und mich nur herauszutrauen, nachdem sich jedes andere Lebewesen hinter verschlossenen Türen in Sicherheit gebracht hat. Ein Paria-Hund!‹

›Nun machen Sie aber mal einen Punkt!‹ sagte ich etwas streng, denn dieses Gerede war für meine Begriffe viel zu melodramatisch. ›Sie haben irgendeinen schlimmen Schock erlitten, und offensichtlich ist etwas passiert, das Ihre Nerven in einen üblen Zustand versetzt hat, aber im Krieg habe ich tausenderlei Dinge gesehen, die...‹

›Sie glauben mir nicht, stimmt's?‹ fragte er. ›Sie halten mich für hysterisch, nicht wahr?‹

›Alter Junge, ich weiß wirklich nicht, was mit Ihnen los ist, aber eines weiß ich ganz genau: wenn wir noch lange hier draußen in der feuchten Nachtluft herumstehen, werden wir uns beide erkälten. Wenn Sie so nett wären und wieder mit ins Haus kämen... nur ins Foyer, wenn Ihnen das lieber ist... ich werde Stevens bitten...‹

Er warf mir einen so wilden Blick zu, daß ich mich äußerst unbehaglich fühlte. In seinen Augen war nicht einmal ein Funke von gesundem Menschenverstand übriggeblieben, und er erinnerte mich lebhaft an die Soldaten mit Frontneurose, die man in Karren von der Frontlinie abtransportiert hatte: nur noch Schatten ihrer selbst, mit schrecklich leeren, irre glänzenden Augen, wirres Zeug vor sich hin murmelnd und plärrend.

›Möchten Sie sehen, wie ein Ausgestoßener auf den anderen reagiert?‹ fragte er mich, meine Worte völlig ignorierend. ›Dann schauen Sie mal zu, was ich in fernen Anlaufhäfen gelernt habe!‹

Und er hob plötzlich die Stimme und sagte gebieterisch: ›Hund!‹

Der Köter hob den Kopf, sah ihn mit rollenden Augen an (ein Auge funkelte wild; das andere war durch den grauen Star getrübt), änderte plötzlich seine Richtung und humpelte widerwillig über die Straße, auf Brower zu.

Der Hund wollte eigentlich gar nicht kommen, soviel

stand fest. Er wimmerte und knurrte und klemmte seinen räudigen dünnen Schwanz zwischen die Beine; aber trotzdem wurde er magisch von Brower angezogen. Direkt vor seinen Füßen legte er sich auf den Bauch, krümmte sich, zitterte und winselte. Seine eingefallenen Seiten hoben und senkten sich wie ein Blasebalg, und er rollte fürchterlich mit seinem gesunden Auge.

Brower stieß ein leises, verzweifeltes Lachen aus, das mich immer noch in meinen Träumen verfolgt, und kauerte neben dem Tier nieder. ›Sehen Sie jetzt?‹ sagte er. ›Er erkennt in mir einen Artgenossen... und er weiß, was ich ihm bringe!‹ Er streckte die Hand aus, und der Köter heulte kläglich auf, knurrte und fletschte die Zähne.

›Nicht!‹ rief ich laut. ›Er wird Sie beißen!‹

Brower ignorierte meine Warnung. Im Licht der Straßenlaterne war sein Gesicht fahl und pergamentartig, und seine Augen glichen schwarzen glühenden Höhlen. ›Unsinn!‹ stöhnte er. ›Unsinn! Ich möchte ihm nur die Hand schütteln... wie Ihr Freund es bei mir getan hat!‹ Und plötzlich packte er die Pfote des Hundes und schüttelte sie. Der Köter stieß ein furchtbares Geheul aus, machte aber keine Anstalten, ihn zu beißen.

Brower stand auf. Sein Blick hatte sich wieder aufgeklärt, und abgesehen von seiner tödlichen Blässe glich er wieder dem Mann, der sich vor einigen Stunden höflich erboten hatte, mit uns zu spielen.

›Ich gehe jetzt‹, sagte er ruhig. ›Bitte entschuldigen Sie mich bei Ihren Freunden und sagen Sie ihnen, es täte mir sehr leid, daß ich mich wie ein Narr benommen habe. Vielleicht werde ich es ein anderes Mal... wiedergutmachen können.‹

›*Wir* müssen uns bei *Ihnen* entschuldigen‹, sagte ich. ›Und haben Sie denn das Geld vergessen? Es sind mehr als tausend Dollar.‹

›O ja, das Geld!‹ Und sein Mund verzog sich zu einem der bittersten Lächeln, die ich je gesehen habe.

›Sie brauchen nicht einmal mit hereinzukommen‹, sagte ich. ›Wenn Sie mir versprechen, hier zu warten, bringe ich es Ihnen. Werden Sie das tun?‹

›Ja‹, sagte er. ›Wenn Sie wollen, werde ich das tun.‹ Und er blickte nachdenklich auf den Hund, der zu seinen Füßen heulte. ›Vielleicht würde er gern mit zu mir in meine Wohnung kommen und wenigstens einmal im Leben etwas Ordentliches essen.‹ Und wieder lächelte er bitter.

Ich ließ ihn stehen, bevor er es sich wieder anders überlegen konnte, und ging ins Spielzimmer zurück. Jemand — vermutlich Jack Wilden, der ein ordnungsliebender Mensch war — hatte die ganzen Chips gegen Banknoten eingetauscht und das Geld ordentlich in die Mitte des grünen Filzes gelegt. Keiner von ihnen sagte ein Wort, während ich es an mich nahm. Baker und Wilden rauchten schweigend; Jason Davidson ließ den Kopf hängen und starrte seine Füße an. Jammer und Scham standen ihm im Gesicht geschrieben. Ich berührte ihn an der Schulter, als ich zur Treppe ging, und er warf mir einen dankbaren Blick zu.

Als ich wieder auf die Straße trat, war sie völlig menschenleer. Brower war verschwunden. Ich stand da, in jeder Hand ein Bündel Geldscheine, und blickte vergeblich in alle Richtungen. Nichts bewegte sich. Ich rief einmal seinen Namen, für den Fall, daß er irgendwo in der Nähe im Dunkeln stand, aber es kam keine Antwort. Dann blickte ich zufällig zu Boden. Der Straßenköter war noch da, aber die Tage des Herumwühlens in Mülltonnen waren für ihn vorüber. Er war mausetot. Die Flöhe und Zecken verließen seinen Körper in langen Marschkolonnen. Ich wich zurück, abgestoßen und zugleich erfüllt von namenlosem, alptraumhaftem Schrecken. Ich hatte eine Vorahnung, daß ich mit Henry

Brower noch nicht fertig war, und das stimmte tatsächlich; aber ich sah ihn niemals wieder.«

Das Feuer im Kamin war bis auf wenige flackernde Flammen ausgebrannt, und langsam breitete sich Kälte aus, aber niemand bewegte sich oder sagte etwas, während George von neuem seine Pfeife stopfte. Er seufzte, schlug die Beine wieder übereinander, wobei die alten Gelenke knackten, und fuhr in seiner Erzählung fort.

»Überflüssig zu sagen, daß die anderen Spielteilnehmer einmütig meiner Meinung waren: wir mußten Brower finden und ihm sein Geld geben. Einige von euch werden diese Einstellung vielleicht für unvernünftig halten, aber wir lebten damals noch in einem Zeitalter, wo Ehre etwas galt. Davidson war in schrecklicher Panik, als er ging. Ich versuchte, ihn beiseite zu nehmen und ihm einige freundliche Worte zu sagen, aber er schüttelte nur den Kopf und schlurfte davon. Ich ließ ihn gehen. Die ganze Sache würde für ihn schon anders aussehen, wenn er sie erst einmal überschlafen hatte, und dann konnten wir zwei gemeinsam nach Brower suchen. Wilder mußte ohnehin verreisen, und Baker hatte ›gesellschaftliche Verpflichtungen‹. Ich dachte, daß es eine gute Möglichkeit für Davidson sein würde, etwas Selbstachtung zurückzugewinnen.

Aber als ich am nächsten Morgen zu seinem Apartment kam, stellte ich fest, daß er noch nicht aufgestanden war. Vielleicht hätte ich ihn wecken sollen, aber er war ein junger Bursche, und ich beschloß, ihn den Morgen verschlafen zu lassen und auf eigene Faust erste Erkundigungen einzuziehen.

Als erstes schaute ich hier vorbei und unterhielt mich mit Stevens'...« Er drehte sich nach Stevens um und zog fragend eine Augenbraue hoch.

»Großvater, Sir«, sagte Stevens.

»Danke.«

»Nichts zu danken, Sir.«

»Ich unterhielt mich also mit Stevens' Großvater. Ich sprach mit ihm sogar an genau der gleichen Stelle, wo Stevens jetzt steht. Er sagte mir, daß Raymond Greer, ein Mann, den ich oberflächlich kannte, sich für Brower verbürgt habe. Greer war bei der städtischen Handelskommission beschäftigt, und ich ging unverzüglich zu seinem Büro im Flatirons-Gebäude. Er empfing mich sofort.

Als ich ihm erzählte, was sich am Vorabend ereignet hatte, spiegelte sein Gesicht eine Mischung aus Mitleid, Verdruß und Furcht wider.

›Der arme alte Henry!‹ rief er. ›Ich wußte, daß es soweit kommen würde, aber ich hätte nie gedacht, daß es so schnell passieren würde!‹

›Was?‹ fragte ich.

›Sein Zusammenbruch‹, erklärte Greer. ›Er rührt von seinem Aufenthalt in Bombay her, und vermutlich wird niemand außer Henry selbst jemals die ganze Geschichte kennen. Aber ich werde Ihnen alles erzählen, was ich weiß.‹

Die Geschichte, die ich an jenem Tag in Greers Büro zu hören bekam, führte dazu, daß mein Mitgefühl zunahm und gleichzeitig mein Verständnis vertieft wurde. Henry Brower war anscheinend unglückseligerweise in eine echte Tragödie verwickelt worden. Und wie in allen klassischen Bühnentragödien, so war sie auch in diesem Fall durch einen fatalen Fehler ausgelöst worden — nämlich durch Browers Vergeßlichkeit.

Als Mitglied der Handelskommissionsgruppe in Bombay hatte er das Privileg genossen, ein Auto benutzen zu dürfen, was dort eine ziemliche Seltenheit war. Greer erzählte, daß Brower ein fast kindliches Vergnügen daran hatte, damit durch die engen Straßen und Gassen der Stadt zu fahren, Geflügel in großen Scharen schnatternd auseinanderflattern zu lassen und zu beobachten, wie Männer und Frauen auf die Knie fielen und zu ihren heidnischen Göttern beteten. Er fuhr damit überall hin und erregte immer großes Aufsehen. Riesige Scharen zerlumpter Kinder folgten ihm, aber wenn er ihnen anbot, sie in der wunderbaren Maschine mitzunehmen, was er immer tat, trauten sie sich nicht. Das Auto war ein Ford Modell A mit einer Lieferwagen-Karosserie, und es gehörte zu den ersten Autos, die nicht nur mit einer Kurbel angelassen werden konnten, sondern einfach durch einen Knopfdruck. Behaltet das bitte im Kopf.

Eines Tages fuhr Brower mit diesem Auto quer durch die ganze Stadt, um eines der einheimischen ›hohen Tiere‹ zu besuchen und mit diesem über eventuelle Lieferungen von Juteseilen zu verhandeln. Er erregte natürlich wie immer großes Aufsehen, als der Ford durch die Straßen rollte, knatternd wie ein Maschinengewehr – und natürlich folgten die Kinder.

Brower war bei dem Jutehersteller zum Abendessen eingeladen. Das war eine sehr förmliche, zeremonielle Angelegenheit. Gespeist wurde auf einer offenen Terrasse hoch über der überfüllten Straße. Man war erst beim zweiten Gang angelangt, als unter ihnen plötzlich das vertraute laute, hustende Dröhnen des Automotors ertönte, begleitet von Schreien und Gekreische.

Einer der mutigeren Jungen – der Sohn eines obskuren heiligen Mannes – war in das Auto geklettert, überzeugt davon, daß der geheimnisvolle Drachen, der sich unter dem Metall verbergen mußte, ohne den weißen Mann am Steuer nicht aufgeweckt werden konnte. Und Brower, der gespannt auf die bevorstehenden Verhandlungen gewesen war, hatte die Zündung nicht ausgeschaltet.

Man kann sich leicht vorstellen, wie der Junge unter den bewundernden Blicken seiner Kameraden immer mutiger wurde, wie er den Spiegel berührte, das Lenkrad bewegte und das Geräusch der Hupe nachahmte. Je häufiger er dem

Drachen unter der Motorhaube eine lange Nase machte, desto ehrfürchtiger müssen die anderen Jungen ihn angestaunt haben.

Er muß mit dem Fuß die Kupplung betätigt haben, während er gleichzeitig auf den Anlasserknopf drückte. Der Motor war noch warm; er sprang deshalb auch sofort an. Zu Tode erschrocken, wie er gewesen sein muß, wird der Junge wohl versucht haben, aus dem Auto zu springen, und dabei den Fuß von der Kupplung genommen haben. Wäre das Auto älter oder in schlechterem Zustand gewesen, so wäre es stehengeblieben. Aber Brower pflegte es hingebungsvoll, und so machte es einen lärmenden Satz nach vorne. Das konnte Brower gerade noch sehen, als er aus dem Haus des Juteherstellers stürzte.

Rein zufällig muß der Junge einen fatalen Fehler begangen haben. Entweder streifte er bei seinen verzweifelten Versuchen, aus dem Auto zu kommen, versehentlich mit dem Ellbogen den Gashebel, oder aber er betätigte ihn absichtlich in der panischen Hoffnung, daß das die Methode des weißen Mannes sei, den Drachen wieder in den Schlafzustand zu versetzen. Wie dem auch sei – das Unglück passierte jedenfalls. Das Auto gewann selbstmörderische Geschwindigkeit und sauste die überfüllte Straße hinab, rollte über Bündel und Ballen, zerbrach die Weidenkörbe des Tierhändlers und zerschmetterte einen Blumenkarren. Es dröhnte den Hügel hinab, direkt auf die Kurve zu, wo es über den Gehsteig in eine Steinmauer raste und als riesiger Flammenball explodierte.«

George schob seine Pfeife von einem Mundwinkel in den anderen.

»Das war alles, was Greer mir berichten konnte, denn mehr hatte Brower ihm nicht erzählt. Jedenfalls nichts Vernünftiges. Der Rest war nach Greers Aussage ein wirres Gerede über den Wahnsinn, daß zwei so verschiedenartige

Kulturen sich berührt hätten. Der Vater des toten Jungen griff Brower offensichtlich an und schleuderte ein geschlachtetes Huhn nach ihm, bevor andere Männer ihn wegführen konnten. Außerdem belegte er Brower noch mit einem Fluch. An dieser Stelle umspielte ein Lächeln Greers Mund, das wohl besagen sollte, daß wir beide schließlich Männer von Welt seien. Er zündete eine Zigarette an und bemerkte: ›Wenn so etwas passiert, so darf ein Fluch nie fehlen. Diese verdammten Heiden müssen unter allen Umständen den Schein wahren. Das ist für sie das A und O.‹

›Wie lautete der Fluch?‹ fragte ich.

›Ich dachte, Sie würden von allein darauf kommen‹, erwiderte Greer. Der Heilige brüllte, daß ein Mann, der gegen ein kleines Kind Zaubermittel anwende, ein Paria, ein Ausgestoßener werden müsse. Von nun an würde jedes Lebewesen, das Brower mit seinen Händen berühre, sterben. Von nun an und in Ewigkeit, Amen‹, lachte Greer.

›Und Brower glaubte daran?‹ erkundigte ich mich.

›Sie müssen bedenken, daß der Mann einen fürchterlichen Schock erlitten hatte‹, erwiderte Greer. ›Und nach dem, was Sie mir soeben erzählt haben, wird seine Besessenheit immer schlimmer anstatt besser.‹

›Können Sie mir seine Adresse sagen?‹

Greer wühlte einen Stoß Papiere durch und zog schließlich ein Blatt hervor. ›Ich kann allerdings nicht garantieren, daß Sie ihn dort finden werden‹, sagte er. ›Verständlicherweise will niemand ihn einstellen, und soviel ich weiß, hat er nicht viel Geld.‹

Ich verspürte bei diesen Worten heftige Gewissensbisse, erwähnte aber nichts davon. Dazu war Greer ein bißchen zu blasiert und selbstzufrieden. Als ich mich erhob, konnte ich mir aber nicht verkneifen zu sagen: ›Ich habe gesehen, wie Brower letzte Nacht einem räudigen Straßenköter die Pfote schüttelte. Fünfzehn Minuten später war der Hund tot.‹

›Tatsächlich? Wie interessant.‹ Er hob die Brauen, als stünde meine Bemerkung in keinem Zusammenhang mit dem soeben Besprochenen.

Ich wollte gerade gehen und reichte Greer zum Abschied die Hand, als seine Sekretärin die Tür öffnete und fragte: ›Entschuldigung, sind Sie Mr. Gregson?‹ Nachdem ich bejaht hatte, berichtete sie: ›Ein Mann namens Baker hat soeben angerufen. Er bittet Sie, unverzüglich in die 19th Street 23 zu kommen.‹

Das machte mich ziemlich stutzig, denn ich war an jenem Morgen schon einmal dort gewesen — es war Jason Davidsons Anschrift. Als ich Greers Büro verließ, vertiefte er sich sofort in sein ›Wall Street Journal‹. Ich habe ihn nie wiedergesehen und sehe darin keinen großen Verlust. Ich war von einer ganz spezifischen Angst erfüllt — einer Angst, die sich nicht zu einer konkreten Furcht vor etwas Bestimmtem entwickelte, weil es viel zu schrecklich und unvorstellbar war, dieses Bestimmte auch nur als Möglichkeit in Erwägung zu ziehen.«

An dieser Stelle unterbrach ich seinen Bericht. »Mein Gott, George! Du willst uns doch wohl nicht erzählen, daß er tot war?«

»Mausetot«, sagte George. »Ich traf fast gleichzeitig mit dem Leichenbeschauer in Davidsons Wohnung ein. Als Todesursache wurde eine Thrombose der Herzkranzgefäße festgestellt. In sechzehn Tagen wäre er dreiundzwanzig Jahre alt geworden.

In den folgenden Tagen versuchte ich mir einzureden, daß das ganze nur ein unangenehmer Zufall sei, den man am besten rasch vergessen sollte. Ich schlief nicht gut, nicht einmal mit Hilfe meines guten Freundes Mr. Cutty Sark. Ich sagte mir, daß es am besten wäre, die Einsätze jenes letzten Spiels unter uns übrige Teilnehmer aufzuteilen und zu vergessen, daß Henry Brower jemals in unser Leben getreten war. Aber ich konnte nicht. Statt dessen ließ ich mir einen Scheck über die besagte Summe ausstellen und ging zu der Adresse, die Greer mir gegeben hatte und die in Harlem war.

Er war nicht dort. Seine Postnachsendeadresse war an der East Side, in einer etwas weniger vornehmen Umgebung, wo die Ziegelhäuser aber dennoch ein gediegenes Aussehen hatten. Auch diese Wohnung hatte er schon einen Monat vor dem Pokerspiel verlassen, und die neue Adresse war im East Village, einer Gegend mit baufälligen Häusern.

Der Hausmeister, ein Mann mit einer riesigen schwarzen Dogge, die knurrend neben ihm stand, erklärte mir, daß Brower am 3. April ausgezogen war — am Tag nach unserem Spiel. Ich fragte ihn nach einer Nachsendeadresse, und er warf den Kopf zurück und stieß ein lautes Kollern aus, das anscheinend ein Gelächter sein sollte.

›Die einzige Adresse, die sie hinterlassen, wenn sie von hier weggehen, ist die Hölle, Boß. Aber auf ihrem Weg dorthin machen sie manchmal Zwischenstation in der Bowery.‹

Damals war die Bowery tatsächlich das, wofür sie heute nur noch von Ortsfremden gehalten wird: die Heimat der Heimatlosen, der letzte Haltepunkt für jene gesichtslosen Männer, die nur noch eines wollen — eine billige Flasche Wein oder ein wenig von dem weißen Pulver, das ihnen lange Träume schenkt. Ich ging dorthin. In jener Zeit gab es dort Dutzende von billigen Unterkünften, einige wohltätige Missionshäuser, wo Betrunkene eine Nacht lang bleiben konnten, und Hunderte von Unterschlüpfen, wo ein Mann eine alte verlauste Matratze verstecken konnte. Ich sah jede Menge von Männern, die nur noch Schatten ihrer selbst waren, zugrunde gerichtet von Alkohol oder Drogen. Dort wurden keine Namen benutzt. Wenn ein Mensch erst einmal auf die unterste Stufe gesunken ist, wenn seine Leber vom Fusel zerstört, seine Nase eine offene eiternde Wunde vom ständigen Kokain- oder Pottascheschnupfen ist, wenn seine Finger von Frostbeulen verunstaltet und seine Zähne zu schwarzen Stummeln verfault sind – dann ist ein Name für ihn etwas Nutz- und Sinnloses. Aber ich beschrieb Henry Brower jedem Menschen, dem ich begegnete – ohne Erfolg. Barkeeper schüttelten den Kopf und zuckten mit den Schultern. Die anderen schauten einfach zu Boden und gingen weiter.

Ich fand ihn weder an jenem Tag noch an den folgenden. Zwei Wochen vergingen, bis ich endlich einen Mann traf, der mir sagte, daß ein Bursche, auf den diese Beschreibung passen würde, drei Nächte zuvor in Devarney's Rooms gewesen sei.

Ich begab mich dorthin; es war nur zwei Häuserblocks von dem Gebiet entfernt, das ich abgesucht hatte. Der Mann am Empfang war ein schäbiger Alter mit einem kahlen Schädel und triefenden Augen. Im Fenster, das auf die Straße hinausging und vor Fliegendreck starrte, hing ein Schild, das besagte, daß ein Zimmer für eine Nacht hier nur zehn Cent kostete. Ich beschrieb Brower genau, und der Alte nickte dabei die ganze Zeit. Als ich geendet hatte, sagte er:

›Ich kenne ihn, junger Herr. Kenne ihn gut. Aber ich kann mich nicht so recht erinnern... Ich glaube, mit einem Dollar vor mir würd's besser gehen.‹

Ich gab ihm einen Dollar, und er ließ ihn trotz seiner Arthritis im Handumdrehen verschwinden.

›Er war hier, junger Herr, aber er ist fort.‹

›Wissen Sie wohin?‹

›Ich kann mich nicht so recht erinnern‹, sagte der Alte wieder. ›Vielleicht mit einem Dollar vor mir...‹

Ich gab ihm einen zweiten Geldschein, der ebenso rasch verschwand wie der erste. Etwas kam ihm anscheinend sehr komisch vor, denn aus seiner Brust stieg ein keuchendes, tuberkulöses Lachen auf.

›Sie haben Ihren Spaß gehabt‹, sagte ich, ›und sind dafür auch noch gut bezahlt worden. Also, wissen Sie nun, wo der Mann ist?‹

Der Alte lachte wieder. ›Ja – sein neuer Wohnort ist Potter's Field; seine Mietzeit ist die Ewigkeit, und sein Zimmergefährte ist der Teufel. Wie gefällt Ihnen diese Nachricht, junger Herr? Er muß irgendwann gestern früh gestorben sein, denn als ich ihn mittags fand, war er noch warm. Saß aufrecht am Fenster, der Kerl. Ich war raufgegangen, um entweder zehn Cent von ihm zu kassieren oder ihm die Tür zu weisen. Und nun hat die Stadt ihm sechs Fuß Erde zugewiesen.‹ Und wieder ließ der senile Alte sein unangenehmes Lachen ertönen.

›War irgend etwas an der Sache ungewöhnlich?‹ fragte ich. ›Aus dem Rahmen fallend?‹

›Ich scheine mich da an etwas zu erinnern. Warten Sie mal...‹

Ich hielt ihm einen weiteren Dollar vor die Nase, um seinem Gedächtnis nachzuhelfen, aber diesmal lachte er nicht, obwohl der Schein ebenso rasch verschwand wie die vorhergehenden.

›Ja, etwas war verdammt merkwürdig‹, sagte der Alte. ›Ich hab' schon 'ne ganze Menge gesehen. Bei Gott, das hab' ich! Ich hab' schon welche gefunden, die vom Haken in der Tür runterbaumelten, ich hab' sie tot im Bett gefunden, ich hab' sie im Januar beim Notausgang gefunden, steifgefroren, mit einer Flasche zwischen den Knien. Einmal hab' ich sogar einen gefunden, der im Waschbecken ertrunken war – das ist allerdings über dreißig Jahre her. Aber dieser Bursche – er saß aufrecht da, in seinem braunen Anzug, ganz wie irgendein vornehmer Herr, das Haar ordentlich frisiert. Mit der linken Hand hielt er die rechte umklammert, ob Sie's glauben oder nicht. Ich hab' wie gesagt schon alles mögliche gesehen, aber er ist der einzige, den ich je gesehen habe, der gestorben ist, während er sich selbst die Hand schüttelte.‹

Ich verabschiedete mich und ging den ganzen Weg bis zu den Docks, und die Worte des Alten spulten sich in meinem Gehirn immer wieder ab, wie bei einer Schallplatte, die einen Sprung hat. *Er ist der einzige, den ich je gesehen habe, der gestorben ist, während er sich selbst die Hand schüttelte.*

Ich ging bis zum End eines Piers, dort wo das schmutzige graue Wasser gegen die Pfähle schwappte. Und dort zerriß ich den Scheck in kleine Fetzen und warf sie ins Wasser.«

George Gregson räusperte sich. Das Feuer war bis auf wenige eigensinnige Funken niedergebrannt, und die Kälte kroch ins Zimmer. Die Tische und Stühle sahen gespenstisch und unwirklich aus, wie Möbelstücke, die man flüchtig in einem Traum gesehen hat, in dem sich Vergangenheit und Gegenwart vermischten. Das erlöschende Feuer tauchte die Buchstaben auf dem Schlußstein in mattes orangefarbenes Licht: *Es kommt auf die Geschichte an, nicht auf den Erzähler.*

»Ich habe ihn nur einmal gesehen, und das genügte auch völlig. Ich habe ihn nie vergessen. Aber die Sache half mir, aus meiner eigenen Depression herauszukommen, denn jeder Mann, der sich unter seinen Mitmenschen ohne Angst frei bewegen kann, ist nicht ganz allein.

Wenn Sie mir meinen Mantel bringen, Stevens, so werde ich mich jetzt nach Hause begeben — ich habe meine übliche Schlafenszeit schon weit überschritten.«

Und als Stevens den Mantel gebracht hatte, lächelte George und deutete auf ein kleines Grübchen unter Stevens' linkem Mundwinkel. »Die Ähnlichkeit ist wirklich bemerkenswert, wissen Sie — Ihr Großvater hatte an genau der gleichen Stelle ebenfalls ein Grübchen.«

Stevens lächelte, erwiderte aber nichts darauf. George ging, und kurz danach gingen wir anderen auch.

Achtung – Tiger!

Charles mußte sehr dringend den Waschraum aufsuchen.

Es hatte keinen Sinn mehr sich vorzumachen, daß er bis zur Pause warten konnte. Seine Blase drohte zu platzen, und Miß Bird hatte bemerkt, wie er auf seiner Bank hin und her rutschte.

Drei Lehrerinnen erteilten an der Acorn Street Grammar School Unterricht in der dritten Klasse. Miß Kinney war jung, blond und lebhaft und hatte einen Freund, der sie nach der Schule in einem blauen Camaro abholte. Mrs. Trasks Figur erinnerte stark an ein maurisches Kissen. Sie flocht ihre Haare und lachte schallend. Und dann war da noch Miß Bird.

Charles hatte gewußt, daß es bei Miß Bird passieren würde. Er hatte es *gewußt*. Es war unvermeidlich gewesen. Denn Miß Bird wollte ihn ganz offensichtlich vernichten. Sie erlaubte den Kindern nicht, in den *Keller* zu gehen. Im Keller befänden sich die Heizkessel, sagte Miß Bird, und gepflegte junge Damen und Herren würden sich nie *dorthin* begeben, weil Keller schmutzig und rußig seien.

»Junge Damen und Herren gehen nicht in den Keller«, sagte sie. »Sie gehen in den *Waschraum*.«

Charles wand sich wieder.

Miß Bird faßte ihn scharf ins Auge. »Charles«, sagte sie laut und deutlich, ihren Zeigestock noch immer auf Bolivien gerichtet, »mußt du in den Waschraum gehen?«

Cathy Scott in der Bank vor ihm kicherte, wobei sie klugerweise die Hand vor den Mund hielt.

Kenny Griffen lachte und stieß Charles unter der Bank mit dem Fuß an.

Charles wurde ganz rot im Gesicht.

»Antworte, Charles«, sagte Miß Bird laut. »Mußt du...« (urinieren, sie wird urinieren sagen, das tut sie immer) »Ja, Miß Bird.«

»Was — ja?«

»Ich muß in den Kel... — in den Waschraum gehen.«

Miß Bird lächelte. »Ausgezeichnet, Charles. Du darfst in den Waschraum gehen und urinieren. Das ist es doch, was du tun mußt? Urinieren?«

Charles blickte beschämt zu Boden.

»Ausgezeichnet, Charles. Du darfst gehen. Und sei so gut und warte nächstesmal nicht, bis du gefragt wirst.«

Allgemeines Gekicher. Miß Bird klopfte mit ihrem Zeigestock an die Tafel.

Der Weg bis zur Tür kam Charles endlos vor. Dreißig Augenpaare bohrten sich in seinen Rücken, und jeder seiner Mitschüler, einschließlich Cathy Scott, wußte genau, daß er in den Waschraum ging, um zu urinieren. Miß Bird fuhr nicht mit dem Unterricht fort, sondern schwieg, bis er die Tür geöffnet hatte, auf den — Gott sei Dank — leeren Flur hinausgetreten war und die Tür hinter sich wieder geschlossen hatte.

Er ging nach unten in den Waschraum für Jungen

(Keller, Keller, Keller, WENN ICH WILL)

und strich dabei mit den Fingern über die kühlen Wandkacheln, ließ sie über das mit Reißnägeln gespickte schwarze Brett tanzen und ganz leicht über den roten

(IM BEDARFSFALL GLAS EINSCHLAGEN)

Feuermelder gleiten.

Miß Bird *genoß* es. Miß Bird *genoß* es, wenn er errötete. Vor Cathy Scott — die *nie* in den Keller gehen mußte, sowas Unfaires! — und all den anderen.

Alte H-e-x-e, dachte er. Er buchstabierte das Wort, denn er hatte letztes Jahr entschieden, daß Gott nicht sagte, es sei eine Sünde, wenn man Schimpfwörter buchstabierte.

Er ging in den Waschraum für Jungen.

Drinnen war es sehr kühl, und ein leichter, nicht unangenehmer Chlorgeruch hing in der Luft. Jetzt, mitten am Vormittag, war der Raum sauber und leer, ruhig und ganz angenehm; er hatte keinerlei Ähnlichkeit mit dem verräucherten, stinkenden Örtchen im ›Star Theatre‹ in der Innenstadt.

Der Waschraum

(Keller!!)

war L-förmig gebaut. An der kürzeren Seite waren kleine viereckige Spiegel, weiße Porzellanwaschbecken und ein Papierhandtuchhalter angebracht,

(Marke NIBROC)

an der längeren Seite befanden sich zwei Pissoirs und drei Toiletten.

Charles bog um die Ecke, nachdem er flüchtig in einen der Spiegel geschaut und sein schmales, ziemlich bleiches Gesicht mürrisch betrachtet hatte.

Der Tiger lag am anderen Ende des Raums, direkt unter dem weißen Milchglasfenster. Es war ein großer lohfarbener Tiger mit dunklen Streifen im Fell. Er blickte wachsam auf, und seine grünen Augen zogen sich zu schmalen Schlitzen zusammen. Er stieß einen weichen, schnurrenden Knurrlaut aus. Seine geschmeidigen Muskeln strafften sich, und der Tiger erhob sich. Er schlug mit dem Schwanz, und wenn er das Porzellanbecken des letzten Pissoirs traf, gab es jedesmal ein leises klirrendes Geräusch.

Der Tiger sah ziemlich hungrig und sehr bösartig aus.

Charles rannte aus dem Waschraum. Es kam ihm wie eine Ewigkeit vor, bis die Tür hinter ihm zufiel, aber danach fühlte er sich in Sicherheit. Diese Tür ließ sich nur nach innen öffnen, und er konnte sich nicht erinnern, jemals gelesen oder gehört zu haben, daß Tiger schlau genug sind, um Türen zu öffnen.

Charles wischte sich mit dem Handrücken über die Nase. Sein Herz klopfte so laut, daß er es hören konnte. Er mußte immer noch dringend auf die Toilette, dringender als zuvor.

Er wand sich, stöhnte und preßte eine Hand auf den Bauch. Er *mußte* einfach auf die Toilette. Wenn er nur sicher sein könnte, daß niemand käme, würde er den Waschraum für Mädchen benutzen. Er befand sich genau gegenüber, auf der anderen Seite des Flures. Charles betrachtete sehnsüchtig die Tür, aber er wußte, daß er es nie wagen würde hineinzugehen, nicht um alles in der Welt. Wenn nun plötzlich Cathy Scott käme? Oder – eine noch entsetzlichere Vorstellung! – wenn *Miß Bird* käme?

Vielleicht hatte er sich den Tiger nur eingebildet.

Er öffnete die Tür einen Spalt, gerade weit genug, um mit einem Auge in den Waschraum hineinspähen zu können.

Der Tiger spähte ebenfalls – hinter der Ecke des L hervor. Sein grünes Auge funkelte. Charles glaubte, in diesem tiefen Glanz einen winzigen blauen Punkt erkennen zu können, so als hätte das Auge des Tigers sein eigenes Auge gefressen. So als...

Eine Hand packte ihn im Nacken.

Charles stieß einen leisen Schrei aus. Sein Herz klopfte zum Zerspringen, sein Magen rebellierte. Einen schrecklichen Augenblick lang glaubte er, daß er gleich in die Hose machen würde.

Es war Kenny Griffen, der selbstgefällig lächelte. »Miß Bird hat mich dir nachgeschickt, weil du schon 'ne Ewigkeit weg bist. Du kriegst ganz schöne Schwierigkeiten.«

»Jaaa, aber ich kann nicht in den Waschraum hineingehen«, sagte Charles. Beim Gedanken an die von Kenny angekündigten Konsequenzen wurde ihm ganz schwach vor Angst.

»Du hast also Verstopfung!« kicherte Kenny fröhlich. »Das muß ich *Caaathy* erzählen!«

»Das solltest du lieber nicht!« sagte Charles eindringlich. »Außerdem stimmt es gar nicht. Aber da drin ist ein Tiger!«

»Was macht er denn?« fragte Kenny. »Pißt er sich aus?«

»Ich weiß es nicht«, flüsterte Charles und drehte sein Gesicht zur Wand. »Ich wollte, er würde verschwinden.« Er brach in Tränen aus.

»He, was ist denn los mit dir?« erkundigte sich Kenny, verwirrt und ein wenig erschrocken. »He!«

»Was soll ich nur machen, wenn ich gehen *muß*? Wenn ich einfach nicht anders kann? Miß Bird wird sagen...«

»Nun komm schon!« sagte Kenny, packte ihn am Arm und stieß mit der anderen Hand die Tür auf. »Du übertreibst es wirklich.«

Sie waren drinnen, bevor Charles sich losreißen konnte. Entsetzt preßte er sich an die Tür.

»Ein Tiger!« sagte Kenny angewidert. »Junge, Miß Bird wird dich glatt *umbringen*!«

»Er ist auf der anderen Seite.«

Kenny ging an den Waschbecken vorbei. »Kss, kss, kss? Kss?«

»Nicht!« zischte Charles.

Kenny verschwand hinter der Ecke. »Kss, kss? Kss, kss? K...«

Charles stürzte zur Tür hinaus und lehnte sich zitternd an die Wand. Er preßte die Hände vor den Mund, kniff die Augen fest zusammen und wartete – wartete auf den Schrei.

Es kam kein Schrei.

Er hatte keine Ahnung, wie lange er so dastand wie erstarrt, während seine Blase zu platzen drohte. Er starrte auf die Tür. Sie sagte ihm nichts. Es war einfach eine Tür, weiter nichts.

Er würde es nicht tun.

Er *konnte* es nicht tun.

Aber schließlich ging er doch hinein.

Die Waschbecken und die Spiegel waren sauber, und der schwache Chlorgeruch hing immer noch in der Luft. Aber daneben glaubte er noch einen anderen Geruch wahrzunehmen: einen schwachen unangenehmen Geruch — wie von frisch gesägtem Kupfer.

Zitternd und stöhnend (aber lautlos) schlich er bis zur Ecke des L und spähte vorsichtig hinüber.

Der Tiger lag ausgestreckt auf dem Boden und leckte seine großen Pfoten mit einer langen rosigen Zunge. Er blickte Charles gleichgültig an. Ein zerrissenes Stückchen Hemd hatte sich in seinen Krallen verfangen.

Aber Charles' Bedürfnis war jetzt zu einer wahnsinnigen Qual geworden. Er konnte einfach nicht mehr. Er *mußte*. Auf Zehenspitzen schlich er zu jenem weißen Waschbecken, das der Tür am nächsten war.

Miß Bird stürzte herein, als er gerade den Reißverschluß seiner Hose wieder hochzog.

»Du böser, schmutziger kleiner Junge«, sagte sie fast nachdenklich.

Charles behielt die Ecke wachsam im Auge. »Es tut mir leid, Miß Bird... der Tiger... ich werde das Waschbecken säubern... mit Seife... ich schwör's...«

»Wo ist Kenneth?« fragte Miß Bird ruhig.

»Ich weiß nicht.«

Das stimmte tatsächlich.

»Ist er da hinten?«

»*Nein!*« schrie Charles.

Miß Bird ging auf die Ecke zu. »Komm her, Kenneth! Sofort!«

»Miß Bird...«

Aber Miß Bird war schon um die Ecke gebogen. Sie beabsichtigte, über Kenny herzufallen. Charles dachte, daß Miß

Bird es gleich am eigenen Leibe verspüren würde, wie es ist, wenn jemand über einen herfällt.

Er ging wieder zur Tür hinaus. Am Trinkwasserbrunnen stillte er seinen Durst. Er betrachtete die amerikanische Flagge, die über dem Eingang zur Turnhalle hing. Er studierte das schwarze Brett und las jeden Anschlag zweimal.

Dann kehrte er ins Klassenzimmer zurück, ging zu seinem Platz, die Augen auf den Fußboden geheftet, und schlüpfte in seine Bank. Es war Viertel vor elf. Er holte ›Roads to Everywhere‹ aus seiner Mappe und begann über Bill beim Rodeo zu lesen.

Omi

Georges Mutter ging zur Tür, blieb zögernd stehen, kam zurück und strich George liebevoll übers Haar. »Du brauchst keine Angst zu haben«, sagte sie. »Dir kann nichts passieren. Und Omi auch nicht.«

»Klar, alles wird gut gehen. Und sag Buddy, daß sich's tiefgekühlt besser liegt.«

»Was?«

George lächelte. »Er soll's gelassen nehmen.«

»Oh! Sehr komisch.« Sie lächelte zurück, etwas zerstreut und geistesabwesend. »George, bist du sicher, daß...«

»Mir wird's *großartig* gehen.«

Bist du sicher, daß — was? Bist du sicher, daß es dir nichts ausmacht, mit Omi allein zu sein? War es das, was sie fragen wollte?

Wenn ja, so lautete die Antwort: nein. Schließlich war er ja nicht mehr sechs wie damals, als sie hierher nach Maine gekommen waren, um für Omi zu sorgen, und als er jedesmal zu Tode erschrocken und in Tränen ausgebrochen war, wenn Omi ihre dicken Arme nach ihm ausgestreckt hatte. Sie saß damals immer auf ihrem weißen Vinylstuhl, der nach den verlorenen Eiern roch, die sie mit Vorliebe aß, und ebenso nach dem süßlichen Babypuder, den Georges Mutter ihr in die schlaffe, faltige Haut rieb. Sie streckte ihre Elefantenarme aus und wollte, daß er zu ihr kam und sich von ihr an diesen riesigen, schwerfälligen alten Elefantenkörper drücken ließ. Buddy war zu ihr hingegangen, war in Omis blinde Umarmung eingehüllt worden, und Buddy hatte das lebendig überstanden... aber Buddy war immerhin auch zwei Jahre älter.

Und jetzt hatte Buddy sich das Bein gebrochen und lag in Lewiston im Krankenhaus.

»Du hast ja die Nummer des Doktors, wenn *doch* etwas passieren sollte. Aber das wird nicht der Fall sein. Alles in Ordnung?«

»Klar«, sagte er mit trockener Kehle. Er lächelte. Sah das Lächeln echt aus? Na klar. Natürlich sah es echt aus. Er hatte vor Omi keine Angst mehr. Schließlich war er nicht mehr *sechs*. Mutti fuhr ins Krankenhaus, um Buddy zu besuchen, und er würde ganz gelassen hierbleiben. Eine Weile mit Omi allein sein. Überhaupt kein Problem.

Mutti ging wieder zur Tür, blieb wieder zögernd stehen, kam wieder zurück und lächelte wieder geistesabwesend. »Wenn sie aufwacht und nach ihrem Tee schreit...«

»Ich weiß schon«, sagte George, dem die Sorge und die Angst hinter diesem zerstreuten Lächeln nicht entging. Sie sorgte sich um Buddy; Buddy und seine blöde *Pony League*, der Trainer hatte angerufen und gesagt, daß Buddy bei einem Pokalspiel verletzt worden sei, und das erste, was George davon gehört hatte (er war gerade von der Schule nach Hause gekommen und hatte am Tisch einige Plätzchen gegessen und ein Glas Nestle Quik getrunken), war Muttis komisches schweres Atmen gewesen und ihre Frage: »Buddy verletzt? Wie schlimm ist es?«

»Ich weiß das alles auswendig, Mutti. Ich hab' alles im Griff. Das ist doch 'ne Kleinigkeit. Nun fahr schon los.«

»Du bist ein guter Junge, George. Hab keine Angst. Du hast doch keine Angst mehr vor Omi, oder?«

»Huh-uh«, machte George. Dabei lächelte er. Es war ein großartiges Lächeln, das Lächeln eines ganzen Kerls, der alles im Griff hat, für den alles eine Kleinigkeit ist, der nie die Ruhe verliert; es war zweifellos nicht das Lächeln eines Sechsjährigen. Er schluckte. Es war ein tolles Lächeln, aber hinter diesem Lächeln, in seinem tiefsten Innern, war ihm keineswegs wohl zumute. Seine Kehle fühlte sich an, als sei sie mit Watte belegt. »Sag Buddy, es täte mir leid, daß er sich das Bein gebrochen hat.«

»Ich werd's ihm ausrichten«, sagte sie und ging wieder zur Tür. Es war vier Uhr. Die Nachmittagssonne schien durchs Fenster. »Gott sei Dank haben wir die Sportversicherung abgeschlossen, Georgie. Ich wüßte wirklich nicht, was wir sonst tun sollten.«

»Sag ihm, ich hoff' nur, daß er seinen Gegner zur Sau gemacht hat.«

Wieder lächelte sie zerstreut − eine Frau, die die Fünfzig gerade überschritten hatte. Sie hatte ihre beiden Söhne − die inzwischen dreizehn und elf Jahre alt waren − spät bekommen, und sie war früh verwitwet. Diesmal öffnete sie die Tür, und ein Hauch des kühlen Oktobers drang ins Haus.

»Und denk daran, Dr. Arlinder...«

»Ich weiß«, sagte er. »Du solltest jetzt lieber fahren, sonst wird sein Bein schon wieder zusammengewachsen sein, bevor du dort überhaupt ankommst.«

»Vermutlich wird sie die ganze Zeit schlafen«, sagte Mutti. »Ich liebe dich, Georgie. Du bist ein guter Junge.« Mit diesen Worten schloß sie hinter sich die Tür.

George trat ans Fenster und beobachtete, wie sie zu dem alten 69-er Dodge eilte, der zuviel Benzin und Öl verbrauchte, und wie sie die Autoschlüssel aus ihrer Handtasche holte. Jetzt, nachdem sie das Haus verlassen hatte und nicht wußte, daß George sie beobachtete, war das zerstreute Lächeln aus ihrem Gesicht verschwunden, und sie sah nur noch verwirrt aus − verwirrt und krank vor Angst um Buddy. Sie tat George leid. Für Buddy brachte er derlei Gefühle nicht auf. Buddy liebte es, ihn zu Boden zu werfen, sich auf ihn zu setzen, seine Knie auf Georges Schultern zu pressen und ihn mit einem Löffel mitten auf die Stirn zu schlagen, bis er fast wahnsinnig wurde (Buddy nannte das die Löffelfolter der heidnischen Chinesen und lachte wie verrückt und hörte manchmal nicht auf, bis George weinte); Buddy probierte an ihm auch eine – wie er behauptete – indianische Strafmaßnahme aus, wobei er manchmal mit dem Tau so fest auf Georges Unterarm einschlug, daß kleine Blutstropfen hervortraten; und Buddy hatte so teilnahmsvoll zugehört, als George ihm eines Abends in ihrem dunklen Schlafzimmer flüsternd gestanden hatte, daß er Heather Mac Ardle liebte, und am nächsten Morgen war er dann im Schulhof herumgesaust wie die Feuerwehr und hatte laut gebrüllt: GEORGE UND HEATHER HOCH AUF EINEM BAUM! KÜSSEN SICH UND SIND WIE IM TRAUM! ZUERST KOMMT LIEBE, DANN KOMMT EHE! UND EIN BABY RÜCKT AUCH SCHON IN DIE NÄHE! Gebrochene Beine konnten ältere Brüder von Buddys Art nicht lange kleinkriegen, aber George freute sich auf die vor ihm liegende ruhige Zeit, mochte sie auch noch so kurz sein. *Mal sehen, ob du bei mir die Löffelfolter der heidnischen Chinesen auch mit einem Gipsbein anwenden kannst, Buddy. Na klar, Kleiner – JEDEN Tag.*

Der Dodge fuhr rückwärts die Auffahrt hinab und blieb stehen, während seine Mutter in beide Richtungen blickte, obwohl der Weg bestimmt frei war; hier kam nie ein Auto vorbei. Seine Mutter würde zwei Meilen auf holperigen Wegen mit tiefen Fahrrinnen zurücklegen müssen, bevor sie überhaupt auf eine geteerte Straße kam; von dort waren es dann noch neunzehn Meilen bis Lewiston.

Sie wendete und fuhr los. Einen Augenblick lang hing Staub in der klaren Oktobernachmittagsluft, dann setzte er sich langsam wieder.

George war allein im Haus.

Mit Omi.

Er schluckte.

He! Nur die Ruhe bewahren! Alles im Griff haben! Das ist doch 'ne Kleinigkeit, oder etwa nicht?

»Bestimmt«, flüsterte George vor sich hin und durchquerte die kleine sonnige Küche. Er war ein hübscher flachshaariger Junge mit Sommersprossen auf Nase und Wangen und gutmütigen dunkelgrauen Augen.

Buddys Unfall hatte sich an diesem 5. Oktober während des Meisterschaftsspiels der *Pony League* ereignet. Georges Mannschaft, die *Tiger*, war gleich am ersten Spieltag, am Samstag vor zwei Wochen ausgeschieden (*Was für ein erbärmlicher Haufen von Kleinkindern!* hatte Buddy frohlockt, als George nach dem Spiel die Tränen nicht unterdrücken konnte. *Was für ein Haufen von Memmen!*)... und jetzt hatte Buddy sich das Bein gebrochen! Wenn Mutti sich nicht so große Sorgen um Buddy gemacht hätte, wäre George fast glücklich gewesen.

An der Wand war ein Telefon angebracht, und daneben hing eine Tafel für Notizen mit einem Kreidestift. Auf der oberen Ecke der Tafel war eine fröhliche alte Landfrau abgebildet, eine Omi mit rosigen Wangen und weißen Haaren, die zu einem Knoten frisiert waren — eine richtige Bilderbuchomi, die auf die Tafel deutete. Aus dem Mund der fröhlichen Omi kam eine Sprechblase, und sie sagte: VERGISS *DIESE DINGE* NICHT, SÖHNCHEN! Auf der Tafel stand in der großen Schrift seiner Mutter: Dr. Arlinder, 681-4330. Mutti hatte die Nummer nicht etwa erst vorhin notiert, weil sie zu Buddy fahren mußte, sondern schon vor fast drei Wochen, weil Omi zur Zeit wieder ihre ›schlimmen Anfälle‹ hatte.

George nahm den Hörer ab und lauschte.

»... also hab' ich ihr gesagt: ›Mabel, wenn er dich *so* behandelt‹, hab' ich gesagt...«

Er legte den Hörer wieder auf. Henrietta Dodd. Henrietta hing immer an der Strippe, und nachmittags konnte man im

Hintergrund noch irgendein schnulziges Hörspiel hören. Eines Abends, nachdem Mutti mit Omi ein Glas Wein getrunken hatte (seit Omi wieder ihre ›schlimmen Anfälle‹ bekam, hatte Dr. Arlinder angeordnet, daß sie keinen Wein zum Abendessen bekommen dürfe, und deshalb trank auch Mutti jetzt keinen mehr – was George sehr bedauerte, denn der Wein machte Mutti fröhlich, und sie erzählte dann Geschichten aus ihrer Kindheit), war ihr herausgeschlüpft, daß Henrietta Dodd nur den Mund aufzumachen brauche, und schon spucke sie Gift und Galle. Buddy und George lachten schallend darüber, und Mutti hielt sich die Hand vor den Mund und sagte: »*Erzählt nur ja niemandem, daß ich das gesagt habe*«, und dann begann auch *sie* zu lachen, und sie saßen zu dritt am Tisch und lachten, und schließlich wachte Omi von dem Lärm auf und begann »Ruth! Ruth! Ru-u-uth!« zu schreien, mit ihrer hohen, quengelnden Stimme, und Mutti hörte auf zu lachen und ging in Omis Zimmer.

Heute konnte Henrietta Dodd soviel reden, wie sie nur wollte, zumindest was George anging. Er wollte sich nur vergewissern, daß das Telefon funktionierte. Vor zwei Wochen hatte es einen schweren Sturm gegeben, und seitdem war die Leitung manchmal tot.

Sein Blick fiel wieder auf die fröhliche Bilderbuchgroßmutter, und er fragte sich, wie es wohl wäre, so eine Omi zu haben. *Seine* Omi war sehr groß und fett und blind; zudem hatte ihr hoher Blutdruck sie senil gemacht. Manchmal, wenn sie ihre ›schlimmen Anfälle‹ hatte, führte sie sich schlimmer auf als ein Tatar, wie Mutti sich ausdrückte; sie rief dann nach Personen, die gar nicht da waren, führte lange Selbstgespräche und murmelte seltsame Wörter vor sich hin, die keinen Sinn ergaben. Als sie letzteres wieder einmal getan hatte, war Mutti ganz bleich geworden, in Omis Zimmer gegangen und hatte ihr befohlen, damit aufzuhören, aufzuhören, *aufzuhören*! George erinnerte sich noch sehr gut an diesen Vorfall, nicht nur, weil es das einzige Mal gewesen war, daß Mutti Omi richtig *angebrüllt* hatte, sondern auch, weil genau am darauffolgenden Tag jemand entdeckt hatte, daß auf dem Friedhof in der Maple Sugar Road Vandalen am Werk gewesen waren — sie hatten Grabsteine umgeworfen, das alte Tor aus dem 19. Jahrhundert niedergerissen und sogar ein-zwei Gräber aufgegraben — oder irgendwas in dieser Art. *Entweiht* war das Wort, das Mr. Burdon, der Rektor, am nächsten Tag benutzt hatte, als er alle acht Klassen in die Festhalle kommen ließ und der ganzen Schule einen Vortrag über böswillige Zerstörung und über gewisse Dinge, die einfach nicht komisch seien, hielt. An jenem Abend hatte George auf dem Nachhauseweg Buddy gefragt, was *entweihen* bedeute, und Buddy hatte gesagt, es bedeute Gräber aufgraben und auf die Särge pissen, aber das hatte George nicht geglaubt... bis es Nacht geworden war. Und dunkel.

Omi machte viel Lärm, wenn sie ihre ›schlimmen Anfälle‹ hatte. Aber die meiste Zeit über lag sie einfach in dem Bett, in das sie sich vor drei Jahren gelegt hatte — eine fette Schnecke, die unter ihrem Flanellnachthemd Gummihosen und Windeln trug, deren Gesicht von Falten durchfurcht war, und deren Augen leer und blind waren — verblaßte blaue Iris, die auf gelblicher Hornhaut schwamm.

Anfangs war Omi noch nicht ganz blind gewesen. Aber sie war schon damals am Erblinden gewesen, und sie hatte die Hilfe zweier Personen nötig gehabt, die sie an den Ellbogen stützten, um von ihrem weißen, nach Eiern und Babypuder riechenden Vinylstuhl in ihr Bett oder ins Bad zu wackeln. In jener Zeit, vor fünf Jahren, hatte Omi über zweihundert Pfund gewogen.

Sie hatte ihre Arme ausgestreckt, und der damals achtjährige Buddy war zu ihr gegangen. George hatte sich nicht getraut. Und geweint.

Aber jetzt habe ich keine Angst, versuchte er sich einzureden. *Überhaupt keine. Sie ist doch nur eine alte Dame, die manchmal ›schlimme Anfälle‹ hat.*

Er füllte den Teekessel mit Wasser und stellte ihn auf eine kalte Herdplatte. Er holte eine Teetasse und hängte einen von Omis Kräuterteebeuteln hinein. Für den Fall, daß sie aufwachte und eine Tasse Tee haben wollte. Er hoffte inbrünstig, daß sie das nicht tat, denn andernfalls würde er das Klinikbett hochkurbeln, sich neben sie setzen und ihr den Tee schluckweise einflößen müssen. Er würde zusehen müssen, wie der zahnlose Mund sich über dem Tassenrand in Falten legte, und er würde sich die schlürfenden Geräusche anhören müssen, während sie den Tee in ihre feuchten, sterbenden Därme einsog. Manchmal rutschte sie auf dem Bett zur Seite, und dann mußte man sie wieder in die richtige Position ziehen, und ihre Haut war *weich* und *wabbelig*, so als sei sie mit heißem Wasser gefüllt, und ihre blinden Augen starrten einen an...

George fuhr sich mit der Zunge über die Lippen und ging zum Küchentisch. Sein letztes Plätzchen lag noch dort, ein halbvolles Glas Quik stand daneben, aber er hatte keinen Appetit mehr. Ohne jede Begeisterung betrachtete er sodann seine Schulbücher.

Eigentlich müßte er hineingehen und nach Omi schauen.

Er wollte es nicht.

Er schluckte, und seine Kehle fühlte sich immer noch so an, als sei sie mit Watte belegt.

Ich habe keine Angst vor Omi, dachte er. *Wenn sie ihre Arme ausstrecken würde, würde ich sofort zu ihr gehen und mich von ihr umarmen lassen, weil sie nur eine alte Dame ist. Sie ist senil, und deshalb hat sie ›schlimme Anfälle‹. Das ist alles. Ich würde mich umarmen lassen und nicht weinen. Genau wie Buddy.*

Er durchquerte den kurzen Gang zu Omis Zimmer, die Lippen so fest zusammengepreßt, daß sie ganz weiß waren, das ganze Gesicht so verzogen, als hätte er gerade ein bittere Medizin geschluckt. Er warf einen Blick ins Zimmer, und da lag Omi, ihr gelblich-weißes Haar halbkreisförmig auf dem Kissen ausgebreitet. Sie schlief. Ihr zahnloser Mund war geöffnet, der Unterkiefer heruntergeklappt; ihre Brust hob sich unter der Decke so langsam, daß man es fast nicht sehen konnte, so langsam, daß man sie eine Zeitlang genau beobachten mußte, um sich zu vergewissern, daß sie nicht tot war.

O Gott, was ist, wenn sie mir stirbt, während Mutti im Krankenhaus ist? Sie wird nicht sterben. Sie wird nicht sterben.

Ja, aber falls doch?

Sie wird nicht sterben, also hör' endlich auf, eine solche Memme zu sein.

Eine vom Omis gelben, wächsernen Händen bewegte sich langsam auf der Decke: ihre langen Nägel streiften den Bezug und das gab ein leises kratzendes Geräusch. George zog sich rasch zurück. Sein Herz klopfte laut.

Gelassen und kaltblütig, wie? Alles im Griff, ja?

Er ging in die Küche zurück, um nachzuschauen, ob seine Mutter erst seit einer Stunde fort war oder vielleicht schon seit anderthalb – wenn letzteres der Fall war, konnte er schon anfangen, auf ihre Rückkehr zu warten. Er warf einen Blick auf die Uhr und stellte überrascht und bestürzt fest, daß noch nicht einmal zwanzig Minuten vergangen waren. Mutti konnte jetzt noch nicht einmal *in* der Stadt sein, geschweige denn auf dem Rückweg! Er stand reglos da und lauschte der Stille. Ganz leise konnte er das Summen des Kühlschranks und der elektrischen Uhr hören. Das Wispern der Nachmittagsbrise um die Ecken des kleinen Hauses. Und dann – fast unhörbar – das schwache Kratzen von Haut über Stoff – Omis faltige, talgige Hand, die sich auf der Decke bewegte.

Er betete in einem einzigen geistigen Atemzug:

BitteGottlaßsienichtaufwachenbisMuttiheimkommtumJesuwillen-Amen.

Er setzte sich, aß das Plätzchen und trank sein Quik aus. Er überlegte, ob er den Fernseher einschalten und sich etwas anschauen sollte, aber er hatte Angst, daß Omi davon aufwachen könnte, und daß diese hohe quengelige, nicht zu überhörende Stimme anfangen würde zu ruufen: *Ruth! Ru-u-uth! BRING MIR MEINEN TEE! TEE! RU-U-UTH!*

Er fuhr sich mit der trockenen Zunge über die noch trockenen Lippen und redete sich ein, daß er keine solche Memme sein dürfe. Sie war eine ans Bett gefesselte alte Frau, es war nicht so, als könnte sie aufstehen und ihm etwas tun, und sie war dreiundachtzig Jahre alt, sie würde nicht ausgerechnet an diesem Nachmittag sterben.

George stand auf und nahm wieder den Hörer ab.

»... am gleichen Tag! Und sie *wußte* sogar, daß er verheiratet war! Mein Gott, wie ich diese billigen kleinen Hürchen verabscheue, die sich für so unwiderstehlich halten! Also hab' ich zu ihr gesagt, wenn ich sie jemals wieder bei sowas ertappen würde, könnte ich versucht sein, mich wie eine gute Bürgerin zu benehmen und...«

George vermutete, daß Henrietta mit Cora Simard telefonierte. Henrietta hing an den meisten Nachmittagen von eins bis sechs am Telefon, und Cora Simard war eine ihrer begierigsten Gesprächspartnerinnen. Die Lieblingsthemen der beiden Frauen waren 1.) wer demnächst eine Tupper-Party oder eine Amway-Party gab, und was für Erfrischungen dort zu erwarten waren, 2.) billige kleine Hürchen und 3.) was sie bei verschiedenen Gelegenheiten zu verschiedenen Leuten gesagt hatten.

George legte den Hörer wieder auf. Er und Buddy machten sich genau wie alle anderen Kinder über Cora lustig, wenn sie an ihrem Haus vorbeikamen — sie war fett und schlampig und geschwätzig, und sie sangen im Vorbeigehen »Cora-Cora aus Bora-Bora, aß Scheiße und wollte immer mehr davon!«, und Mutti würde Buddy und ihn bestimmt umbringen, wenn sie das wüßte; aber jetzt war George glücklich, daß sie und Henrietta am Telefon hingen. Von ihm aus konnten sie den ganzen Nachmittag weitertratschen. Er hatte eigentlich sowieso nichts gegen Cora. Einmal war er vor ihrem Haus hingefallen und hatte sich das Knie aufgeschürft – Buddy hatte ihn gejagt –, und Cora hatte die Wunde verbunden und Buddy und ihm je einen Keks geschenkt. Sie hatte die ganze Zeit geredet, und George hatte sich geschämt, daß er so oft den Spottvers mit der Scheiße und allem übrigen gesungen hatte.

George ging zur Anrichte und holte sein Lesebuch. Er hielt es einen Augenblick lang in der Hand, dann legte er es zurück. Er hatte schon alle Geschichten darin gelesen, obwohl die Schule erst vor einem Monat wieder begonnen hatte. Er las besser als Buddy, aber dafür war Buddy in Sport besser. *Jetzt wird er eine Weile nicht mehr besser sein*, dachte er schadenfroh und vergaß dabei für kurze Zeit sogar seine Ängste, *nicht mit einem gebrochenen Bein.*

Er nahm sein Geschichtsbuch zur Hand, setzte sich an den Küchentisch und begann nachzulesen, wie Cornwallis sich in Yorktown ergeben hatte. Aber er konnte sich nicht konzentrieren. Er stand auf, ging wieder über den Flur. Die gelbe Hand lag bewegungslos da. Omi schlief; ihr Gesicht hob sich als grauer, eingefallener Kreis vom Kissen ab – eine untergehende Sonne, umgeben von dem unordentlichen gelblich-weißen Strahlenkranz ihrer Haare. Georges Meinung nach sah sie überhaupt nicht so aus, wie Leute aussehen sollten, die alt waren und sich auf den Tod vorbereiten mußten. Sie sah nicht friedlich wie ein Sonnenuntergang aus. Sie sah verrückt aus und...

(und gefährlich)

... ja, okay, und *gefährlich* – wie eine alte Bärin, die vielleicht noch die Kraft für einen kräftigen Tatzenhieb aufbringen kann.

George erinnerte sich noch sehr gut daran, wie sie nach Castle Rock gekommen waren, um sich nach Opas Tod um Omi zu kümmern. Bis dahin hatte Mutti in der Stratford-Wäscherei in Stratford, Connecticut, gearbeitet. Opa war drei oder vier Jahre jünger gewesen als Omi, von Beruf Zimmermann, und er hatte bis zu seinem Todestag gearbeitet. Gestorben war er an einem Herzinfarkt.

Schon damals war Omi etwas senil gewesen und hatte ihre ›schlimmen Anfälle‹ gehabt. Sie war für ihre Familie schon immer eine Plage gewesen. Sie war eine sehr dynamische, temperamentvolle Frau. Fünfzehn Jahre lang hatte sie an einer Schule unterrichtet, während sie zwischendurch in regelmäßigen Abständen Kinder zur Welt brachte und heftige Kämpfe mit der Kongregationalisten-Kirche ausfocht, der sie, Opa und ihre neun Kinder angehörten. Mutti erzählte, daß Opa und Omi aus der Kongregationalisten-Kirche in Scarborough ausgetreten waren, als Omi beschlossen hatte, das Unterrichten aufzugeben; aber vor etwa einem Jahr, als Tante Flo aus Salt Lake City zu Besuch gekommen war, hatten George und Buddy heimlich am Heißluftventil gehorcht und am späten Abend eine Unterhaltung zwischen Mutti und ihrer Schwester belauscht und dabei eine ganz andere Version gehört. Opa und Omi waren aus der Kirche ausgeschlossen worden, und Omi war gekündigt worden, weil sie etwas Falsches getan hatte. Es hatte irgend etwas mit *Büchern* zu tun gehabt. Wie oder warum jemand nur aufgrund von *Büchern* gekündigt und aus der Kirche ausgeschlossen werden konnte, hatte George nicht verstanden, und als er und Buddy in ihre Betten unter dem Dach zurückgeschlüpft waren, hatte er gefragt.

Es gibt alle möglichen Arten von Büchern, Senor El-Stupido, hatte Buddy im Flüsterton geantwortet.

Jaaa, aber was für welche?
Woher soll ich das wissen? Schlaf jetzt!
Schweigen. George hatte über die Sache nachgedacht.
Buddy?
Was ist denn? Ein ärgerliches Zischen.
Warum hat Mutti uns erzählt, daß Omi die Kirche und ihren Job freiwillig aufgegeben hat?
Weil das ein Skelett im Schrank ist, deshalb! Und nun schlaf endlich!

Aber er hatte noch lange nicht einschlafen können. Seine Blicke schweiften immer wieder zur Schranktür, die im Mondlicht verschwommen zu sehen war, und er fragte sich, was er tun würde, wenn plötzlich die Tür aufginge und dahinter ein Skelett zum Vorschein käme, mit grinsenden Zähnen und leeren Augenhöhlen und Rippen, die aussahen wie ein Papageienkäfig, und wenn das weiße Mondlicht gespenstisch und fast bläulich über noch bleichere Knochen gleiten würde. Ob er dann wohl schreien würde? Was hatte Buddy nur mit dem Skelett im Schrank gemeint? Was hatten Skelette mit Büchern zu tun? Schließlich war er dann doch eingeschlafen und hatte geträumt, er wäre wieder sechs Jahre alt, und Omi streckte ihre Arme aus und suchte mit ihren blinden Augen nach ihm und fragte mit ihrer schnarrenden, quengeligen Stimme: *Wo ist der Kleine, Ruth? Warum weint er? Ich will ihn doch nur in den Schrank stecken ... zum Skelett.*

George hatte sehr lange über diese Dinge nachgedacht, und schließlich – etwa einen Monat nach Tante Flos Abreise – war er zu seiner Mutter gegangen und hatte ihr erzählt, daß er ihre Unterhaltung mit Tante Flo belauscht hätte. Zu jener Zeit wußte er bereits, was ein Skelett im Schrank bedeutete, denn er hatte Mrs. Redenbacher in der Schule gefragt. Sie hatte gesagt, es bedeute, einen Skandal in der Familie zu haben, und ein Skandal sei etwas, worüber die Leute sehr viel redeten. *So wie Cora sehr viel redet?* hatte George gefragt, und in Mrs. Redenbachers Gesicht hatte es seltsam gezuckt, und ihre Lippen hatten gezittert, und sie hatte gesagt: *Das ist nicht nett, George, aber... ja, so in dieser Art.*

Als er Mutti gefragt hatte, war ihr Gesicht versteinert.

Hältst du es für gut, Georgie, sowas zu tun? Gehört Horchen zu deinen und Buddys Gewohnheiten?

George, der damals erst neun gewesen war, hatte beschämt den Kopf gesenkt.

Wir mögen Tante Flo, Mutti. Wir wollten ihr ein bißchen länger zuhören.

Das stimmte.

Ist es Buddys Idee gewesen?

Es war tatsächlich Buddys Idee gewesen, aber *das* hätte George nie zugegeben. Er wollte schließlich nicht mit dem Kopf nach hinten herumlaufen, und das hätte gut passieren können, wenn Buddy erfahren hätte, daß er alles ausgeplaudert hatte.

Nein, meine.

Mutti war lange Zeit schweigend dagesessen, bevor sie sagte: *Vielleicht ist es an der Zeit, daß du es erfährst. Lügen ist noch viel schlimmer als horchen, und wir alle lügen unseren Kindern über Omi etwas vor. Und wir lügen auch uns selbst meistens etwas vor.* Und dann sprudelte es plötzlich mit leidenschaftlicher Bitterkeit aus ihr heraus, und ihre Worte waren so scharf und so hitzig, daß George das Gefühl hatte, sie würden ihn verbrennen, wenn er nicht etwas zurückweichen würde. *Abgesehen von mir. Ich muß mit ihr leben, und ich kann mir den Luxus des Lügens nicht länger leisten.*

Mutti erzählte ihm damals also, daß Opas und Omis erstes Kind tot zur Welt gekommen war, und ebenso – ein Jahr später – das zweite, und daß der Arzt Omi erklärt hatte, sie würde nie ein gesundes Kind austragen können, sie würde weiterhin nur tote Babies zur Welt bringen oder Babies, die sterben würden, sobald sie ihren ersten Atemzug tun würden. Er erklärte ihr, das würde immer so weitergehen, bis eines im Mutterleib viel zu lange vor der Geburt sterben würde; es würde dann in ihrem Leibe verwesen und dadurch auch sie selbst umbringen.

Das hatte der Arzt Omi auseinandergesetzt.

Kurz danach begann die Sache mit den *Büchern.*

Bücher, wie man Babys bekommt?

Aber Mutti erklärte ihm nicht, was für Bücher es gewesen waren, wie Omi an sie gekommen war, und woher sie gewußt hatte, wie sie an diese Bücher herankommen konnte. Omi war wieder schwanger geworden, und diesmal kam das Baby weder tot zur Welt noch starb es nach den ersten Atemzügen. Diesmal war es ein ganz gesundes Baby – Georges Onkel Larson. Und danach wurde Omi immer wieder schwanger und brachte gesunde Kinder zur Welt. Einmal, so erzählte Mutti damals, versuchte Opa, Omi zu überreden, die Bücher wegzuwerfen, um festzustellen, ob es auch ohne sie gehen würde (und sogar wenn das nicht der Fall wäre, war Opa vielleicht der Ansicht, daß sie genug Kinder hatten), aber Omi weigerte sich. George fragte seine Mutter nach dem Grund dafür, und sie sagte: »Ich nehme an, daß es für sie inzwischen ebenso wichtig war, die Bücher zu haben wie die Babies.«

»Das verstehe ich nicht«, sagte George.

»Nun«, sagte seine Mutter, »ich bin nicht sicher, ob *ich* es verstehe ... Ich war damals noch sehr klein. Ich weiß nur, daß diese Bücher eine große Macht über sie gewannen. Sie erklärte, daß sie keine weiteren Diskussionen darüber wünsche, und dabei blieb es dann auch. Denn in unserer Familie hatte Omi die Hosen an.«

George schlug sein Geschichtsbuch laut zu. Er warf einen Blick auf die Uhr und sah, daß es fast fünf war. Sein Magen knurrte ein wenig. Plötzlich fiel ihm mit Entsetzen ein, daß – wenn Mutti bis gegen sechs noch nicht zu Hause war –

Omi aufwachen und nach ihrem Abendessen schreien würde. Mutti hatte vergessen, ihm dafür Anweisungen zu geben, vermutlich weil sie wegen Buddys Bein so besorgt gewesen war. Er glaubte, daß er es schaffen würde, für Omi eine ihrer speziellen tiefgefrorenen Mahlzeiten zuzubereiten – sie mußte eine salzlose Diät einhalten. Außerdem mußte sie tausend verschiedene Pillen schlucken.

Für sich selbst konnte er die Reste der Käsemakkaroni von gestern aufwärmen. Mit einer Menge Ketchup würden sie sehr gut schmecken.

Er hole die Makkaroni aus dem Kühlschrank und schüttete sie in eine Pfanne, die er auf den Herd stellte, neben den Teekessel, der dort immer noch bereit stand, für den Fall, daß Omi aufwachte und ihre Tasse Tee haben wollte. George wollte sich ein Glas Milch eingießen, aber er konnte der Versuchung nicht widerstehen, vorher wieder einmal den Telefonhörer abzunehmen.

»... und ich traute meinen Augen kaum, als...« Henrietta Dodd unterbrach ihre Litanei mitten im Satz und rief mit schriller Stimme: »Ich möchte nur wissen, wer ständig in dieser Leitung mithört!«

George legte mit brennendem Gesicht hastig den Hörer auf.

Sie weiß doch nicht, daß du's bist, Dummkopf. Die Leitung wird von sechs Teilnehmern benutzt!

Trotzdem war es unschön zu lauschen, auch dann, wenn man keinen anderen Zweck damit verfolgte als eine menschliche Stimme zu hören, weil man allein zu Hause war, allein mit Ausnahme von Omi, jenem Fettkloß, der im anderen Zimmer im Bett lag; es gehörte sich nicht zu lauschen, selbst wenn es fast eine Notwendigkeit war, eine andere menschliche Stimme zu hören, weil Mutti in Lewiston war, weil es bald dunkel sein würde, und weil Omi im anderen Zimmer lag und aussah wie

(ja, o ja, das tat sie)
eine Bärin, die in ihren alten Tatzen noch genügend Kraft für einen letzten mörderischen Hieb haben könnte.
George holte sich die Milch.

Mutti war 1930 geboren, gefolgt von Tante Flo im Jahre 1932 und Onkel Franklin im Jahre 1934. Onkel Franklin war 1948 an einem Blinddarm-Durchbruch gestorben, und Mutti weinte auch heute noch manchmal darüber und trug sein Foto stets bei sich. Frank war ihr von all ihren Geschwistern der liebste gewesen, und sie sagte, daß er nicht auf diese Weise an Bauchfellentzündung hätte zu sterben brauchen. Sie sagte, es sei ungerecht und gemein von Gott gewesen, Frank sterben zu lassen.

George blickte über den Ablauf hinweg aus dem Fenster. Die Sonne stand schon tief, knapp über dem Hügel, und das Licht war jetzt goldener. Der Schatten ihres Hinterschuppens breitete sich über den ganzen Rasen aus. Wenn Buddy nicht sein blödes Bein gebrochen hätte, wäre Mutti jetzt hier und würde Chili oder etwas anderes kochen (und natürlich auch Omis salzlose Diät), und sie würden sich alle unterhalten und lachen, und vielleicht würden sie später Rommé spielen.
George knipste die Küchenlampe an, obwohl es dafür eigentlich noch viel zu hell war. Dann schaltete er die Herdplatte unter seinen Makkaroni auf NIEDRIGE TEMPERATUR. Er konnte sich nicht von den Gedanken an Omi freimachen, wie sie in ihrem weißen Vinylstuhl gesessen hatte, ein großer fetter Wurm in einem pinkfarbenen Kleid aus Kunstseide, mit wirren, offenen schulterlangen Haaren, und wie sie die Arme nach ihm ausgestreckt hatte, und wie er weinend zurückgewichen war und sich an seine Mutter geklammert hatte.

Schick ihn zu mir, Ruth. Ich möchte ihn umarmen.

Er hat ein bißchen Angst, Mama. Er wird später schon noch zu dir kommen. Aber auch die Stimme seiner Mutter hörte sich verängstigt an.

Verängstigt? Mutti?

George überlegte, stimmte das tatsächlich? Buddy sagte, daß das Gedächtnis einen täuschen könne. Hatte ihre Stimme wirklich verängstigt geklungen?

Ja. Das hatte sie.

Omis diktatorische Stimme: *Verhätschele den Jungen nicht, Ruth! Schick ihn her zu mir. Ich möchte ihn umarmen.*

Nein. Er weint.

Und als Omi ihre dicken Arme endlich gesenkt hatte, an denen das Fleisch in großen teigigen Stücken hing, war ein seniles, hämisches Lächeln über ihr Gesicht geglitten, und sie hatte gesagt: *Sieht er wirklich Franklin ähnlich, Ruth? Ich erinnere mich, daß du das gesagt hast.*

Langsam rührte George die Makkaroni um. Er hatte sich bisher nie mit solcher Deutlichkeit an diesen Vorfall erinnert. Vielleicht hatte die Stille im Haus das bewirkt. Die Stille und das Alleinsein mit Omi.

Omi bekam also ein gesundes Kind nach dem anderen, und sie unterrichtete, und die Ärzte waren wie vom Donner gerührt, und Opa zimmerte und wurde immer wohlhabender. Er fand sogar während der Zeit der größten Depression Arbeit, und schließlich begannen die Leute zu reden, berichtete Mutti.

Was redeten sie denn? fragte George.

Dummes Zeug. Sie sagten, dein Opa und deine Omi hätten zuviel Glück, als daß es mit rechten Dingen zugehen könnte. Und kurz danach wurden die Bücher gefunden. Mutti ließ sich nicht näher darüber aus, sie sagte nur, der Schulrat hätte einige gefunden, und ein eigens dafür engagierter Mann weitere. Es gab einen großen Skandal. Opa und Omi zogen nach Buxton um, und damit hatte sich die Sache.

Omis Kinder wuchsen heran und bekamen selbst Kinder. Mutti heiratete und zog mit Vati (an den George sich nicht einmal erinnern konnte) nach New York. Buddy wurde geboren, und dann zogen sie nach Stratford, und 1969 wurde George geboren, und 1971 wurde Vati von einem Auto überfahren und dabei getötet, und der betrunkene Fahrer wanderte ins Gefängnis.

Als Opa seinen Herzinfarkt bekam und starb, setzte ein lebhafter Briefwechsel zwischen Georges Onkeln und Tanten ein. Sie wollten die alte Frau nicht in ein Pflegeheim abschieben. Und sie selbst wollte auch nicht in ein Pflegeheim. Wenn Omi etwas nicht wollte, war es immer vernünftiger, sich ihren Wünschen zu beugen. Die alte Frau wollte zu einem ihrer Kinder ziehen und dort den Rest ihres Lebens verbringen. Aber alle Kinder waren verheiratet, und ihre Ehepartner hatten absolut keine Lust, ihr Heim mit einer senilen und oft unangenehmen alten Frau zu teilen. Alle waren verheiratet – außer Ruth.

Die Briefe gingen hin und her, und zuletzt gab Georges Mutter nach. Sie gab ihre Arbeit auf und zog nach Maine, um sich um die alte Dame zu kümmern. Ihre Geschwister hatten das Geld für ein kleines Haus außerhalb von Castle View aufgebracht, wo die Grundstückspreise niedrig waren. Allmonatlich schickte jeder von ihnen einen Scheck, damit sie selbst, die alte Dame und die beiden Jungen versorgt waren.

Meine Geschwister haben mich zu einer Art Landpächterin gemacht, erinnerte sich George von seiner Mutter gehört zu haben, und obwohl er nicht genau wußte, was das bedeutete, war ihm die Bitterkeit in ihrer Stimme nicht entgangen. George wußte von Buddy, daß Mutti schließlich nachgegeben hatte, weil jeder in der großen, in alle Himmelsrichtungen verstreuten Familie ihr versichert hatte, daß Omi bestimmt nicht mehr lange zu leben hätte. Sie hatte viel zuviel Krankheiten — zu hohen Blutdruck, Harnvergiftung, Fettleibigkeit, Herzflattern —, um noch lange leben zu können. Es würde vielleicht noch acht Monate dauern, hatten Tante Flo und Tante Stephanie und Onkel George (nach dem George benannt worden war) behauptet, allerhöchstens ein Jahr. Aber inzwischen waren es schon fünf Jahre, und das war Georges Meinung nach eine ganz schön lange Zeit.

Omi hielt wirklich ganz schön lange aus. Wie eine Bärin im Winterschlaf, die wartet... auf was wartet?

(du weißt am besten Ruth wie man mit ihr umgehen muß du weißt wie man sie zum Schweigen bringt)

George, der gerade den Kühlschrank öffnen wollte, um die Zubereitungsangaben auf Omis salzlosem Abendessen zu lesen, hielt abrupt inne. Ein kalter Schauder lief ihm über den Rücken. Woher war sie gekommen? Diese Stimme in seinem Kopf?

Er spürte die Gänsehaut auf Bauch und Brust. Er griff unter sein Hemd und berührte eine seiner Brustwarzen. Sie fühlte sich an wie ein kleiner Kieselstein, und er zog seinen Finger rasch zurück.

Onkel George. Sein Namensvetter, der in New York bei Sperry-Rand arbeitete. *Seine* Stimme war es gewesen. Er hatte das gesagt, als er mit seiner Familie vor zwei — nein vor drei Jahren zu Weihnachten hier gewesen war.

Jetzt, wo sie senil ist, ist sie noch gefährlicher.

George, sei still. Die Jungen sind irgendwo in der Nähe.

George stand vor dem Kühlschrank. Er umklammerte mit einer Hand den kalten Chromgriff und dachte nach, während er in die hereinbrechende Dunkelheit hinausblickte. Buddy war damals *nicht* in der Nähe gewesen. Buddy war schon draußen gewesen, weil er den guten Schlitten bekommen wollte. Sie wollten auf dem Hügel Schlitten fahren, und der zweite Schlitten hatte eine verbogene Kufe. Deshalb war Buddy nicht mehr im Haus gewesen, aber George hatte noch im Flur im Schuhschrank herumgewühlt und nach einem Paar dicker Socken gesucht, die ihm paßten. War es denn seine Schuld, daß seine Mutter und sein Onkel George sich ausgerechnet in der Küche unterhielten? George war nicht dieser Meinung. War es etwa seine Schuld, daß Gott ihn nicht mit Taubheit geschlagen oder dafür gesorgt hatte, daß diese Unterhaltung irgendwo anders stattfand? Auch das konnte George nicht glauben. Wie seine Mutter bei mehr als einer Gelegenheit geäußert hatte (normalerweise nach einem Glas Wein oder auch zwei), war Gott manchmal ein unfairer Partner.

Du weißt, was ich meine, hatte Onkel George gesagt.

Seine Frau und seine drei Töchter waren nach Gates Falls gefahren, um in letzter Minute noch einige Weihnachtseinkäufe zu erledigen, und Onkel George war ziemlich beschwipst gewesen, fast so, wie der betrunkene Fahrer, der ins Gefängnis kam. Das hatte George an der undeutlichen Sprechweise des Onkels erkannt.

Du weißt doch noch, was mit Franklin passiert ist, als er ihr in die Quere kam.

George, sei still, sonst gieße ich dein Bier in den Ablauf.

Na ja, sie hatte es bestimmt nicht so gemeint. Ihre Zunge ging damals einfach mit ihr durch. Peritonitis... Bauchfellentzündung...

George, halt' den Mund!

Vielleicht, erinnerte sich George, damals gedacht zu haben, *ist Gott nicht der einzige unfaire Partner.*

Er schüttelte diese alten Erinnerungen ab und holte eine von Omis Mahlzeiten aus dem Kühlfach. Kalbfleisch mit Erbsen. Man mußte den Backofen vorheizen und das Essen dann vierzig Minuten bei 300 Grad aufbacken. Kinderleicht. Er war auf alles vorbereitet. Das Teewasser stand auf dem Herd, für den Fall, daß Omi Tee haben wollte. Er konnte Tee machen, oder er konnte in kurzer Zeit ihr Abendessen zubereiten, wenn sie aufwachte und danach verlangte. Tee oder Abendessen, er war auf beides eingestellt. Dr. Arlinders Nummer stand auf der Tafel, für den Notfall. Alles war in Ordnung. Weshalb war er nur so beunruhigt?

Er war noch nie mit Omi allein gelassen worden, das war es, was ihn so beunruhigte.

Schick den Jungen zu mir, Ruth. Schick ihn her.
Nein. Er weint.
Sie ist jetzt gefährlicher... du weißt, was ich meine.
Wir alle lügen unseren Kindern über Omi etwas vor.

Weder er noch Buddy. Keiner von ihnen war jemals mit Omi allein gelassen worden. Bis heute.

Plötzlich hatte George einen trockenen Mund. Er ging zum Ablauf und trank einen Schluck Wasser. Er fühlte sich irgendwie merkwürdig. Diese Gedanken. Diese Erinnerungen. Warum förderte sein Gehirn das alles gerade heute zutage?

Er hatte das Gefühl, als hätte jemand alle Teilchen eines Puzzles vor ihm ausgebreitet, und er könnte sie nur nicht richtig zusammensetzen. Aber vielleicht war es *gut*, daß er sie nicht zusammenfügen konnte, denn das fertige Bild wäre vielleicht – nun ja, beängstigend. Es wäre vielleicht...

Aus dem Zimmer, in dem Omi ihre Tage und Nächte verbrachte, drang plötzlich ein würgendes, rasselndes, gurgelndes Geräusch.

George unterdrückte einen Schrei und holte tief Luft. Er wollte in Omis Zimmer gehen, aber seine Schuhe schienen auf dem Linoleum festgewachsen zu sein. Sein Herz hämmerte wild in seiner Brust. Seine Augen waren weit aufgerissen. *Vorwärts*, befahl sein Gehirn seinen Füßen, und seine Füße erwiderten: *Auf gar keinen Fall.*

Omi hatte noch nie ein solches Geräusch von sich gegeben.

Omi hatte *noch nie* ein solches Geräusch von sich gegeben.

Es ertönte von neuem − ein leiser würgender Laut, der immer schwächer wurde und Ähnlichkeit mit dem Summen eines Insektes bekam, bevor er erstarb. Endlich konnte George sich von der Stelle rühren. Er ging in den Flur. Er durchquerte ihn und warf einen Blick in ihr Zimmer. Sein Herz klopfte laut, und jetzt war seine ganze Kehle mit Watte verstopft, so daß er nicht mehr schlucken konnte.

Omi schlief noch, und alles war in Ordnung, das war sein erster Gedanke. Sie hatte nur einen unheimlichen Laut ausgestoßen, weiter nichts; vielleicht machte sie das häufig, wenn Buddy und er in der Schule waren. Es war eine Art Schnarchen. Omi ging es ausgezeichnet. Sie schlief.

Das war sein erster Gedanke. Dann bemerkte er, daß die gelbe Hand, die auf der Decke gelegen hatte, jetzt schlaff an der Bettkante herunterhing, und daß die langen Fingernägel fast den Boden berührten. Und ihr Mund stand weit offen, runzelig und eingefallen wie ein Loch in einer fauligen Frucht.

Zögernd und furchtsam ging George auf das Bett zu.

Er stand lange neben ihr und blickte auf sie hinab, wagte aber nicht, sie zu berühren. Es schien so, als hätte das kaum wahrnehmbare Heben und Senken der Bettdecke aufgehört.

Es schien so.

Das waren die Schlüsselworte. *Es schien so.*

Du siehst ganz einfach Gespenster, Georgie, das ist alles. Du bist ein richtiger Senor El-Stupido, wie Buddy immer sagt. Es ist pure Einbildung. Dein Gehirn spielt deinen Augen nur einen Streich, sie atmet wunderbar, sie...

»Omi?« sagte er, aber es kam nur ein Flüstern aus seinem Mund. Er räusperte sich und erschrak so über dieses Geräusch, daß er einen Satz nach rückwärts machte. Aber seine Stimme wurde etwas lauter. »Omi? Willst du jetzt deinen Tee? Omi?«

Nichts.

Die Augen waren geschlossen.

Der Mund war geöffnet.

Die Hand hing herab.

Draußen schien die untergehende Sonne rotgolden durch die Bäume.

Er sah sie ganz bildhaft vor sich, nicht so, wie sie jetzt vor ihm im Bett lag, sondern in dem weißen Vinylstuhl sitzend, mit ausgestreckten Armen und diesem einfältigen und zugleich triumphierenden Gesichtsausdruck. Ihm fiel plötzlich einer von Omis ›schlimmen Anfällen‹ ein, als sie geschrien hatte wie in einer Fremdsprache – *Gyaagin! Gyaagin! Hastur degryon Yos-soth-oth!* – und Mutti Buddy und ihn hinausgeschickt hatte und Buddy angebrüllt hatte *Hinaus mit dir!*, als er im Flur nach seinen Handschuhen suchen wollte. Buddy hatte mit weit aufgerissenen Augen einen Blick über die Schulter geworfen, denn Mutti brüllte *nie*, und sie waren beide hinausgegangen und hatten schweigend auf der Auffahrt gestanden, die Hände wegen der Kälte tief in den Taschen vergraben, und sie hatten sich gefragt, was eigentlich los war.

Etwas später hatte Mutti sie zum Abendessen gerufen, als sei nichts geschehen.

(du weißt am besten Ruth wie man mit ihr umgehen muß du weißt wie man sie zum Schweigen bringt)

George hatte bis heute nie wieder an diesen außergewöhnlichen ›schlimmen Anfall‹ gedacht. Erst jetzt, während er Omi betrachtete, die in ihrem Krankenhausbett so sonderbar schlief, fiel ihm entsetzt ein, daß sie genau am Tag nach dem Anfall erfahren hatten, daß Mrs. Harham, die ein Stück weiter wohnte und manchmal Omi besuchte, in jener Nacht im Schlaf gestorben war.

Omis ›schlimme Anfälle‹.

Omis... Zaubersprüche?

Hexen konnten zaubern. Das machte sie ja zu Hexen. Vergiftete Äpfel. Prinzen, die in Frösche verwandelt wurden. Lebkuchenhäuschen. Abrakadabra. Zauberei.

Die losen Teilchen eines unbekannten Puzzles fügten sich wie durch Zauberei in Georges Kopf zusammen.

Zauberei. Magie.

George stöhnte.

Was ergab das Bild? Es war Omi, natürlich, Omi und ihre *Bücher*, Omi, die aus der Stadt gejagt worden war, Omi, die keine Kinder hatte bekommen können und dann doch welche bekommen hatte, Omi, die nicht nur aus der Stadt, sondern auch aus der Kirche gejagt worden war. Das Bild zeigte Omi, gelb und fett und runzelig und schneckenähnlich, den zahnlosen Mund zu einem Grinsen verzogen, die blinden Augen irgendwie listig und verschlagen; auf dem Kopf hatte sie einen schwarzen konischen Hut, der mit silbernen Sternen und funkelndem babylonischem Halbmond besetzt war; an ihre Füße schmiegten sich schwarze Katzen mit Augen so gelb wie Urin; er hörte Worte aus alten Büchern, und jedes Wort war wie ein Stein, und jeder Satz war wie eine Gruft in einem stinkenden Beinhaus, und jeder Paragraph war wie eine alptraumhafte Karawane von Pesttoten, die zu ihrem Verbrennungsort gebracht wurden. Mit den Augen eines Kindes tat George in diesem Moment entsetzt einen Blick in das Wesen der Finsternis.

Omi war eine Hexe gewesen, genau wie die Böse Hexe im ›Zauberer von Oz‹. Und jetzt war sie tot. Jener gurgelnde Laut, dachte George mit wachsendem Entsetzen, jener gurgelnde, schnarchende Laut war ein... war ein *Todesröcheln* gewesen.

»Omi?« flüsterte er und dachte dabei verrückterweise: *Ding-Dong, die böse Hexe ist tot.*

Keine Reaktion. Er hielt seine gewölbte Hand vor Omis Mund. Kein Atem rührte sich in Omi. Kein Lüftchen. Es war völlig windstill, die Segel hingen schlaff herab, und hinter dem Schiff war kein Kielwasser zu entdecken. Georges Angst ließ ein wenig nach, und er versuchte, logisch zu denken. Ihm fiel ein, daß Onkel Fred ihm einmal gezeigt hatte, wie man die Windrichtung feststellen kann, indem man einen Finger anfeuchtet, und er leckte seine ganze Handfläche ab und hielt sie dicht vor Omis Mund.

Immer noch nichts.

Er beschloß, zum Telefon zu gehen und Dr. Arlinder anzurufen. Aber schon nach wenigen Schritten blieb er wieder stehen. Angenommen, er rief den Doktor, und sie war überhaupt nicht tot? Dann würde er mit Sicherheit Schwierigkeiten bekommen.

Ihren Puls fühlen.

Auf der Türschwelle stehend, blickte er zögernd auf die herabhängende Hand. Der Ärmel von Omis Nachthemd hatte sich hochgeschoben und enthüllte ihr Handgelenk. Aber das hatte keinen Sinn. Als er einmal beim Arzt gewesen war, hatte die Krankenschwester ihre Finger auf sein Handgelenk gedrückt, um seinen Puls zu fühlen, und daheim hatte er es selbst probiert und nichts gefunden. Seinen eigenen ungeübten Fingern nach hätte er tot sein müssen.

Außerdem wollte er Omi eigentlich nicht... na ja... berühren. Nicht einmal, wenn sie tot war. *Besonders dann nicht*, wenn sie tot war.

Im Flur blieb er wieder stehen und schaute von Omis stiller Gestalt im Bett zum Telefon an der Wand neben Dr. Arlinders Nummer und wieder zurück zu Omi. Er würde wohl doch anrufen müssen. Er würde...

... einen Spiegel holen

Na klar! Wenn man einen Spiegel anhauchte, beschlug er. Er

hatte einmal in einem Film gesehen, wie ein Arzt auf diese Weise feststellte, daß ein Bewußtloser noch lebte. Neben Omis Zimmer befand sich ein Bad, und George rannte hinein und holte Omis Schminkspiegel, der auf einer Seite ganz normal war und auf der anderen Seite vergrößerte, damit man leichter Härchen zupfen und anderen Blödsinn machen konnte.

George hielt eine Seite des Spiegels ganz dicht vor Omis weit offenen Mund und zählte bis sechzig, wobei er Omi nicht aus den Augen ließ. Nichts veränderte sich. Er war sicher, daß sie tot war, noch bevor er den Spiegel von ihrem Mund wegnahm und die Oberfläche betrachtete, die völlig klar und nicht im geringsten beschlagen war.

Omi war tot.

George stellte erleichtert und überrascht fest, daß sie ihm jetzt richtig leid tun konnte. Vielleicht war sie eine Hexe gewesen. Vielleicht auch nicht. Vielleicht hatte sie nur *geglaubt*, sie sei eine Hexe. Wie dem auch gewesen sein mochte — jetzt war sie tot. Er erkannte mit dem Begriffsvermögen eines Erwachsenen, daß Fragen der konkreten Realität im Angesicht des Todes zwar nicht unwichtig, aber doch weniger wesentlich wurden. Er erkannte das mit dem Begriffsvermögen eines Erwachsenen und akzeptierte diese Erkenntnis mit der Erleichterung eines Erwachsenen. Sie hinterließ einen Fußabdruck in seinem Gehirn. Das tun alle Eindrücke, die das kindliche Begriffsvermögen eigentlich bei weitem übersteigen. Erst in späteren Jahren erkennt das Kind, daß es durch solche zufälligen Erfahrungen *geformt*, *geprägt* wurde. *Im Augenblick* bleibt ihm aber nur jener bittere Pulvergeruch im Gedächtnis haften, der sich nach der Zündung einer Idee einstellt, die weit über das tatsächliche Alter eines Kindes hinausgeht.

Er brachte den Spiegel ins Bad zurück, durchquerte Omis Zimmer und warf im Vorbeigehen einen Blick auf ihre Leiche. Die untergehende Sonne hatte das alte tote Gesicht in barbarisches orangefarbenes Licht gehüllt, und George schaute rasch weg.

Er ging zum Telefon in der Küche, fest entschlossen, alles richtig zu machen. Er malte sich im Geiste schon aus, daß er in Zukunft Buddy etwas voraus haben würde: sollte Buddy wieder anfangen, ihn zu hänseln, so würde er einfach sagen: *Ich war ganz allein zu Hause, als Omi starb, und ich habe alles richtig gemacht.*

Als erstes mußte er Dr. Arlinder anrufen und ihm sagen: »Meine Großmutter ist gerade gestorben. Können Sie mir sagen, was ich jetzt tun muß? Sie zudecken oder etwas in dieser Art?«

Nein.

»Ich glaube, meine Großmutter ist gerade gestorben.«

Ja. Ja, das war besser. Die Erwachsenen glaubten ja sowieso nicht, daß ein Kind etwas wissen könne, deshalb war dieser Satz besser.

Oder wie wäre es mit: »*Ich bin ziemlich sicher, daß meine Großmutter gerade gestorben ist* . . .«

Klar! Das war am besten.

Und dann würde er dem Doktor von dem Spiegel und dem Todesröcheln und allem übrigen erzählen. Und der Doktor würde sofort herkommen und Omi untersuchen, und dann würde er sagen: *Ich erkläre dich für tot, Oma,* und zu George würde er sagen: *Du hast dich in einer schwierigen Situation außerordentlich besonnen und vernünftig verhalten, George. Meinen herzlichen Glückwunsch!* Und George würde etwas angemessen Bescheidenes murmeln.

George warf einen Blick auf Dr. Arlinders Nummer und holte ein paarmal tief Luft, bevor er den Hörer abnahm. Er hatte immer noch Herzklopfen, aber der quälende Druck hatte jetzt aufgehört. Omi war gestorben. Das Schlimmstmögliche war eingetreten, und irgendwie war es weniger schlimm, als darauf zu warten, daß sie nach ihrem Tee schrie.

Die Leitung war tot.

Er lauschte der Stille, immer noch die Worte auf den Lippen: *Es tut mir leid, Mrs. Dodd, aber hier ist George Bruckner, und ich muß wegen meiner Großmutter den Doktor anrufen.* Keine Stimmen. Kein Amtszeichen. Nur Totenstille. Wie die Totenstille in dem Bett im Nebenzimmer.

Omi liegt...

...liegt...

Omi liegt so leblos da.

Er bekam wieder eine Gänsehaut. Er starrte auf den Teekessel auf dem Herd, auf die Tasse mit dem Kräuterteebeutel. Kein Tee mehr für Omi. Nie mehr.

George schauderte zusammen.

Er drückte mit dem Finger immer wieder auf den Trennknopf des Telefons, aber die Leitung war tot. Genauso tot wie...

(*genauso leblos wie*)

Er legte den Hörer so heftig auf, daß ein leiser Klingelton zu hören war. Hastig nahm er ihn wieder ab, in der Hoffnung, daß das Telefon wie durch ein Wunder plötzlich wieder funktionierte. Aber die Leitung war immer noch tot, und diesmal legte er den Hörer langsam auf.

Sein Herzklopfen war immer stärker geworden.

Ich bin allein in diesem Haus, allein mit ihrer Leiche.

Langsam durchquerte er die Küche und blieb am Tisch stehen. Allmählich wurde es dunkel. Bald würde die Sonne untergegangen sein, die Nacht würde hereinbrechen.

Warten. Ich brauche nur zu warten. Warten, bis Mutti nach Hause kommt. Eigentlich ist es besser so. Wenn schon das Telefon nicht funktioniert, ist es besser, daß sie einfach gestorben ist, als wenn sie einen Anfall bekommen hätte, mit Schaum vor dem Mund, und vielleicht auch noch aus dem Bett gefallen wäre...

Aber es war trotzdem schlimm. Er hätte sehr viel darum gegeben, wenn ihm *diese* Scheiße erspart geblieben wäre.

In der Dunkelheit allein zu sein und an tote Dinge zu denken, die doch irgendwie lebendig waren — in den Schatten an den Wänden unheimliche Gestalten zu sehen und an den Tod zu denken, an die Toten zu denken, daran, wie sie stinken würden, und wie sie in der Dunkelheit auf einen zukommen würden; an dies und jenes zu denken: an Würmer zu denken, die sich ins Fleisch hineinfraßen, die sich durchs Fleisch hindurchfraßen; an Augen zu denken, die sich im Dunkeln bewegten. Ja. Das war am schlimmsten. An Augen zu denken, die sich im Dunkeln bewegten, und das Knarren des Fußbodens, während etwas durchs Zimmer schlich. Ja.

Im Dunkeln drehen sich die Gedanken immer im Kreise, und woran George auch zu denken versuchte — an Blumen oder Jesus oder Baseball oder den Gewinn einer Goldmedaille bei der Olympiade —, irgendwie kehrten seine Gedanken doch immer wieder zu der Gestalt in der Dunkelheit an der Wand zurück, zu der unheimlichen Gestalt mit den Krallen und den starren Augen.

»Verdammte Scheiße!« zischte er und gab sich selbst eine schallende Ohrfeige. Er machte sich selbst verrückt. Das mußte schleunigst aufhören. Er war schließlich nicht mehr sechs Jahre alt. Sie war tot, das war alles, tot. Sie konnte jetzt keinen Gedanken mehr fassen, genauso wenig wie eine Murmel oder ein Dielenbrett oder ein Türknopf oder eine Skalenscheibe am Radio oder...

Und eine mächtige unbekannte Stimme in ihm — vielleicht nichts anderes als die unversöhnliche Stimme des einfachen Überlebensinstinktes — rief: *Hör jetzt endlich auf damit, Georgie, und tu verdammt nochmal etwas Vernünftiges!*

Ja, okay. Okay, aber...

Er ging zur Tür von Omis Zimmer, um sich zu vergewissern.

Da lag Omi, mit offenem, klaffendem Mund, ein Arm an

der Bettkante herabhängend, fast bis zum Boden. Omi war jetzt ein Teil des Mobiliars. Man konnte ihren Arm ins Bett zurücklegen oder sie an den Haaren ziehen oder ihr ein Wasserglas in den Mund schieben oder ihr Kopfhörer anlegen und mit voller Lautstärke Chuck Berry spielen lassen, und das würde ihr alles nichts ausmachen. Omi war, wie Buddy manchmal sagte, über solche Dinge hinaus. Omi hatte das Rennen hinter sich.

Plötzlich setzte links von George ein tiefes rhythmisches dumpfes Geräusch ein, und er zuckte zusammen und konnte einen leisen Aufschrei nicht unterdrücken. Es war die Wintertür, die Buddy erst letzte Woche eingehängt hatte. Nur die Tür, die nicht fest geschlossen gewesen war und in der starken Brise hin und her schwang.

George öffnete die innere Tür, beugte sich vor und bekam die Wintertür zu fassen, als sie zurückschwang. Der Wind — es war keine Brise mehr, sondern ein richtiger Wind — zerzauste ihm das Haar. Er klinkte die Tür fest ein und wunderte sich, daß so plötzlich Wind aufgekommen war. Als Mutti weggefahren war, hatte fast völlige Windstille geherrscht. Aber als Mutti weggefahren war, war es auch noch hellichter Nachmittag gewesen, und nun war es schon ganz dämmerig.

George warf wieder einen Blick auf Omi, dann ging er wieder zum Telefon und nahm den Hörer ab. Die Leitung war immer noch tot. Er setzte sich, stand wieder auf und begann, in der Küche auf und ab zu laufen. Dabei versuchte er nachzudenken.

Eine Stunde später war es völlig dunkel. Das Telefon funktionierte immer noch nicht. George vermutete, daß der inzwischen fast sturmartige Wind einige Leitungen beschädigt hatte, wahrscheinlich draußen am Biber-Moor, wo die Bäume kreuz und quer zwischen Bruchholz und Morast wuchsen. Ab und zu surrte das Telefon gespenstisch und fern, aber die Leitung war und blieb tot. Draußen pfiff der Wind um die Ecken des kleinen Hauses, und George dachte, daß er beim nächsten Pfadfindertreffen wirklich eine tolle Geschichte auf Lager haben würde... wie er ganz allein mit seiner toten Omi im Haus gewesen war, und wie das Telefon nicht funktioniert hatte, und wie der Wind ganze Scharen von Wolken mit großer Geschwindigkeit über den Himmel getrieben hatte, Wolken, deren oberste Schicht schwarz war, und die darunter die Farbe von totem Talg hatten – wie Omis Tatzenhände.

Es war, wie Buddy manchmal sagte, einfach klassisch.

Er wünschte, daß er jetzt schon beim Erzählen wäre, und die Sache selbst schon gefahrlos überstanden wäre. Er saß am Küchentisch, das aufgeschlagene Geschichtsbuch vor sich, und zuckte bei jedem Geräusch zusammen... und nachdem der Wind jetzt so stark war, gab es jede Menge Geräusche, denn das Haus knarrte in all seinen ungeölten, vergessenen, heimlichen Fugen.

Sie wird sehr bald zu Hause sein. Sie wird gleich heimkommen, und dann wird alles in Ordnung sein. Alles
(du hast sie nicht zugedeckt)
wird in Ord...
(hast ihr Gesicht nicht zugedeckt)

George fuhr zusammen, als hätte jemand laut geschrien, und er starrte mit weit aufgerissenen Augen auf das nutzlose Telefon. Man mußte das Gesicht eines Toten mit einem Tuch verhüllen. So wurde es in allen Filmen gemacht.

Zum Teufel damit! Ich gehe nicht noch einmal dort hinein!

Nein! Warum sollte er auch? *Mutti* konnte ihr das Gesicht verhüllen, wenn sie heimkam! Oder *Dr. Arlinder*, wenn er kam! Oder der *Leichenbestatter!*

Irgend jemand, nur nicht er.

Warum sollte er auch?

Weder Omi noch er hätten etwas davon.

Buddys Stimme in seinem Kopf: *Wenn du keine Angst gehabt hast — warum hast du dich dann nicht getraut, ihr Gesicht zu verhüllen?*

Das war nicht meine Sache.

Angsthase!

Omi hätte doch gar nichts davon gehabt!

FEIGER ANGSTHASE!

George saß am Tisch, vor seinem Geschichtsbuch, ohne zu lesen. Nach reiflicher Überlegung kam er zu dem Schluß, daß er später nicht behaupten konnte, alles richtig gemacht zu haben, wenn er die Decke *nicht* über Omis Gesicht zog, und daß Buddy dann doch wieder ein Bein (wenn auch ein wackeliges) auf die Erde bekommen würde.

Er sah bildhaft vor sich, wie er die unheimliche Geschichte von Omis Tod beim Pfadfindertreffen am Lagerfeuer erzählte und gerade zu dem tröstlichen Schluß kam, wo Muttis Scheinwerfer in der Auffahrt sichtbar wurden — die Rückkehr des Erwachsenen, der die Ordnung wieder herstellt —, und wie dann plötzlich eine dunkle Gestalt aus dem Schatten hervortrat, und wie ein Tannenzapfen im Feuer zerbarst, und wie er in der dunklen Gestalt seinen Bruder erkannte, und wie Buddy sagte: *Wenn du so mutig warst, Hasenfuß — warum hast du dich dann nicht getraut, IHR GESICHT zu verhüllen?*

George stand auf und rief sich ins Gedächtnis zurück, daß es mit Omi *aus und vorbei* war, daß Omi *leblos dalag*. Er konnte ihren Arm aufs Bett zurücklegen, ihr einen Teebeutel in die Nase stopfen, ihr Kopfhörer anlegen und Chuck Berry auf volle Lautstärke drehen usw. usw. ..., und nichts davon würde Omi berühren, denn das war es, was tot sein bedeutete, einen Toten berührte nichts mehr, ein Toter war unwiderruflich aus dieser Welt geschieden, und alles andere waren nur Träume, unentrinnbare Fieberträume von Schranktüren, die sich um Mitternacht öffnen, Alpträume von Mondlicht, das ein gespenstisches Blau auf die Knochen ausgegrabener Skelette zaubert...

Er flüsterte: »Hör auf damit, sage ich dir! Sei doch nicht so furchtbar...«

(albern)

Er riß sich zusammen. Er würde jetzt in Omis Zimmer gehen und ihr die Decke übers Gesicht ziehen, und dann würde Buddy kein Bein mehr auf die Erde kriegen können. Er würde die wenigen einfachen Rituale anläßlich Omis Tod perfekt ausführen. Er würde ihr Gesicht verhüllen, und dann würde er – sein Gesicht erhellte sich beim Gedanken an diese symbolische Handlung – ihren unbenutzten Teebeutel und ihre unbenutzte Tasse wegräumen. Jawohl.

Er mußte sich zu jedem Schritt regelrecht zwingen. Omis Zimmer war dunkel, ihr Körper eine umrißhafte Erhebung auf dem Bett, und er tastete krampfhaft nach dem Lichtschalter und konnte ihn – wie ihm schien – eine Ewigkeit nicht finden. Aber schließlich knipste er ihn doch an, und das matte gelbe Licht der Deckenlampe aus geschliffenem Glas erhellte den Raum.

Omi lag immer noch mit offenem Mund und herabhängendem Arm da. George betrachtete sie und spürte, daß kleine Schweißperlen ihm auf der Stirn standen, und er fragte sich, ob es vielleicht auch noch zu seinen Pflichten gehören konnte, diese erkaltete Hand zu nehmen und aufs Bett zurückzulegen, zu Omis übrigem Körper. Er entschied, daß es *nicht* zu seinen Pflichten gehörte. Es wäre einfach zuviel verlangt. Er konnte sie nicht berühren. Alles andere. Aber *das* nicht.

Ganz langsam, so als bewegte er sich nicht durch Luft, sondern durch irgendeine Flüssigkeit, ging George auf Omi zu. Neben dem Bett blieb er stehen und blickte auf sie hinab. Omi war gelb. Zum Teil lag das an dem Licht, das durch den alten Lampenschirm gefiltert wurde, zum Teil aber auch nicht.

Stoßweise durch den Mund atmend, packte George die Decke und zog sie über Omis Gesicht. Er ließ sie los, und sie glitt ein wenig hinunter und enthüllte Omis Haaransatz und ihre gelbe runzelige Pergamentstirn. Er nahm allen Mut zusammen und faßte die Decke noch einmal an – mit beiden Händen einen großen Abstand zu Omis Kopf einhaltend, um sie auf gar keinen Fall zu berühren, nicht einmal durch den Stoff – und zog sie wieder hoch. Diesmal blieb sie liegen. Das Ergebnis war zufriedenstellend. George verlor etwas von seiner Angst. Er hatte sie *begraben*. Ja, genau das war der Grund, weshalb man Tote zudeckte, und weshalb das richtig war: es war so, als begrabe man sie. Es war eine Art Darstellung.

Er betrachtete die herabhängende, unbeerdigte Hand und erkannte, daß er sie jetzt berühren und unter die Decke schieben konnte, damit sie wie die ganze übrige Omi beerdigt war.

Er beugte sich hinunter, packte die kühle Hand und hob sie an.

Die Hand drehte sich in seiner Hand und packte ihn am Gelenk.

George schrie. Er taumelte zurück und schrie in dem leeren Haus, schrie gegen den Wind an, der ums Haus heulte, schrie gegen die knarrenden Fugen des Hauses an. Er wich zurück und zog dabei Omis Körper mit sich, so daß sie unter der Decke ganz schief auf dem Bett lag, und dann löste sich die Hand endlich aus seiner, sich krümmend, drehend, in die Luft greifend... bis sie wieder schlaff herunterhing wie zuvor.

Alles ist in Ordnung, es war nichts, nur ein Reflex.

George nickte verständig, und dann fiel ihm wieder ein, wie ihre Hand sich in der seinigen gedreht und ihn am Handgelenk gepackt hatte, und er schrie laut auf. Seine Augen traten aus den Höhlen hervor. Seine Haare standen zu Berge. Das Herz raste in seiner Brust. Alles drehte sich ihm vor den Augen. Die Erde schien sich abwechselnd nach der einen und nach der anderen Richtung zu neigen. Jedesmal, wenn er versuchte, einen vernünftigen Gedanken zu fassen, wurde er von panischer Angst geschüttelt. Er wollte nur eines — aus diesem Zimmer herauskommen, in ein anderes Zimmer rennen — oder sogar drei oder vier Meilen die Straße entlangrennen, wenn es nötig war, um das alles wieder unter Kontrolle zu bekommen. Er drehte sich auf dem Absatz um, verfehlte die offene Tür um gut zwei Fuß und raste mit voller Wucht gegen die Wand.

Er prallte zurück und fiel zu Boden. Ein scharfer, schneidender Schmerz durchzuckte seinen Schädel und überdeckte sogar seine Panik. Er berührte seine Nase, und seine Hand wurde blutig. Frische Blutstropfen befleckten sein grünes Hemd. Er kam taumelnd auf die Beine und schaute wild um sich.

Der Arm hing wieder an der Bettkante herunter wie zuvor, aber Omis Körper lag nicht mehr schräg auf dem Bett, sondern in der gleichen Position wie vor dem Zwischenfall.

Er hatte sich das alles nur eingebildet. Er war ins Zimmer gekommen, und alles übrige hatte sich nur in seiner Fantasie abgespielt.

Nein.

Aber der Schmerz hatte ihm zu einem klaren Kopf verholfen. Tote konnten niemanden am Handgelenk packen. Tot war tot. Wenn man tot war, konnte jedermann einen als Hutablage mißbrauchen oder in einen Traktorreifen stopfen und bergabwärts rollen usw. Wenn man tot war, mußte man alles über sich ergehen lassen (beispielsweise den Versuch kleiner Jungen, tote herabhängende Hände ins Bett zurückzulegen), aber selbst konnte man nicht mehr handeln.

Es sei denn, man war eine Hexe. Es sei denn, man suchte sich eine Zeit zum Sterben aus, wo außer einem Kind niemand in der Nähe war, denn dann konnte man am besten...

Was konnte man dann am besten?

Nichts. Es war purer Blödsinn. Er hatte sich das alles eingebildet, weil er Angst gehabt hatte, mehr war an der ganzen Sache nicht dran. Er wischte sich die Nase mit dem Unterarm ab und stöhnte vor Schmerz. Eine Blutspur zog sich über die Innenseite seines Armes.

Er würde einfach nicht mehr nahe an Omi herangehen, das war alles. Realität oder Halluzination − er würde sich überhaupt nicht mit Omi beschäftigen. Die schlimmste Panik war vorüber, aber er hatte immer noch wahnsinnige Angst und war den Tränen nahe, er zitterte beim Anblick seines Blutes und hatte nur den einzigen Wunsch, daß seine Mutter endlich heimkommen und sich um alles kümmern möge.

George rannte aus dem Zimmer und stürzte in die Küche. Er holte tief Luft und stieß sie keuchend wieder aus. Er brauchte dringend einen nassen Lappen für seine Nase, und er hatte plötzlich das Gefühl, sich gleich übergeben zu müssen. Er ging zum Ablauf und drehte den Kaltwasserhahn auf. Er bückte sich und holte einen Lappen aus dem Schränkchen unter der Spüle und hielt ihn unter den kalten Wasserstrahl, während er gleichzeitig das Blut in seiner Nase hochzog. Er wartete, bis das weiche Baumwolltuch sich mit Wasser vollgesogen hatte, dann drehte er den Hahn zu und wrang den Lappen aus.

Er hatte ihn gerade erst auf seine Nase gelegt, als Omis Stimme aus dem anderen Zimmer ertönte.

»Komm her, Junge!« rief Omi mit dumpfer, brummender Stimme. »Komm zu mir – *Omi möchte dich umarmen.*«

George wollte schreien, brachte aber keinen Laut hervor. Überhaupt keinen. Dafür waren aus Omis Zimmer Geräusche zu hören. Geräusche, die er oft gehört hatte, wenn Mutti in Omis Zimmer war und sie im Bett wusch, wenn sie Omis massigen Körper anhob oder drehte.

Nur schienen diese Geräusche jetzt etwas anderes zu bedeuten – es hörte sich so an, als versuchte Omi... als versuchte sie, aus dem Bett zu steigen.

»Junge! Komm her zu mir, Junge! Auf der Stelle! Beeil dich!«

Voller Entsetzen stellte er fest, daß seine Füße diesem Befehl gehorchten. Er sagte ihnen, sie sollten stehenbleiben, aber sie bewegten sich trotzdem auf dem Linoleum vorwärts, linker Fuß, rechter Fuß, linker Fuß, rechter Fuß; sein Gehirn war ein verängstigter Gefangener seines Körpers – eine Geisel in einem Turm.

Sie IST eine Hexe, sie ist eine Hexe, und sie übt ihren bösen Zauber aus, und es ist schlimm, es ist WIRKLICH schlimm, o Gott, o Jesus, hilf mir, hilf mir, hilf mir...

George durchquerte die Küche und den Flur und ging in Omis Zimmer, und es stimmte tatsächlich, sie hatte nicht nur *versucht*, aus dem Bett zu steigen, sie *war* aus dem Bett gestiegen, sie saß in dem weißen Vinylstuhl, wo sie seit Jahren nicht mehr gesessen hatte, seit sie zu dick und schwer zum Gehen geworden war und außerdem so senil, daß sie nicht mehr gewußt hatte, wo sie war.

Aber jetzt sah Omi überhaupt nicht senil aus.

Ihr Gesicht war schlaff und teigig, aber die Senilität war daraus verschwunden – wenn sie überhaupt jemals wirklich vorhanden gewesen war, wenn es nicht nur eine Maske gewesen war, die sie aufgesetzt hatte, um kleine Jungen und erschöpfte Frauen ohne Ehemänner einzulullen. Jetzt strahlte Omis Gesicht eine grimmige Intelligenz aus – es leuchtete wie eine alte stinkende Wachskerze. Ihre Augen waren tief eingesunken, glanzlos und tot. Ihre Brust hob und senkte sich nicht. Ihr Nachthemd war hochgerutscht und enthüllte elefantenartige Schenkel. Die Decke ihres Sterbebetts war zurückgeschlagen.

Omi streckte ihre fetten Arme nach ihm aus.

»*Ich möchte dich umarmen, Georgie*«, sagte diese Totenstimme. »*Sei kein ängstlicher kleiner Schreihals. Laß dich von deiner Omi umarmen.*«

George wich etwas zurück. Er versuchte verzweifelt, dieser fast unwiderstehlichen magischen Anziehungskraft zu trotzen. Draußen heulte und toste der Wind. Georges Gesicht war angstverzerrt – es hatte große Ähnlichkeit mit einem Holzschnitt aus irgendeinem alten Folianten.

George begann auf sie zuzugehen. Er konnte einfach nicht anders. Er machte einen Schritt nach dem anderen auf ihre ausgestreckten Arme zu. *Er würde Buddy beweisen, daß auch er vor Omi keine Angst hatte. Er würde zu Omi gehen und sich umarmen lassen, weil er kein feiger kleiner Schreihals war. Er würde jetzt gleich zu Omi gehen.*

Er hatte fast schon ihre ausgestreckten Arme erreicht, als plötzlich das Fenster zu seiner Linken klirrend zerbrach und ein vom Wind abgebrochener Ast, der sein Laubwerk noch nicht verloren hatte, mitten im Raum landete. Ein heftiger Windstoß fegte durchs Zimmer und blähte Omis Nachthemd auf und fuhr in ihre Haare.

Jetzt konnte George endlich schreien. Er stolperte rückwärts, weg von den ausgestreckten Armen, und Omi schürzte die Lippen, so daß ihr altes Zahnfleisch entblößt wurde, und sie stieß ein enttäuschtes Zischen aus. Ihre dicken, faltigen Arme umfingen nur Luft, als sie klatschend die Hände zusammenschlug.

George stolperte über seine eigenen Füße und fiel hin.

Omi erhob sich langsam aus dem weißen Vinylstuhl, ein schwabbeliger Fleischberg. Sie watschelte auf ihn zu. George stellte fest, daß er nicht aufstehen konnte; seine Beine versagten ihm den Dienst. Er kroch wimmernd nach rückwärts. Omi kam langsam aber unaufhaltsam immer näher, tot und doch lebendig, und plötzlich begriff George, was es mit ihrer Umarmung auf sich haben würde. Das Puzzle in seinem Gehirn war endlich vollständig, und irgendwie kam er wieder auf die Beine, gerade als Omis Hand ihn am Hemd packte. Es zerriß an der Seite, und einen Moment lang fühlte er ihr kaltes Fleisch auf seiner Haut, bevor er in die Küche fliehen konnte.

Er würde in die Nacht hinausrennen. Alles war besser, als sich von seiner Omi, der Hexe, umarmen zu lassen. Denn andernfalls würde seine Mutter beim Nachhausekommen zwar Omi tot und George lebendig vorfinden, o ja... aber George würde auf einmal eine Leidenschaft für Kräutertee entwickelt haben.

Er warf rasch einen Blick über die Schulter zurück und sah Omis grotesken, unförmigen Schatten an der Wand, während sie durch den Flur watschelte.

Und in diesem Moment klingelte das Telefon, schrill und durchdringend.

George riß den Hörer von der Gabel und schrie hinein; er schrie, jemand solle doch bitte, bitte kommen. Er schrie das alles völlig lautlos. Kein Laut drang aus seiner zugeschnürten Kehle.

Omi trottete in ihrem rosa Nachthemd in die Küche. Ihr weißgelbes Haar hing ihr wirr und wild ums Gesicht herum, und einer ihrer Hornkämme baumelte schief vor ihrem faltigen Hals.

Omi grinste.

»Ruth?« Es war Tante Flos Stimme, kaum zu hören wegen der schlechten Überland-Fernverbindung. »Ruth, bist du's?« Es war Tante Flo in Minnesota, über zweitausend Meilen entfernt.

»Hilf mir!« brüllte George ins Telefon, aber heraus kam nur ein leiser zischender Pfeifton, so als hätte er in eine Mundharmonika mit lauter kaputten Pfeifen geblasen.

Omi wankte mit ausgestreckten Armen über das Linoleum. Ihre Hände klatschten zusammen, bewegten sich auseinander, klatschten wieder zusammen... Omi wollte ihn umarmen – sie hatte fünf Jahre auf diese Umarmung gewartet.

»Ruth, kannst du mich hören? Hier stürmt es, der Sturm hat erst vor kurzem angefangen, und ich... ich bekam plötzlich Angst. Ruth, ich kann dich nicht hören...«

»Omi«, krächzte George ins Telefon. Jetzt hatte sie ihn fast schon erreicht.

»George?« Tante Flos Stimme war mit einemmal schärfer, fast kreischend. »George, bist *du's*?«

Er begann vor Omi zurückzuweichen und bemerkte zu spät, daß er sich in die falsche Richtung bewegte, daß er sich in die Ecke zwischen den Küchenschränken und den Ablauf drängen ließ, daß er die Tür nun nicht mehr erreichen konnte. Grenzenloses Entsetzen packte ihn. Als ihr Schatten auf ihn fiel, löste sich seine Stimmlähmung, und er schrie ins Telefon, schrie immer wieder nur das eine Wort: »Omi! Omi! Omi!«

Omis kalten Hände berührten seine Kehle. Ihre trüben alten Augen hypnotisierten ihn, lähmten seinen Willen. Schwach und undeutlich, wie aus einem großen Abstand nicht nur von Raum, sondern auch von Zeit, hörte er Tante Flo rufen: »Befiehl ihr, sich hinzulegen, George, befiehl ihr, sich hinzulegen und still zu sein. Befiehl es ihr in deinem Namen und im Namen ihres Vaters. Der Name ihres selbsterwählten Vaters ist *Hastur*. Sein Name hat Gewalt über sie,

George — befiehl ihr: *Leg dich hin, im Namen von Hastur*, befiehl ihr..."

Die alte runzelige Hand entwand George den Hörer. Die Schnur wurde mit einem Ruck aus dem Telefon gerissen. George brach in der Ecke zusammen, und Omi beugte sich über ihn, ein riesiger Fleischberg, der das Licht verdeckte.

George schrie mit letzter Kraft: »*Leg dich hin! Sei still! Hasturs Name! Hastur! Leg dich hin! Sei still!*«

Ihre Hände schlossen sich um seinen Nacken...

»Du mußt es tun! Tante Flo sagte, daß du es tust! In *meinem* Namen! Im Namen deines *Vaters*! Leg dich hin! Sei sti...« ... und drückten zu.

Als die Scheinwerfer eine Stunde später die Auffahrt in helles Licht tauchten, saß George am Tisch, das ungelesene Geschichtsbuch vor sich. Er stand auf, ging zur Hintertür und öffnete sie. Der Telefonhörer lag auf der Gabel, die nutzlose Schnur war um den Hörer gewickelt.

Seine Mutter kam herein. An ihrem Mantelkragen hing ein Blatt. »Sowas von Wind!« sagte sie. »War alles in Ordn... — George! *George, was ist denn nur passiert?*«

Das Blut entwich von einer Sekunde zur anderen aus ihrem Gesicht. Schreckensbleich starrte sie ihn an.

»Omi«, sagte er. »Omi ist gestorben. Omi ist gestorben, Mutti!« Und er begann zu weinen.

Sie nahm ihn fest in ihre Arme und taumelte dann gegen die Wand zurück, so als hätte ihr diese Umarmung die letzte Kraft geraubt. »Ist... ist irgend etwas passiert?« fragte sie. »*George, ist irgend etwas anderes passiert?*«

»Ein abgebrochener Ast hat ihr Fenster zerschlagen und ist ins Zimmer gefallen«, berichtete George.

Sie schob ihn beiseite, blickte in sein leeres, vom Schock deutlich gezeichnetes Gesicht und stolperte in Omis Zimmer. Sie hielt sich etwa vier Minuten dort auf. Als sie zurückkam, hielt sie einen Stoffetzen in der Hand. Es war ein Stück von Georges Hemd.

»Ich habe ihr dies hier aus der Hand genommen«, flüsterte Mutti.

»Ich möchte nicht darüber sprechen«, sagte George. »Ruf Tante Flo an, wenn du willst. Ich bin müde. Ich möchte ins Bett gehen.«

Sie machte eine Bewegung, als wollte sie ihn zurückhalten, ließ ihn aber gehen. Er stieg in das Zimmer hinauf, das er mit Buddy teilte, und öffnete das Heißluftventil, um hören zu können, was seine Mutter als nächstes tun würde. Sie würde jedenfalls nicht mit Tante Flo sprechen, nicht heute abend, denn die Schnur war ja aus dem Telefon gerissen, und auch nicht morgen, denn kurz vor Muttis Heimkehr hatte George eine kurze Folge von Worten gesprochen — teilweise verschandeltes Latein, teilweise auch nur Prä-druidische Grunzlaute —, und über zweitausend Meilen entfernt hatte Tante Flo einen schweren Blutsturz im Gehirn erlitten und war tot umgefallen. Es war erstaunlich, was jene Worte bewirkten. Was alles dadurch bewirkt wurde.

George zog sich aus und legte sich nackt aufs Bett. Er verschränkte die Hände im Nacken und blickte in die Dunkelheit hinaus. Langsam, ganz langsam breitete sich ein schreckliches Grinsen auf seinem Gesicht aus.

Von nun an würde hier vieles anders werden. *Ganz* anders.

Buddy, beispielsweise. George konnte es kaum erwarten, bis Buddy aus dem Krankenhaus nach Hause kommen und wieder mit seiner Löffelfolter der heidnischen Chinesen oder etwas Ähnlichem anfangen würde. Vermutlich würde George es ihm durchgehen lassen müssen — zumindest bei Tag, wenn jemand sie sehen könnte —, aber wenn sie bei

Nacht allein in diesem Zimmer sein würden, im Dunkeln, bei geschlossener Tür...

George begann lautlos zu lachen.

Wie Buddy immer sagte — es würde einfach klassisch sein.

Morgenlieferungen

Langsam dämmerte in der Culver Street der Morgen herauf.

Jeder, der jetzt aus dem Fenster geschaut hätte, wäre zwar überzeugt gewesen, es sei noch tiefe Nacht, aber in Wirklichkeit schlich die Morgendämmerung schon seit fast einer halben Stunde auf Zehenspitzen einher. In dem großen Ahorn an der Ecke von Culver Street und Balfour Avenue blinzelte ein rotes Eichhörnchen und betrachtete die verschlafenen Häuser. Einen halben Häuserblock weiter ließ sich ein Sperling im Vogelbad der Mackenzies nieder und verspritzte perlende Wassertropfen. Eine Ameise lief den Rinnstein entlang und stieß auf ein winziges Stückchen Schokolade in einem weggeworfenen Stanniolpapier.

Die nächtliche Brise, die Blätter zum Rauschen gebracht und Vorhänge aufgebläht hatte, legte sich. Der Ahorn an der Ecke erbebte ein letztes Mal und wartete sodann regungslos auf das Einsetzen der vollen Ouvertüre, die diesem leisen Vorspiel folgen würde.

Ein schwacher Lichtstreifen färbte im Osten den Himmel. Die dunklen Ziegenmelker gingen zur Ruhe, und dafür erwachten die Schwarzmeisen zu neuem Leben, wenngleich noch etwas zögernd, so als hätten sie Angst, den Tag als erste zu begrüßen.

Das Eichhörnchen verschwand in einem runzeligen Loch an der Gabelung des Ahorns.

Der Sperling flatterte an den Rand des Vogelbades und ruhte sich aus.

Auch die Ameise ruhte sich aus, wobei sie aber ihren

Schatz hütete wie ein Bibliothekar eine bibliophile Kostbarkeit.

Die Stille wurde von einem Geräusch durchbrochen, das allmählich an Lautstärke zunahm, bis es den Anschein hatte, als sei es schon immer dagewesen, eben nur übertönt von den lauteren Geräuschen der Nacht, die erst vor kurzem verstummt waren. Allmählich wurde es deutlicher vernehmbar und ließ sich als – anständigerweise leiser – Motor eines Lieferwagens identifizieren.

Der Milchwagen bog von der Balfour Avenue in die Culver Street ein. Es war ein schöner beigefarbener Wagen mit roter Beschriftung an den Seitenflächen. Das Eichhörnchen streckte seinen Kopf aus dem Loch heraus, warf einen Blick auf den Lieferwagen und erspähte sodann etwas, das es als Futtervorrat gebrauchen konnte. Es lief den Baumstamm hinunter. Der Sperling flog vom Vogelbad auf. Die Ameise schnappte sich soviel Schokolade, wie sie gerade noch tragen konnte, und eilte auf ihren Ameisenhaufen zu.

Die Schwarzmeisen begannen lauter zu singen.

Im nächsten Häuserblock bellte ein Hund.

Auf den Seitenflächen des Lieferwagens war zu lesen: CRAMERS MOLKEREI. Eine Milchflasche war abgebildet, und darunter stand: MORGENLIEFERUNGEN SIND UNSERE SPEZIALITÄT!

Der Milchmann trug blau-graue Berufskleidung und eine dreieckige Mütze. Auf der Tasche war mit Goldfäden ein Name aufgestickt: SPIKE. Er pfiff vergnügt vor sich hin, während hinter ihm die Flaschen zwischen den Eiswürfeln gemütlich klapperten.

Am Bordstein vor dem Haus der Mackenzies hielt er an, griff nach dem Milchflaschenträger, der neben seinem Sitz auf dem Boden stand, und sprang aus dem Wagen auf den Gehweg. Einen Augenblick lang blieb er stehen und atmete die frische unverbrauchte Morgenluft ein, die etwas unendlich Geheimnisvolles an sich hatte, dann ging er schwungvoll auf die Tür zu.

Ein kleines, viereckiges weißes Blatt Papier war mit Hilfe eines tomatenförmigen Magneten am Briefkasten befestigt. Spike las langsam und gründlich, was auf dem Zettel stand, so als handle es sich um eine Botschaft, die er in einer alten, salzverkrusteten Flasche gefunden hatte.

1 l Milch
1 Sahne
1 Orangensaft
   Danke.
   Nella M.

Spike, der Milchmann, betrachtete nachdenklich seinen Träger, stellte ihn ab und holte die Milch und die Sahne heraus. Er warf noch einen Blick auf den Zettel, hob den tomatenförmigen Magneten etwas an, um sich zu vergewissern, daß er keinen Punkt, kein Komma, keinen Gedankenstrich übersehen hatte, die den Sinn verändern könnten; dann nickte er, nahm den Träger und ging zum Wagen zurück.

Hinten im Lieferwagen war es dunstig, dunkel und kühl. Ein eigenartiger verwanzter Geruch hing in der Luft. Er vermischte sich unangenehm mit dem Geruch der Milchprodukte. Der Orangensaft befand sich hinter den Tollkirschen. Spike holte einen Blockpack aus dem Eis, nickte wieder und ging noch einmal zum Haus. Er stellte den Orangensaft zur Milch und zur Sahne und kehrte zu seinem Lieferwagen zurück.

Nicht weit entfernt heulte eine Sirene in der Großwäscherei, wo Spikes alter Freund Rocky arbeitete. Er dachte an Rocky, der jetzt in der dunstigen, stickigen ungesunden Hitze seine großen Wäschereiräder in Gang setzte, und er lächelte. Vielleicht würde er Rocky später sehen. Vielleicht heute abend... wenn er alle Lieferungen ausgeführt hatte.

Spike ließ den Motor an und fuhr weiter. Ein kleines Transistorradio war mit einem Kunstlederriemen an einem in der Decke befestigten blutbefleckten Fleischerhaken befestigt. Er stellte es an, und während er auf das Haus der McCarthys zufuhr, bildete leise Musik einen Kontrapunkt zum Geräusch des Motors.

Mrs. McCarthys Bestellung war wie immer in den Briefkastenschlitz geklemmt. Sie war kurz und bündig:

Schokolade

Spike zog seinen Füllfederhalter haus, kritzelte *Bestellung erledigt* quer über den Zettel und schob ihn durch den Schlitz. Dann ging er zum Lieferwagen. Die Schokoladenmilch war ganz hinten, in bequemer Reichweite der Türen, in zwei Kühlbehältern aufgestapelt, denn sie war gerade im Juni ein großer Verkaufsschlager. Der Milchmann warf einen Blick auf die Kühlbehälter, griff dann aber weiter nach vorne und holte aus der Ecke einen der leeren Schokoladenmilch-Kartons, die er dort immer aufbewahrte. Der Karton war natürlich braun, und ein glücklicher Junge sprang über die Druckbuchstaben, die den Verbraucher darüber informierten, daß dies CRAMERS MILCHGETRÄNK war. GESUND UND KÖSTLICH. HEISS ODER KALT SERVIEREN. KINDER LIEBEN ES!

Spike stellte den leeren Karton auf einem Milchträger ab. Dann wühlte er zwischen den Eiswürfeln herum, bis er das Mayonnaiseglas fand. Er zog es hervor und blickte hinein. Die Tarantel bewegte sich, aber nur träge. Die Kälte hatte sie betäubt. Spike schraubte den Deckel des Glases auf und kippte es über dem offenen Karton um. Die Tarantel unternahm einen schwachen Versuch, an der glatten Glasfläche wieder hochzuklettern, was ihr aber völlig mißlang. Sie fiel mit einem lauten Plumps in den leeren Schokoladenmilch-Karton. Der Milchmann verschloß ihn sorgfältig, stellte ihn in seinen Träger und eilte zum Haus der McCarthys zurück. Spinnen waren seine Lieblinge, und Spinnen waren — ohne daß er sich selbst loben wollte — sein *bestes Produkt*. Ein Tag, an dem er eine Spinne liefern konnte, war für Spike ein Freudentag.

Während er langsam die Culver Street entlangfuhr, entwickelte sich die Symphonie der Morgendämmerung weiter. Der Perlenstreifen im Osten färbte sich rosa, zuerst kaum wahrnehmbar, dann immer schneller und intensiver, bis er scharlachrot war, das aber gleich darauf einem Sommerblau Platz machte. Die ersten Strahlen des Sonnenlichtes, schön wie eine Zeichnung im Kinderlehrbuch der Sonntagsschule, tauchten aus den Kulissen auf.

Bei den Webbers hinterließ Spike eine Sahneflasche, die mit einem Säure-Gel gefüllt war. Bei den Jenners lieferte er 5 Liter Milch ab. Sie hatten Jungen im Wachstumsalter. Gesehen hatte er sie zwar noch nie, aber es gab ein Baumhaus hinter dem Haus, und manchmal lagen Fahrräder und Ballschläger im Hof herum. Den Collinses stellte er zwei Liter Milch und einen Blockpack Joghurt vor die Tür. Miß Ordway erhielt Eierpunsch, dem er Belladonna beigefügt hatte.

Einige Häuser weiter fiel eine Tür laut ins Schloß. Mr. Webber, der den weiten Weg zur Innenstadt zurücklegen mußte, öffnete die Holztür seiner Garage und ging hinein, seine Aktentasche in der Hand schwenkend. Der Milchmann wartete auf das knatternde Motorengeräusch des kleinen Saabs und lächelte, als es ertönte. Abwechslung verleiht dem Leben Würze, hatte Spikes Mutter — Gott hab' sie selig! — immer gesagt, aber wir sind Iren, und die Iren essen nun mal am liebsten Kartoffeln. Halte dich in jeder Hinsicht an alte Gewohnheiten, Spike, dann wirst du glücklich sein. Und das stimmte genau, wie er hatte feststellen können, während er so in seinem hübschen beigen Lieferwagen seine Lebensstraße entlangrollte.

Nur noch drei Häuser waren jetzt übrig.

Bei den Kincaids war auf einem Zettel zu lesen:

Heute nichts, danke.

Er hinterließ eine verschlossene Milchflasche, die leer *aussah*, in Wirklichkeit aber ein tödliches Zyanidgas enthielt. Den Walkers lieferte er zwei Liter Milch und einen halben Liter Schlagsahne.

Als er das Haus der Mertons am Ende des Blocks erreicht hatte, fielen helle Sonnenstrahlen durch die Bäume und besprenkelten die verblaßten Kreidequadrate des Hüpfspiels, das auf dem Gehweg entlang dem Hof der Mertons aufgezeichnet war.

Spike bückte sich, hob einen Kieselstein auf, der hervorragend für das Hüpfspiel geeignet schien, weil er auf einer Seite flach war, und warf ihn. Der Stein landete auf einer Kreidelinie. Spike schüttelte den Kopf, grinste und ging pfeifend auf das Haus zu.

Die leichte Brise wehte ihm einen Geruch von Wäschereiseife zu und ließ ihn wieder an Rocky denken. Er war inzwischen noch überzeugter davon, daß er Rocky sehen würde. Heute nacht.

Hier war der Zettel in den Zeitungskasten der Mertons gesteckt:

Keine Lieferungen mehr.

Spike öffnete die Tür und trat ein.

Im Haus war es kalt wie in einer Krypta. Es gab keine Möbel. Völlig kahl und leer war es. Sogar der Küchenherd war verschwunden; ein helleres Quadrat auf dem Linoleum verriet noch die Stelle, wo er gestanden hatte.

Im Wohnzimmer war die Tapete bis auf den allerletzten Rest von den Wänden entfernt worden. Der Schirm der Deckenlampe war verschwunden. Die Glühbirne war durchgebrannt. An einer Wand war ein riesiger Blutfleck zu sehen. Er hatte große Ähnlichkeit mit den Tintenklecksen eines Psychiaters. In der Mitte davon wies der Verputz ein tiefes kraterförmiges Loch auf, in dem ein verfilzter Haarklumpen und einige Knochensplitter klebten.

Der Milchmann nickte, verließ das Haus und blieb einen Augenblick lang auf der Veranda stehen. Es würde ein schöner Tag werden. Der Himmel war schon blauer als Babyaugen und mit harmlosen Schönwetterwölkchen gesprenkelt... mit sogenannten ›Engeln‹, wie Baseballspieler sagen.

Er zog den Zettel aus dem Zeitungskasten und zerknüllte ihn, dann schob er ihn in die linke Vordertasche seiner Hose.

Auf dem Rückweg zu seinem Lieferwagen kickte er den Kieselstein vom Hüpfspiel in den Rinnstein. Der Milchwagen ratterte um die Ecke und verschwand.

Inzwischen war es ganz hell geworden.

Ein Junge kam aus einem Haus gerannt. Er blickte lachend zum Himmel empor und holte die Milch herein.

Der Nebel

Der Sturm bricht los

Folgendes geschah: An jenem Abend, als die größte Hitzewelle in der Geschichte des nördlichen Neuengland endlich zusammenbrach — am Abend des 19. Juli —, wurde die gesamte westliche Region von Maine von den heftigsten Gewitterstürmen heimgesucht, die ich je erlebt habe.

Wir wohnten am Long Lake, und wir sahen den ersten Sturm kurz vor Einbruch der Dämmerung über den See direkt auf uns zukommen. Noch eine Stunde vorher war es völlig windstill gewesen. Die amerikanische Flagge, die mein Vater 1936 auf unser Bootshaus gesetzt hatte, hing schlaff an ihrem Mast. Nicht einmal ihr Saum bewegte sich. Die Hitze lastete schwer und drückend auf uns. Am Nachmittag hatten wir im See gebadet, aber das Wasser brachte keine Erfrischung, außer man schwamm weit hinaus. Weder Steffy noch ich wollten weit hinausschwimmen, weil Billy es nicht konnte. Billy ist fünf Jahre alt.

Um halb sechs nahmen wir auf der Terrasse, die auf den See hinausgeht, ein kaltes Abendessen ein, knabberten lustlos an Schinkensandwiches und stocherten im Kartoffelsalat herum. Niemand schien etwas anderes zu wollen als Pepsi, das wir in einem Metalleimer voller Eiswürfel kühlten.

Nach dem Abendessen ging Billy wieder nach draußen, um ein Weilchen auf seinem Klettergerüst zu spielen. Steff und ich saßen da, ohne viel zu reden, rauchten und blickten über den glatten Seespiegel hinüber nach Harrison auf der anderen Seite des Sees. Einige Motorboote fuhren hin und her. Die immergrünen Bäume sahen staubig aus und wirkten erschlafft. Im Westen bauten sich langsam massive purpurne Gewitterwolken auf, formierten sich wie eine Armee. Blitze zuckten auf. Nebenan war Brent Nortons Radio auf jene Rundfunkstation eingestellt, die vom Gipfel des Mount Washington klassische Musik sendet, und bei jedem Blitz gab es laute Störgeräusche von sich. Norton war ein Rechtsanwalt aus New Jersey, der hier am Long Lake nur ein Sommerhaus ohne Heizung und Isolation hatte. Vor zwei Jahren hatten wir einen Grenzstreit gehabt, der schließlich vom Bezirksgericht entschieden wurde. Ich gewann. Norton behauptete, ich hätte nur gewonnen, weil er kein Ortsansässiger wäre. Wir hegten füreinander keinerlei Sympathie.

Steff seufzte und fächerte sich die Brüste mit dem Rand ihres Bikinioberteils. Ich bezweifelte, daß es ihr viel Kühlung verschaffte, aber es verbesserte ganz erheblich den Einblick.

»Ich will dich nicht beunruhigen«, sagte ich, »aber ich glaube, daß ein gewaltiger Sturm im Anzug ist.«

Sie sah mich zweifelnd an. »Gewitterwolken hatten wir auch gestern und vorgestern abend schon, David. Sie haben sich rasch wieder aufgelöst.«

»Heute werden sie sich nicht auflösen.«

»Nein?«

»Wenn es sehr schlimm wird, werden wir nach unten gehen.«

»Wie schlimm kann es denn werden?«

Mein Vater war der erste gewesen, der sich auf dieser Seite des Sees ein Haus gebaut hatte, das man das ganze Jahr über bewohnen konnte. Als er noch ein halbes Kind gewesen war, hatten er und seine Brüder an der Stelle, wo das jetzige Haus stand, ein Sommerhäuschen gebaut, und im Jahre 1938 hatte ein Sommersturm es trotz seiner Steinmauern völlig zerstört. Nur das Bootshaus war stehengeblieben.

Ein Jahr später hatte er mit dem Bau des großen Hauses begonnen. Es sind die Bäume, die bei heftigem Sturm den größten Schaden anrichten. Sie werden alt, und der Wind knickt sie um. Das ist die Methode von Mutter Natur, von Zeit zu Zeit einen gehörigen Hausputz zu machen.

»Das weiß ich auch nicht«, sagte ich wahrheitsgemäß. Ich kannte den großen Sturm von 1938 auch nur vom Hörensagen. »Aber der Wind kann über den See gebraust kommen wie ein D-Zug.«

Kurz danach kam Billy zurück und beklagte sich, daß das Klettern keinen Spaß mache, weil er ›völlig verschwitzt‹ sei. Ich strich ihm übers Haar und gab ihm noch ein Pepsi. Zusätzliche Arbeit für den Zahnarzt.

Die Gewitterwolken kamen jetzt näher und verdrängten den blauen Himmel. Jetzt konnte es keinen Zweifel mehr darüber geben, daß sich ein Sturm ankündigte. Norton hatte sein Radio abgestellt. Billy saß zwischen seiner Mutter und mir und beobachtete fasziniert den Himmel. Donner grollte. Die Wolken griffen ineinander, verflochten sich, strebten wieder auseinander und wechselten ständig ihre Farbe – von schwarz zu purpur, dann geädert, dann wieder schwarz. Allmählich überquerten sie den See, und ich sah, daß sie ein feines Regennetz unter sich ausbreiteten. Es war noch ein ganzes Stück entfernt. Der Regen fiel vermutlich auf Bolster's Mills oder vielleicht auch erst auf Norway.

Die Luft geriet in Bewegung, zuerst nur stoßweise, so daß die Flagge sich abwechselnd blähte und dann wieder schlaff herabhing; dann setzte ein stetiger frischer Wind ein, der den Schweiß auf unseren Körpern trocknete und uns gleich darauf leicht frösteln ließ.

Im nächsten Moment sah ich den Silberschleier über den See wirbeln. Er verhüllte Harrison in Sekundenschnelle und kam direkt auf uns zu. Alle Motorboote hatten an den Ufern festgemacht.

Billy stand von seinem Stuhl auf — einer Miniaturausgabe unserer Regisseurstühle, mit seinem Namen auf der Lehne.

»Vati! Schau mal!«

»Geh'n wir ins Haus«, sagte ich, stand auf und legte den Arm um seine Schultern.

»Siehst du es? Vati, was ist das?«

»Eine Wasserhose. Gehen wir lieber rein.«

Steff warf einen raschen bestürzten Blick auf mein Gesicht und sagte dann: »Komm, Billy. Tu, was dein Vater sagt.«

Wir gingen durch die Glas-Schiebetüren ins Wohnzimmer. Ich schloß die Tür und warf bei dieser Gelegenheit noch einen Blick nach draußen. Der Silberschleier hatte den See zu drei Vierteln überquert. Er glich jetzt einer riesigen, mit rasender Geschwindigkeit herumwirbelnden Teetasse zwischen dem tiefhängenden schwarzen Himmel und der Wasseroberfläche, die bleifarben war, mit weißen Chromstreifen. Der See sah gespenstisch aus wie ein Ozean, mit seinen hohen Wellen, die bedrohlich heranrollten und Gischt an den Kais und Wellenbrechern aufschäumen ließen. Weit draußen auf dem See warfen riesige Schaumkronen ihre Köpfe hin und her.

Es war ein hypnotischer Anblick, von dem ich mich nicht losreißen konnte. Die Wasserhose hatte uns fast erreicht, als ein wahnsinnig greller Blitz aufzuckte. Das Telefon gab ein bestürztes ›Kling‹ von sich; ich drehte mich um und sah meine Frau und meinen Sohn direkt vor dem großen Verandafenster stehen, das uns ein großartiges Panorama des Sees in nordwestlicher Richtung bietet.

Ich hatte eine jener schrecklichen Visionen, die vermutlich ausschließlich Ehemännern und Vätern vorbehalten sind — das Fenster zerbirst mit einem tiefen, harten Klirren und bohrt seine zackigen Glaspfeile in den nackten Bauch meiner Frau, in Gesicht und Hals meines Jungen. Die Schrecken der Inquisition sind eine Kleinigkeit, verglichen mit den Horrorszenen, die wir im Geiste vor uns sehen, wenn wir geliebte Menschen in Gefahr glauben.

Ich packte beide ziemlich unsanft und riß sie zurück. »Was zum Teufel macht ihr da? Macht, daß ihr hier wegkommt!«

Steff warf mir einen bestürzten Blick zu. Billy sah mich an wie jemand, der gerade aus tiefem Traum gerissen worden ist. Ich führte sie in die Küche und machte Licht. Das Telefon gab wieder ein Klingelingeling von sich.

Dann war der Wirbelsturm direkt über uns. Es war so, als hätte das Haus vom Boden abgehoben wie eine 747. Es war ein hohes, atemloses Pfeifen, dann wieder ein dröhnender Baß, der Sekunden später in ein keuchendes Kreischen überging.

»Geht nach unten«, befahl ich Steff, und jetzt mußte ich brüllen, um mich verständlich zu machen. Direkt über dem Haus trommelte der Donner mit riesigen Stöcken, und Billy klammerte sich an mein Bein.

»Du auch!« schrie Steff zurück.

Ich nickte und machte scheuchende Bewegungen. Billy mußte ich von meinem Bein regelrecht losreißen. »Geh mit deiner Mutter. Ich will noch ein paar Kerzen holen, für den Fall, daß das Licht ausgeht.«

Er ging mit ihr, und ich begann Schränke aufzureißen. Kerzen sind etwas Komisches, wie Sie vielleicht selbst wissen. Man legt sie jeden Frühling bereit, weil man weiß, daß ein Sommersturm die Stromversorgung lahmlegen kann. Und wenn es dann soweit ist, sind sie unauffindbar.

Ich wühlte nun schon den vierten Schrank durch. Dabei stieß ich auf die halbe Unze Gras, die Steff und ich vier Jahre zuvor gekauft, aber kaum je geraucht hatten; ich stieß auf Billys aufziehbaren Kiefer, der mit den Zähnen klappern konnte und aus einem Neuheiten-Geschäft in Auburn stammte; ich stieß auf Stapel von Fotos, die Steffy immer in unser Album einzukleben vergaß. Ich schaute unter einen Katalog und hinter einer Puppe aus Taiwan nach, die ich beim Fryeburg-Jahrmarkt gewonnen hatte, als ich mit Tennisbällen nach hölzernen Milchflaschen warf.

Ich fand die Kerzen hinter der Puppe mit den toten Glasaugen. Sie waren noch in Zellophan verpackt. Als ich sie gerade zur Hand nahm, gingen die Lampen aus, und die einzige Elektrizität waren jetzt die Blitze. Das Eßzimmer wurde von einer Serie weißer und purpurner Blitze in grelles Licht getaucht. Ich hörte, daß Billy unten in Tränen ausbrach, und daß Steff leise und beruhigend auf ihn einsprach.

Ich konnte nicht anders – ich mußte noch einen Blick auf den Sturm werfen.

Die Wasserhose war entweder an uns vorbeigezogen, oder aber sie war am Ufer zusammengebrochen, aber ich konnte immer noch keine zwanzig Yards auf den See hinaussehen. Das Wasser war in wildem Aufruhr. Ein Dock – vielleicht war es das von Jassers – wurde vorbeigetrieben, wobei seine Hauptträger abwechselnd in den Himmel ragten und im schäumenden Wasser versanken.

Ich ging nach unten. Billy rannte auf mich zu und umklammerte meine Beine. Ich hob ihn hoch und drückte ihn fest an mich. Dann zündete ich die Kerzen an. Wir saßen im Gästezimmer, das durch einen Gang von meinem kleinen Atelier getrennt ist, blickten einander beim flackernden gelben Kerzenschein ins Gesicht und lauschten dem Brausen des Sturms und seinem wütenden Zerren an unserem Haus. Etwa zwanzig Minuten später hörten wir ein gewaltiges Krachen, und eine der Fichten stürzte zu Boden. Dann trat Windstille ein.

»Ist es vorbei?« fragte Steff.

»Vielleicht«, antwortete ich. »Vielleicht aber auch nur eine kurze Unterbrechung.«

Wir gingen nach oben. Jeder von uns trug eine Kerze –

wie Mönche auf dem Weg zur Vesper. Billy trug seine Kerze sehr behutsam und stolz. Eine Kerze zu tragen, das *Feuer* zu tragen, war für ihn eine ganz große Sache. Sie half ihm, seine Angst zu vergessen.

Es war viel zu dunkel, als daß wir das Ausmaß des Schadens ums Haus herum hätten sehen können. Billys Schlafenszeit war schon überschritten, aber keinem von uns kam es in den Sinn, ihn jetzt ins Bett zu bringen. Wir saßen im Wohnzimmer, lauschten dem Wind und betrachteten die Blitze.

Etwa eine Stunde später kam wieder Wind auf. Drei Wochen lang hatten wir Temperaturen über fünfzig Grad gehabt, und an sechs dieser einundzwanzig Tage hatte der Wetterdienst sogar Temperaturen über sechzig Grad gemeldet. Komisches Wetter! Zusammen mit dem strengen Winter, der hinter uns lag, und mit dem späten Frühling hatte das schon dazu geführt, daß manche Leute wieder diesen alten Blödsinn über die Langzeitwirkung der Atombombentests der 50er Jahre hervorkramten. Und natürlich auch wieder das Ende der Welt prophezeiten. Den ältesten Unsinn überhaupt.

Die zweite Bö war nicht so stark, aber wir hörten das Krachen mehrerer Bäume, die vom ersten Angriff schon geschwächt gewesen waren. Als der Wind gerade wieder schwächer wurde, fiel ein Baum dröhnend auf das Dach — wie eine Faust, die auf einen Sargdeckel schlägt. Billy sprang auf und schaute ängstlich nach oben.

»Es hält, Liebling«, beruhigte ich ihn.

Billy lächelte nervös.

Gegen zehn kam die letzte Bö. Sie war schlimm. Der Wind heulte fast so laut wie beim erstenmal, und die Blitze zuckten auf allen Seiten ums Haus. Noch mehr Bäume wurden geknickt. Am Wasser ertönte ein ohrenbetäubendes Krachen. Steff stieß einen leisen Schrei aus. Billy war auf ihrem Schoß eingeschlafen.

»David, was war das?«

»Das Bootshaus, nehme ich an.«

»Oh! O Gott!«

»Steffy, wir sollten lieber wieder nach unten gehen.« Ich nahm Billy auf den Arm und stand mit ihm auf. Steffs Augen waren groß und verängstigt.

»David, werden wir die Sache heil überstehen?«

»Ja.«

»Wirklich?«

»Ja.«

Wir gingen nach unten. Zehn Minuten später hörten wir von oben lautes Klirren — das Verandafenster. Demnach war meine Vision von vorhin doch nicht so verrückt gewesen. Steff, die gedöst hatte, schreckte mit einem Schrei hoch, und Billy bewegte sich unruhig im Gästebett.

»Es wird hereinregnen«, sagte Steffy. »Der Regen wird unsere Möbel ruinieren.«

»Dann ruiniert er sie eben. Sie sind ja versichert.«

»Das macht die Sache auch nicht besser«, sagte sie mit aufgeregter, zitternder Stimme. »Das Büffett von deiner Mutter... unser neues Sofa... der Farbfernseher...«

»Schscht«, sagte ich. »Geh schlafen.«

»Ich kann nicht«, sagte sie, aber fünf Minuten später war sie dann doch eingeschlafen.

Ich wachte noch eine halbe Stunde mit einer brennenden Kerze und lauschte dem Grollen des Donners. Ich hatte das Gefühl, als würden sehr viele Bewohner der Ortschaften am See am nächsten Morgen ihre Versicherungsvertreter anrufen, und als würden sehr viele Sägen kreischen, wenn die Hausbesitzer die Bäume zersägten, die auf ihre Dächer gefallen und ihre Fenster zerschmettert hatten, und als würden auf den Straßen sehr viele orangefarbenen Lastwagen der Elektrizitätswerke unterwegs sein.

Der Sturm ließ jetzt nach, und es gab keine Anzeichen für eine neue Bö. Ich ging nach oben, während Steff und Billy auf dem Bett schliefen, und warf einen Blick ins Wohnzimmer. Die Schiebetür aus Glas hatte standgehalten. Aber wo das Verandafenster gewesen war, gähnte jetzt ein ausgezacktes Loch, das teilweise mit Birkenblättern gefüllt war. Es war die Spitze des alten Baumes, der neben dem Kellereingang gestanden hatte, solange ich mich erinnern konnte. Während ich seine Spitze betrachtete, die jetzt unserem Wohnzimmer einen Besuch abstattete, verstand ich, was Steff gemeint hatte, als sie sagte, die Versicherung mache die Sache auch nicht besser. Ich hatte diesen Baum geliebt. Er war ein stolzer Veteran vieler Winter gewesen, der einzige Baum auf der Seeseite des Hauses, der von meiner Kreissäge verschont worden war. Große Glasstücke auf dem Teppich reflektierten hundertfach meine Kerzenflamme. Ich durfte auf keinen Fall vergessen, Steff und Billy zu warnen. Sie würden Schuhe anziehen müssen, wenn sie in diese Zimmer gingen. Beide liefen morgens nämlich gern barfuß herum.

Ich ging wieder nach unten. Wir schliefen zu dritt im Gästebett, Billy zwischen Steff und mir. Im Traum sah ich Gott durch Harrison auf der anderen Seite des Sees gehen, einen Gott, der so riesig war, daß Er von der Taille aufwärts in einem klaren blauen Himmel verschwand. Im Traum hörte ich das Splittern und Krachen von Bäumen, die unter Seinen Schritten wie Grashalme umknickten. Er umkreiste den See und kam auf die Bridgton-Seite zu, Er kam auf uns zu, und alle Häuser und Sommerhäuschen gingen blitzartig in purpur-weißen Flammen auf, und bald verhüllte der Rauch alles. Der Rauch verhüllte alles — wie Nebel.

Nach dem Sturm. Norton. Eine Fahrt in die Stadt

»Jemine!« rief Billy.

Er stand am Zaun, der unser Anwesen von Nortons trennt und blickte auf unsere Auffahrt, die eine Viertelmeile lang ist und auf einen Feldweg führt, der seinerseits nach einer Dreiviertelmeile in eine zweispurige Asphaltstraße namens Kansas Road einmündet. Auf der Kansas Road kann man überall hinkommen, jedenfalls bis Bridgton.

Ich sah, was Billy so fasziniert betrachtete, und es war, als greife eine eisige Hand nach meinem Herzen.

»Geh nicht näher ran, mein Freund.«

Billy erhob keine Einwände.

Es war ein strahlender Morgen. Der Himmel, der während der Hitzewelle dunstig gewesen war, hatte wieder eine frische tiefblaue Farbe angenommen, die fast herbstlich anmutete. Es ging eine leichte Brise, die fröhliche Sonnenflecken über die Auffahrt tanzen ließ. Nicht weit von Billys Standort entfernt war ein anhaltendes Zischen zu hören, und im Gras lag etwas, das man auf den ersten Blick für ein zuckendes Schlangenbündel halten konnte. Die zu unserem Haus führenden Stromleitungen waren etwa zwanzig Fuß davon entfernt heruntergefallen und lagen in einem unordentlichen Knäuel auf einem verbrannten Grasstreifen. Sie bewegten sich träge und zischten. Wenn die Bäume und das Gras vom wolkenbruchartigen Regen nicht so durchtränkt gewesen wären, hätte das Haus in Flammen aufgehen können. So aber gab es nur diesen schwarzen Streifen, da wo die Leitungen direkten Bodenkontakt gehabt hatten.

»Könnte das einen Menschen töten, Vati?«

»Ja, das könnte es.«

»Was machen wir jetzt damit?«

»Nichts. Wir müssen auf die Männer vom E-Werk warten.«

»Und wann werden sie kommen?«

»Das weiß ich nicht.« Fünfjährige haben eine Unmenge Fragen auf Lager. »Ich kann mir vorstellen, daß sie heute morgen schwer beschäftigt sind. Willst du mit mir einen Spaziergang bis zum Ende der Auffahrt machen?«

Er machte einige Schritte auf mich zu und blieb dann stehen, ängstlich auf die Leitungen starrend. Eine davon machte gerade einen kleinen Buckel und drehte sich etwas, so als wollte sie uns zuwinken.

»Vati, kann Elektrizität durch den Boden schießen?«

Eine gute Frage. »Ja, aber mach dir keine Sorgen. Elektrizität braucht den Boden, nicht dich, Billy. Dir kann nichts passieren, solange du von den Leitungen wegbleibst.«

»Braucht den Boden«, murmelte er, und dann kam er zu mir, und wir gingen Hand in Hand die Auffahrt entlang.

Es war schlimmer, als ich mir vorgestellt hatte. An vier verschiedenen Stellen versperrten umgestürzte Bäume die Auffahrt — ein kleiner, zwei mittelgroße und ein alter Riese von gut und gern fünf Fuß Durchmesser, der mit Moos bedeckt war, so als trüge er ein schimmeliges Korsett.

Äste, manche ihrer Blätter halb beraubt, lagen überall in großer Zahl herum. Während Billy und ich in Richtung Feldweg schlenderten, warfen wir die kleineren Äste rechts und links ins Gehölz. Das erinnerte mich an einen Sommertag vor nunmehr etwa fünfundzwanzig Jahren; ich konnte damals nicht viel älter gewesen sein als Billy heute. Alle meine Onkel waren hergekommen, und sie hatten den ganzen Tag mit Äxten und Beilen und Stangen in den Wäldern verbracht und das Unterholz gelichtet. Am Spätnachmittag hatten sich alle um den riesigen Picknicktisch meiner Eltern versammelt, und es hatte große Mengen Hot Dogs, Hamburger und Kartoffelsalat gegeben. Das Gansett-Bier war in Strömen geflossen, und mein Onkel Reuben hatte einen Kopfsprung in den See gemacht, mit seinen Kleidern, sogar mit seinen Schuhen an den Füßen. Damals hatte es in diesen Wäldern noch Rotwild gegeben.

»Vati, kann ich zum See runtergehen?«

Er hatte keine Lust mehr, Äste beiseitezuräumen, und wenn ein kleiner Junge etwas satt hat, ist es das beste, ihn etwas anderes tun zu lassen. »Na klar.«

Wir kehrten zusammen zum Haus zurück, und dann bog Billy nach rechts ab, wobei er einen weiten Bogen um die Stromleitungen machte. Ich ging nach links, in die Garage, um meine Säge zu holen. Ich hatte richtig vermutet — seeauf- und seeabwärts hörte ich schon das unangenehme Kreischen der Sägen.

Ich füllte den Tank, zog mein Hemd aus und wollte mich gerade wieder zur Auffahrt begeben, als Steff aus dem Haus trat. Sie betrachtete nervös die umgestürzten Bäume, die unsere Auffahrt blockierten.

»Wie schlimm ist es?«

»Ich kann sie zersägen. Wie schlimm ist es denn im Haus?«

»Na ja, ich hab' die Glasscherben weggeräumt, aber du wirst irgendwas mit dem Baum machen müssen, David. Wir können schließlich keinen Baum im Wohnzimmer gebrauchen.«

»Nein«, stimmte ich zu, »das geht wohl nicht.«

Wir betrachteten einander in der Morgensonne und mußten lachen. Ich legte die Säge beiseite, drückte sie fest an mich und küßte sie.

»Nicht«, murmelte sie. »Billy ist...«

Da kam er auch schon um die Ecke gesaust. »Vati! Vati! Du müßtest das...«

Steffy sah die Stromleitungen und schrie, er solle aufpassen. Billy, der ein gutes Stück von ihnen entfernt gewesen war, blieb stehen und starrte seine Mutter an, als sei sie verrückt geworden.

»Alles in bester Ordnung, Mutti«, sagte er in dem milden Tonfall, den man gegenüber sehr alten und senilen Personen anzuwenden pflegt. Er ging auf uns zu und demonstrierte uns, daß er überhaupt keine Angst hatte. Steff begann in meinen Armen zu zittern.

»Du brauchst dir keine Sorgen zu machen«, flüsterte ich ihr ins Ohr. »Er weiß Bescheid, daß sie gefährlich sind.«

»Ja, aber Leute werden getötet«, sagte sie. »Im Fernsehen wird die ganze Zeit vor Leitungen gewarnt, die unter Strom stehen. Billy, ich möchte, daß du sofort ins Haus gehst!«

»Ach, Mutti, bitte nicht! Ich möchte Vati das Bootshaus zeigen!« Seine Augen waren vor Aufregung und Enttäuschung weit aufgerissen. Die katastrophalen Auswirkungen des Sturms übten auf ihn eine mit Angst vermischte Faszination aus, die er mit anderen teilen wollte.

»Du gehst sofort ins Haus! Diese Leitungen sind gefährlich und...«

»Vati sagt, daß sie den Boden brauchen und nicht mich...«

»Billy, widersprich mir jetzt nicht!«

»Ich werde mir das Bootshaus gleich anschauen. Geh schon voraus.« Ich spürte, wie jeder Muskel in Steff sich spannte. »Aber geh ums Haus rum.«

»Mach ich! Okay!«

Er stürzte an uns vorbei und rannte die Steintreppe hoch, die zur Westseite des Hauses führt, zwei Stufen auf einmal nehmend. Er verschwand mit flatterndem Hemd und stieß ein lautes »Wow!« aus, als er irgendwo weitere Verwüstungen entdeckte.

»Er weiß über die Leitungen Bescheid, Steffy.« Ich umfaßte zärtlich ihre Schultern. »Er hat Angst vor ihnen. Das ist gut. Dadurch ist er in Sicherheit vor ihnen.«

Eine Träne lief ihr über die Wange. »David, ich habe Angst!«

»Nun komm schon! Es ist vorbei!«

»Wirklich? Der letzte Winter... und der späte Frühling..
in der Stadt haben sie von einem schwarzen Frühling gesprochen... sie sagten, es hätte in dieser Gegend seit 1888 keinen mehr gegeben...«

Mit ›sie‹ war zweifellos nur Mrs. Carmody gemeint, die in Bridgton ein Antiquitätengeschäft hatte, einen Trödelladen, in dem Steffy von Zeit zu Zeit gern herumstöberte. Billy liebte es, sie dorthin zu begleiten. In einem der düsteren, verstaubten Hinterzimmer spreizten ausgestopfte Eulen mit goldberingten Augen für immer ihre Flügel, während ihre Klauen ewig lackierte Holzstücke umklammerten; ein Trio ausgestopfter Waschbären stand um einen Bach herum, der aus einem langen Stück eines verstaubten Spiegels bestand; und ein mottenzerfressener Wolf, aus dessen Maul statt Speichel Sägemehl rann, stieß ein ewiges grausiges Knurren aus. Mrs. Carmody behauptete, ihr Vater hätte den Wolf an einem Septembernachmittag des Jahres 1901 geschossen, als dieser zum Trinken an den Stevens-Bach gekommen wäre.

Die Ausflüge in Mrs. Carmodys Trödelladen lohnten sich für meine Frau und meinen Sohn. Sie interessierte sich für farbiges Glas, er interessierte sich für den Tod in Form ausgestopfter Tiere. Aber ich war der Meinung, daß die alte Frau einen negativen Einfluß auf Steffs Verstand ausübte, der in jeder anderen Hinsicht ausgesprochen praktisch und nüchtern war. Sie hatte Steffs wunden Punkt entdeckt, eine Art geistiger Achillesferse. Steffy war allerdings nicht die einzige in der Stadt, die von Mrs. Carmodys mittelalterlichen Warnungen und Prophezeiungen und ihren Volksheilmitteln (die immer im Namen Gottes verschrieben wurden) fasziniert war.

Abgestandenes Wasser konnte Quetschungen heilen, wenn ein Ehemann zu der Sorte gehörte, die nach drei Drinks allzu leicht handgreiflich wurde. Man konnte vorhersagen, wie der nächste Winter sein würde, indem man im Juni die Ringe an den Raupen zählte und im August den Umfang der Honigwaben maß. Und nun also, Gott beschütze und bewahre uns, DER SCHWARZE FRÜHLING VON 1888 (fügen Sie selbst soviel Ausrufezeichen ein, wie Sie wollen). Ich hatte diese Geschichte auch gehört. Sie erfreut sich in dieser Gegend großer Beliebtheit − wenn der Frühling sehr kalt ist, wird das Eis auf den Seen schließlich so schwarz wie ein verfaulter Zahn. Es kommt selten vor, ist aber kaum ein Jahrhundertereignis. Wie gesagt, die Geschichte wird hier gern verbreitet, aber kaum jemand kann sie mit soviel Überzeugungskraft vortragen wie Mrs. Carmody.

»Wir hatten einen strengen Winter und einen späten Frühling«, sagte ich. »Und jetzt haben wir einen heißen Sommer. Und es hat einen Sturm gegeben, aber er ist jetzt vorbei. Du bist nicht du selbst, Stephanie.«

»Das war kein gewöhnlicher Sturm«, sagte sie mit heiserer Stimme.

»Nein«, sagte ich. »In diesem Punkt stimme ich mit dir überein.«

Ich hatte die Geschichte vom Schwarzen Frühling von Bill Giosti gehört, dem GIOSTI'S MOBIL in Casco Village gehörte. Bill führte die Tankstelle zusamen mit seinen drei Säufer-Söhnen (gelegentlich halfen auch seine vier Säufer-Enkel − wenn sie zufällig einmal nicht damit beschäftigt waren, an ihren Schneeautos und heißen Öfen herumzubasteln), Bill war siebzig, sah aus wie achtzig und konnte, wenn er in Stimmung war, immer noch trinken wie ein Dreiundzwanzigjähriger. Billy und ich hatten unseren Scout Mitte Mai zum Volltanken hingebracht, einen Tag, nachdem ein überraschender Sturm der ganzen Gegend fast zwölf Zoll nassen, schweren Schnee beschert hatte, der das junge Gras und die Blumen unter sich begrub. Giosti hatte schon ziemlich tief ins Glas geschaut und uns begeistert die Geschichte vom Schwarzen Frühling erzählt, die er mit eigenen Ausschmückungen noch dramatischer gestaltete. Aber hier schneit es eben manchmal auch noch im Mai. Zwei Tage später schmilzt der Schnee dann wieder. Das ist nichts Außergewöhnliches.

Steff starrte besorgt die heruntergefallenen Stromleitungen an. »Wann werden die Leute vom E-Werk kommen?«

»Bestimmt sobald wie möglich. Es wird nicht lange dauern. Du brauchst dir wegen Billy wirklich keine Sorgen zu machen. Er ist ein aufgeweckter Junge. Er läßt zwar seine Kleidungsstücke überall herumliegen, aber er wird bestimmt nicht auf stromführende Leitungen treten. Er verfügt über einen gesunden Selbsterhaltungstrieb.« Ich berührte ihren Mundwinkel, und er verzog sich zu einem leichten Lächeln. »Besser?«

»Du schaffst es immer, daß alles gleich wieder besser aussieht«, sagte sie, und das gab mir ein gutes Gefühl.

Von der Seeseite des Hauses her schrie Billy, wir sollten herkommen und schauen.

»Komm mit«, sagte ich. »Sehen wir uns den Schaden mal an.«

Sie war darüber alles andere als begeistert. »Wenn ich Schäden betrachten will, brauche ich mich nur in unser Wohnzimmer zu setzen.«

»Dann mach einfach einen kleinen Jungen glücklich.«

Wir gingen Hand in Hand die Steintreppe hinab. Wir waren gerade auf dem ersten Absatz angelangt, als Billy aus der anderen Richtung angesaust kam und uns fast über den Haufen gerannt hätte.

»Immer mit der Ruhe!« sagte Steff und runzelte ein wenig die Stirn. Vielleicht sah sie im Geiste, wie er in dieses tödliche Leitungsnetz hineinraste anstatt in uns beide.

»Ihr müßt's euch anschauen!« keuchte Billy. »Das Bootshaus ist total kaputt! Ein Dock liegt auf den Felsen... und Bäume in der Bootsbucht... Herrgott!«

»Billy Drayton!« donnerte Steff.

»'Tschuldige, Mutti, aber du müßtest sehen – wow!« Er verschwand wieder.

»Der Unheilsbote hat gesprochen und zieht von dannen«, sagte ich und brachte Steff damit wieder zum Lachen. »Hör mal, sobald ich diese Bäume durchgesägt habe, die unsere Auffahrt versperren, werde ich ins Zentrale E-Werk in der Portland Road fahren und dort Bescheid sagen, was bei uns los ist. Okay?«

»Okay«, sagte sie erleichtert. »Was glaubst du, wann du fahren kannst?«

Ohne den großen Baum – den mit dem schimmeligen Mooskorsett – hätte ich die Arbeit in einer Stunde geschafft. So aber würde ich kaum vor elf fertig sein.

»Dann mache ich hier für dich Mittagessen. Aber du mußt nachher im Supermarkt einiges für mich einkaufen... wir haben fast keine Milch und keine Butter mehr. Und... na ja, ich werde dir einen Zettel mitgeben.«

Eine Frau verwandelt sich eben bei der geringsten Katastrophe in einen Hamster! Ich zog sie fest an mich und nickte. Wir setzten unseren Weg ums Haus fort. Auf den ersten Blick verstanden wir, warum Billy ein bißchen außer sich gewesen war.

»Mein Gott«, murmelte Steff mit schwacher Stimme.

Unser Standort war hoch genug, um das Ufer fast eine Viertelmeile weit überblicken zu können – das Anwesen der Bibbers links von uns, unser eigenes und Brent Nortons rechts von uns.

Die riesige alte Kiefer, die unsere Bootsbucht bewacht hatte, war auf halber Höhe abgeknickt. Was von ihr noch übrig war, sah aus wie ein roh zugespitzter Bleistift, und das Bauminnere wirkte glänzend weiß und irgendwie wehrlos gegen die vom Alter und vom Wetter dunkel gewordene Rinde. Die obere Hälfte der Kiefer – etwa hundert Fuß – lag in unserer schmalen Bootsbucht, teilweise unter Wasser. Ich dachte, daß wir großes Glück gehabt hatten, daß unser kleiner ›Star-Cruiser‹ nicht darunter begraben war. Er hatte eine Woche zuvor einen Motorschaden gehabt und wartete in der Werft von Naples geduldig darauf, repariert zu werden.

Auf der anderen Seite des kleinen Küstenstreifens, der uns gehörte, lag ein anderer großer Baum auf dem Bootshaus, das mein Vater gebaut hatte – dem Bootshaus, das einst ein Schiff von sechzig Fuß Länge beherbergt hatte, als das Vermögen der Familie Drayton größer gewesen war als jetzt. Es war, wie ich feststellte, ein Baum von Nortons Grundstück, der die Verwüstung angerichtet hatte. Zorn stieg in mir auf. Der Baum war seit fünf Jahren abgestorben gewesen, und Norton hätte ihn schon längst fällen lassen sollen. Nun hatte unser Bootshaus seinen Fall nach drei Vierteln des Weges aufgehalten. Das Dach war eingedrückt und hatte das Aussehen eines schwankenden Betrunkenen. Die Schindeln aus dem Loch, das der Baum geschlagen hatte, waren vom Wind in der ganzen Umgebung des Bootshauses verstreut worden.

»Das ist Nortons Baum!« stellte Steff so empört und beleidigt fest, daß ich unwillkürlich lächeln mußte, obwohl ich traurig und wütend war.

Die Fahnenstange lag im Wasser, und die Flagge trieb völlig durchweicht daneben. Und ich konnte mir Nortons Reaktion lebhaft vorstellen: Gehen Sie doch gerichtlich gegen mich vor!

Billy stand auf dem Felsen, der uns als Wellenbrecher diente und betrachtete das Dock, das angespült worden war. Es hatte fröhliche blaue und gelbe Farbstreifen. Er warf uns über die Schulter hinweg einen Blick zu und rief vergnügt: »Es gehört den Martinses, nicht wahr?«

»Stimmt genau«, rief ich zurück. »Könntest du mal ins Wasser waten und die Flagge rausfischen, Big Bill?«

»Na klar!«

Billy machte sich auf den Weg, dann blieb er abrupt stehen. Im gleichen Moment spürte ich, wie Steff in meinem Arm ganz steif wurde, und ich sah es selbst: die Harrison-Seite des Sees war verschwunden. Sie war unter grellweißem Nebel begraben wie unter einer vom Himmel gefallenen Schönwetterwolke.

Mein nächtlicher Traum fiel mir wieder ein, und als Steff mich fragte, was das sei, wäre mir um ein Haar das Wort *Gott* entschlüpft.

»David?«

Man konnte nicht einmal eine Spur des Ufers dort drüben sehen, aber jahrelanges Betrachten des Sees brachte mich zu der Überzeugung, daß das Ufer sich nur wenige Yards hinter der fast schnurgeraden Nebelfront befinden mußte.

»Was ist das, Vati?« rief Billy. Er stand bis zu den Knien im Wasser und hielt die durchweichte Flagge mit beiden Händen fest.

»Eine Nebelwand«, antwortete ich.

»Auf dem *See*?« fragte Steff zweifelnd, und ich konnte Mrs. Carmodys Einfluß in ihren Augen sehen. Dieses verdammte Weib! Mein eigenes flüchtiges Unbehagen legte sich schon wieder. Träume sind schließlich nichts Gegenständliches – ebenso wenig wie Nebel.

»Sicher. Du hast doch schon oft Nebel über dem See gesehen.«

»So einen noch nie. Das hier sieht mehr wie eine Wolke aus.«

»Das liegt an der grellen Sonne. Wenn man mit dem Flugzeug über Wolken hinwegfliegt, sehen sie genauso aus.«

»Aber woher kommt er? Nebel bildet sich doch sonst nur bei feuchtem Wetter.«

»Na, jedenfalls ist er jetzt da«, sagte ich. »Zumindest in Harrison. Es ist eine Folgeerscheinung des Sturms, weiter nichts. Zwei Wetterfronten, die aufeinandergeprallt sind. Irgend sowas.«

»David, bist du ganz sicher?«

Ich lachte und legte meinen Arm um ihren Nacken. »Nein, ich verzapfe bestimmt einen hanebüchenen Unsinn. Wenn ich sicher wäre, könnte ich die Wettervorhersage in den Sechsuhrnachrichten machen. Geh jetzt und stell deine Einkaufsliste zusammen.«

Sie warf mir einen zweifelnden Blick zu, schirmte mit der Hand ihre Augen vor der Sonne ab und betrachtete kurze Zeit die Nebelschicht. Dann schüttelte sie den Kopf. »Sonderbar!« sagte sie und ging aufs Haus zu.

Für Billy hatte der Nebel seine Anziehungskraft bereits eingebüßt. Er hatte die Flagge und eine Taurolle aus dem Wasser gefischt. Wir breiteten sie zum Trocknen auf dem Rasen aus.

»Ich hab' gehört, daß es ein Verbrechen ist, wenn man die Flagge jemals den Boden berühren läßt«, sagte er in einem praktischen Bringen-wir's-rasch-hinter-uns-Ton.

»Jaaa?«

»Ja. Victor McAllister sagt, daß Leute dafür gelyncht werden.«

»Dann sag Vic mal, daß er voll von dem Zeug ist, das Gras grün macht.«

»Pferdescheiße, stimmt's?« Billy ist ein kluger Junge, aber es fehlt ihm an Humor. Für ihn ist alles eine ernste Angelegenheit. Ich hoffe nur, daß er lange genug leben wird, um zu lernen, daß diese Einstellung in unserer Welt sehr gefährlich ist.

»Ja, stimmt genau, aber erzähl' deiner Mutter nicht, daß ich das gesagt habe. Wenn die Flagge trocken ist, werden wir sie zusammenlegen. Wir werden sie sogar zu einem

Dreispitz falten, damit wir hier auf sicherem Grund und Boden sind.«

»Vati, werden wir das Bootshausdach reparieren und eine neue Fahnenstange anbringen?« Zum erstenmal sah er etwas ängstlich aus. Er hatte wohl für die nächste Zeit genug von Verwüstungen.

Ich klopfte ihm auf die Schulter. »Du bist verdammt schlau.«

»Darf ich zu den Bibbers rübergehn und schauen, was dort alles passiert ist?«

»Aber nur ganz kurz. Sie werden auch beim Aufräumen sein, und manchmal haben die Leute dann eine Wut im Bauch.« So wie ich im Augenblick eine Mordswut auf Norton hatte.

»Okay. Bis gleich.« Er sauste davon.

»Steh ihnen nicht im Weg herum. Und noch was, Billy!« Er blickte sich um.

»Denk an die Stromleitungen. Wenn du irgendwo noch andere herumliegen siehst, bleib ja davon weg!«

»Klar, Vati.«

Ich stand da und betrachtete zuerst noch einmal den Schaden, dann starrte ich wieder auf den Nebel. Er schien jetzt näher zu sein, aber es war sehr schwer, das mit Sicherheit zu sagen. Wenn er jetzt aber tatsächlich näher war, so widersprach das allen Naturgesetzen, denn der Wind – eine ganz leichte Brise – wehte in der Gegenrichtung. Natürlich war das ein Ding der Unmöglichkeit. Er war sehr, sehr weiß. Das einzige, womit ich ihn vergleichen kann, ist frisch gefallener Schnee, der in blendendem Kontrast zu einem strahlenden tiefblauen Winterhimmel steht.

Aber Schnee reflektiert tausend- und abertausendfach die Sonne, und diese seltsame Nebelbank sah zwar hell und klar aus, aber sie funkelte nicht in der Sonne. Steff hatte vorhin etwas Falsches behauptet – Nebel ist an klaren Tagen nichts Ungewöhnliches, aber wenn er sehr stark ist, bildet sich durch die Feuchtigkeit fast immer ein Regenbogen. Aber hier sah man keinen Regenbogen.

Wieder überfiel mich ein Unbehagen, aber dann wurde ich abgelenkt durch ein leises Motorengeräusch — wutt, wutt wutt —, gefolgt von einem kaum hörbaren »Scheiße!«

Das Motorengeräusch war erneut vernehmbar, aber diesmal war kein Fluch zu hören. Nach dem drittenmal ertönte ein leises »Verdammtes Drecksding!«

Wutt-wutt-wutt-wutt.

— Stille —

dann: »Altes Miststück!«

Ich grinste. Die Akustik war hier draußen ausgezeichnet, und all die kreischenden Sägen waren ziemlich weit entfernt — jedenfalls weit genug, damit ich die nicht gerade salonfähigen Ausdrücke meines nächsten Nachbars vernehmen konnte — des angesehenen Anwalts und Seeufer-Grundbesitzers Brenton Norton.

Ich schlenderte etwas näher ans Wasser heran, wobei ich so tat, als wollte ich das auf unserem Wellenbrecher gestrandete Dock begutachten. Jetzt konnte ich Norton sehen. Er kniete auf einem Teppich aus alten Tannennadeln, auf der Lichtung neben seiner überdachten Veranda. Er trug farbbekleckste Jeans und ein weißes T-Shirt. Seine 40-Dollar-Frisur war zerzaust, Schweiß rann ihm übers Gesicht. Er hantierte an seiner Säge herum. Sie war viel größer und besser ausgestattet als meine kleine ›Value House job‹ für 79,95 Dollar. Sie schien wirklich mit allen möglichen Extras versehen zu sein — mit Ausnahme eines Anlasserknopfs. Norton zerrte an einer Schnur, aber das einzige Ergebnis seiner Bemühungen waren jene trägen Wutt-wutt-wutt-Geräusche. Mein Herz lachte, als ich sah, daß eine gelbe Birke auf seinen Picknicktisch gefallen war und ihn in zwei Teile zerschmettert hatte.

Norton zog jetzt mit aller Kraft an der Anlasserschnur.

Wutt-wutt-wuttwuttwuttwuttwutt... wutt... wutt.

Einen Augenblick hatte es fast so ausgesehen, als würde der Kerl es schaffen.

Eine weitere herkulische Anstrengung.

Wutt-wutt-wutt.

»Elende Scheißmaschine!« flüsterte Norton wütend vor sich hin und starrte seine teure Säge grimmig an.

Ich ging zum Haus zurück und fühlte mich zum erstenmal seit dem Aufstehen so richtig wohl. Meine eigene Säge startete auf den ersten Knopfdruck, und ich machte mich an die Arbeit.

Gegen zehn Uhr tippte mir jemand auf die Schulter. Es war Billy, eine Bierdose in einer Hand, Steffs Einkaufsliste in der anderen. Ich stopfte den Zettel in die Gesäßtasche meiner Jeans und griff nach dem Bier, das zwar nicht gerade eiskalt, aber immerhin kühl war. Ich trank fast die Hälfte davon mit einem Schluck aus – selten hat mir ein Bier so gut geschmeckt – und prostete Billy mit der Dose zu. »Danke, Freund.«

»Kann ich 'nen Schluck haben?«

Ich ließ ihn von meinem Bier nippen. Er schnitt eine Grimasse und gab mir die Dose zurück. Ich leerte sie und ertappte mich dabei, daß ich sie zusammendrücken wollte. Für zurückgegebene Flaschen und Dosen gibt es nun schon über drei Jahre lang das eingesetzte Pfand zurück, aber alte Gewohnheiten lassen sich eben nur schwer abstellen.

»Mutti hat unten auf die Liste noch was draufgeschrieben, aber ich kann ihre Schrift nicht lesen«, sagte Billy.

Ich holte die Liste aus meiner Tasche. »Ich kann WOXO im Radio nicht bekommen«, lautete Steffs Notiz. »Glaubst du, daß der Sturm den Sender unterbrochen hat?«

WOXO ist der UKW-Sender für Rockmusik. Die Station

befindet sich in Norway, etwa zwanzig Meilen nördlich von uns, und ist die einzige, die wir mit unserem alten, schwachen Gerät auf UKW empfangen können.

»Sag ihr, vermutlich ja«, meinte ich, nachdem ich Billy ihre Frage vorgelesen hatte. »Frag sie, ob sie auf Mittelwelle Portland bekommen kann.«

»Okay. Vati, kann ich mitkommen, wenn du nachher in die Stadt fährst?«

»Klar. Du und Mutti auch, wenn sie Lust hat.«

»Okay.« Er rannte mit der leeren Dose zum Haus zurück.

Ich hatte mich bis zu dem großen Baum vorgearbeitet. Ich sägte ihn an einer Stelle durch und stellte die Säge kurz ab, damit sie etwas abkühlen konnte — der Baum war eigentlich viel zu groß für sie, aber ich glaubte, daß sie es schaffen würde, wenn ich zwischendurch immer mal wieder eine Pause einlegte. Ich fragte mich gerade, ob der Feldweg, der zur Kansas Road führt, von umgestürzten Bäumen frei sein würde, als ein orangefarbener Lastwagen der E-Werke vorbeirumpelte; vermutlich war er unterwegs zum anderen Ende unserer kleinen Straße. Das ging also in Ordnung. Die Straße war frei, und die Jungs vom E-Werk würden gegen Mittag hier sein und sich um die Leitungen kümmern.

Ich sägte ein dickes Baumstück ab, schleppte es zum Rand der Auffahrt und ließ es den Abhang hinabrollen, ins Unterholz, das seit jenem lange zurückliegenden Tag, als mein Vater und seine Brüder — allesamt Künstler, die Draytons sind seit jeher eine Künstlerfamilie gewesen — es gelichtet hatten, wieder mächtig zugewachsen war.

Ich wischte mir mit dem Arm den Schweiß vom Gesicht und hätte gern noch ein Bier zur Hand gehabt — eins war nur ein Tropfen auf den heißen Stein. Ich nahm die Säge wieder zur Hand und dachte daran, daß WOXO nicht empfangen werden konnte. Das war die Richtung, in der Shaymore (*Shammore*, wie die Einheimischen es aussprachen) lag. In Shaymore wurde das Arrowhead-Projekt durchgeführt.

Das war nämlich Bill Giostis Theorie über den sogenannten schwarzen Frühling – das Arrowhead-Projekt. Im westlichen Teil von Shaymore, unweit der Stadtgrenzen von Stoneham, gab es ein kleines, mit Draht eingezäuntes Regierungsgelände mit Wachposten, Ruhestrom-Fernsehkameras und Gott weiß, was noch allem. Zumindest hatte ich das gehört; ich hatte es nie mit eigenen Augen gesehen, obwohl die Old Shaymore Road etwa eine Meile an der Ostseite des Regierungsgeländes entlangführt.

Niemand wußte genau, woher der Name Arrowhead-Projekt stammte, und niemand konnte mit hundertprozentiger Sicherheit sagen, daß das Projekt wirklich diesen Namen trug – wenn es überhaupt ein Projekt gab. Bill Giosti sagte, es gäbe eines, aber wenn man ihn fragte, woher er seine Informationen denn habe, gab er ziemlich vage Antworten. Seine Nichte arbeite für die staatliche Fernsprechgesellschaft, und dort habe sie gewisse Dinge gehört.

»Atomzeugs«, hatte Bill an jenem Tag erklärt, während er im Fenster meines Scouts lehnte und mir eine starke Alkoholfahne ins Gesicht blies. »Damit treiben sie dort ihren Unfug. Schießen Atome in die Luft und all sowas.«

»Mr. Giosti, die Luft ist doch ohnehin schon voller Atome«, hatte Billy eingewandt. »Das sagt jedenfalls Mrs. Neary. Sie sagt, alles sei voll von Atomen.«

Bill Giosti hatte meinem Sohn Bill einen langen Blick aus seinen blutunterlaufenen Augen zugeworfen. »Das sind *andere* Atome, mein Sohn.«

»Ach so«, hatte Billy gemurmelt.

Dick Muehler, unser Versicherungsagent, erzählte, das Arrowhead-Projekt sei ein landwirtschaftliches Forschungszentrum der Regierung, nicht mehr und nicht weniger. »Größere Tomaten mit längerer Reifedauer und all sowas«, sagte Dick weise und fuhr sodann in seinen Erklärungen fort, daß ich meiner Familie – versicherungstechnisch gesehen – am besten helfen könnte, wenn ich jung sterben würde. Janine Lawless, unsere Briefträgerin, war hingegen der Meinung, es sei eine geologische Station, die etwas mit Mineralöl zu tun hätte. Sie wisse es ganz genau, denn der Bruder ihres Mannes arbeite für jemanden, der...

Und Mrs. Carmody – nun, sie neigte vermutlich mehr zu Bill Giostis Theorie. Nicht einfach Atome, sondern *andere* Atome.

Ich sägte zwei weitere Baumstücke ab und warf sie ins Unterholz, bevor Billy mit einer neuen Dose Bier in einer Hand und einem Zettel von Steffy in der anderen angerannt kam. Ich wüßte nicht, was Big Bill lieber täte als Botschaften zu überbringen.

»Danke«, sagte ich und nahm beides entgegen.

»Kann ich einen Schluck haben?«

»Aber nur einen. Vorhin hast du zwei getrunken. Ich kann dich schließlich nicht um zehn Uhr morgens betrunken herumlaufen lassen.«

»Viertel nach«, sagte er und lächelte mir schüchtern zu. Ich lächelte zurück – nicht daß es eine besonders witzige Bemerkung gewesen wäre, aber Billy macht so selten Witze – und las dann Steffys Zettel.

»Habe IBQ im Radio bekommen«, hatte sie geschrieben. »Betrink dich nicht, bevor du in die Stadt fährst. Ein Bier kannst du noch bekommen, aber damit hat sich's dann vor dem Mittagessen. Glaubst du, daß unsere Straße frei befahrbar ist?«

Ich gab ihm den Zettel zurück und nahm das Bier wieder an mich. »Sag ihr, unser Weg müsse frei sein, weil vor kurzem ein Wagen vom E-Werk vorbeigefahren ist. Sie werden sich allmählich bis zu uns vorarbeiten.«

»Okay.«

»Billy?«

»Was ist?«

»Sag ihr, daß alles in Ordnung ist.«

Er lächelte wieder und beruhigte sich als erstes vielleicht selbst mit meinen Worten. »Okay.«

Er rannte zurück und ich blickte ihm nach. Ich liebe ihn. Sein Gesicht und die Art, wie er mich manchmal anschaut, geben mir das Gefühl, als sei alles wirklich in Ordnung. Natürlich ist das eine Lüge – viele Dinge sind nicht in Ordnung und waren es auch nie – aber mein Junge läßt mich für kurze Zeit an diese Lüge glauben.

Ich trank etwas Bier, stellte die Dose vorsichtig auf einem Stein ab und machte mich wieder an die Arbeit. Etwa zwanzig Minuten später tippte mir jemand leicht auf die Schulter, und ich drehte mich um. Ich dachte, es sei wieder Billy. Statt dessen war es Brent Norton. Ich stellte die Säge ab.

Er sah ganz anders als gewöhnlich aus – verschwitzt und müde und unglücklich und ein bißchen verlegen.

»Hallo, Brent«, sagte ich. Zuletzt hatten wir ziemlich harte Worte gewechselt, und ich wußte nicht so recht, wie ich mich verhalten sollte. Ich hatte das komische Gefühl, daß er schon mindestens fünf Minuten hinter mir gestanden und sich leise geräuspert hatte, übertönt vom lauten Kreischen der Säge. Ich hatte ihn in diesem Sommer noch nie aus der Nähe gesehen. Er hatte an Gewicht verloren, aber es sah nicht gut aus. Eigentlich hätte es gut aussehen müssen, denn er hatte früher zwanzig Pfund Übergewicht mit sich herumgeschleppt, aber trotzdem war es nicht der Fall. Seine Frau war im vergangenen November gestorben. Krebs. Aggie Bibber hatte es Steffy erzählt. Aggie wußte immer genau, wer gestorben war und woran. Jeder hat wohl in seiner Nachbarschaft eine solche Nachrichtenquelle. Norton hatte sich mit seiner Frau immer gestritten und sich herablassend über sie geäußert, und deshalb hatte ich geglaubt, daß er über ihren Tod ganz froh wäre. Wenn mich jemand gefragt hätte, würde ich vielleicht sogar die Vermutung geäußert haben, daß er in diesem Sommer mit einem um zwanzig Jahre jüngeren Mädchen im Arm und einem albernen siegessicheren Grinsen hier aufkreuzen würde. Aber anstatt des albernen Grinsens hatte er nur eine Menge neuer Falten im Gesicht, und das Gewicht hatte er genau an den falschen Stellen verloren, wodurch sich Runzeln und schlaffe Hautsäcke gebildet hatten. Einen Augenblick lang verspürte ich den dringenden Wunsch, Norton an eine sonnige Stelle zu führen, ihm meine Dose Bier in die Hand zu drücken, ihn neben einen der umgestürzten Bäume zu setzen und eine Kohlezeichnung von ihm anzufertigen.

»Hallo, Dave«, sagte er nach kurzem, betretenem Schweigen. »Jener... jener Baum... jener verdammte Baum! Es tut mir leid. Sie hatten recht.«

Ich zuckte nur mit den Schultern.

»Ein anderer Baum ist genau auf mein Auto gefallen«, fuhr er fort.

»Es tut mir leid, das zu hö...«, begann ich, und dann überkam mich eine schreckliche Ahnung. »Es war doch hoffentlich nicht der Thunderbird?«

»Doch.«

Norton hatte einen Thunderbird Baujahr 1960, tadellos erhalten, Kilometerstand nur 30 000 Meilen. Der Wagen war innen und außen von dunkler mitternachtsblauer Farbe. Norton fuhr nur im Sommer damit, und auch dann ziemlich selten. Er liebte diesen T-Bird, so wie manche Männer elektrische Eisenbahnen oder Modellschiffe oder Pistolen zum Scheibenschießen lieben.

»So 'ne Scheiße!« sagte ich, und ich meinte es ehrlich.

Er nickte langsam. »Ich wollte erst gar nicht mit ihm hier herausfahren. Wollt' den Stationswagen nehmen, wissen Sie. Dann sagte ich mir, was soll's. Und jetzt ist mir eine alte morsche Kiefer draufgefallen. Das ganze Dach ist zerschmettert. Ich wollte ihn absägen... den Baum, meine ich... aber der Motor meiner Säge springt einfach nicht an... zweihundert hab' ich für dieses Scheißding bezahlt... und... und...«

Sein Mund bewegte sich, als sei er zahnlos und kaue Datteln. Sonderbare Laute kamen aus seiner Kehle. Einen Augenblick lang fühlte ich mich völlig hilflos und glaubte schon, er würde gleich losheulen wie ein Kind im Sandkasten. Dann faßte er sich halbwegs, zuckte mit den Schultern und wandte sich ab, so als wollte er die Baumstücke betrachten, die ich abgesägt hatte.

»Wir können uns Ihre Säge ja mal zusammen anschauen«, sagte ich. »Ist Ihr Auto versichert?«

»Ja«, erwiderte er, »genau wie Ihr Bootshaus.«

Ich verstand, was er meinte, und erinnerte mich wieder daran, was Steff über Versicherungen gesagt hatte.

»Hören Sie, Dave, könnten Sie mir vielleicht eventuell Ihren Saab ausleihen, damit ich kurz in die Stadt fahren und mir Brot und Aufschnitt kaufen kann. Und Bier. Sehr viel Bier.«

»Billy und ich fahren nachher mit dem Scout hin«, sagte ich. »Sie können mitkommen, wenn Sie wollen. Das heißt, wenn Sie mir helfen, den Rest dieses Baumes beiseite zu schleppen.«

»Gern.«

Er packte an einem Ende an, konnte den Baum aber nicht richtig hochheben. Ich mußte den größten Teil der Arbeit doch selbst erledigen. Wir schafften es zu zweit aber doch, den Baum ins Unterholz zu befördern. Norton keuchte und schnappte nach Luft. Sein Gesicht war purpurrot. Nachdem er zuvor schon so lange an seiner Säge herumhantiert hatte, machte ich mir ein wenig Sorgen um seine Pumpe.

»Sind Sie okay«, fragte ich, und er nickte, immer noch

heftig atmend. »Kommen Sie mit zum Haus. Ich kann Sie mit einem Bier stärken.«

»Danke«, sagte er. »Wie geht's Stephanie?«

Er hatte schon wieder etwas von seiner üblichen aalglatten, angeberischen Art an sich, die mir so sehr mißfiel.

»Danke, ausgezeichnet.«

»Und Ihrem Sohn?«

»Dem geht's auch gut.«

»Freut mich zu hören.«

Steff kam aus dem Haus und sah im ersten Moment sehr überrascht aus, als sie sah, wer bei mir war. Norton lächelte, und seine Augen glitten über ihr enges T-Shirt. Eigentlich hatte er sich doch nicht allzu sehr geändert.

»Hallo, Brent«, sagte sie zurückhaltend. Billy steckte seinen Kopf unter ihrem Arm hervor.

»Hallo, Stephanie. Hallo, Billy.«

»Brents T-Bird hat im Sturm ganz schön was abbekommen«, berichtete ich ihr. »Das Dach ist ganz kaputt, sagt er.«

»O nein!«

Norton erzählte noch einmal von seinem Pech, während er eines unserer Biere trank. Ich schlürfte mein drittes, spürte aber nicht die geringste Wirkung. Offensichtlich hatte ich die anderen Biere ebenso rasch ausgeschwitzt, wie ich sie getrunken hatte.

»Er wird zusammen mit Billy und mir in die Stadt fahren.«

»Na, ich werde euch nicht so schnell zurückerwarten. Eventuell müßt ihr nämlich in den Supermarkt nach Norway fahren.«

»Oh! Warum denn das?«

»Nun, wenn es in Bridgton keinen Strom gibt...«

»Mutti sagt, daß alle Kassen und sowas nur mit Elektrizität funktionieren«, ergänzte Billy.

Es war ein stichhaltiges Argument.

»Hast du die Einkaufsliste noch?«

Ich klopfte auf meine Gesäßtasche.

Ihr Blick schweifte zu Norton. »Die Sache mit Carla tut mir sehr leid, Brent. Uns allen.«

»Danke«, sagte er. »Vielen Dank.«

Wieder trat ein kurzes, betretenes Schweigen ein, das Billy zum Glück unterbrach. »Können wir jetzt fahren, Vati?« Er hatte sich umgezogen und trug jetzt Jeans und Segeltuchschuhe.

»Ich glaube schon. Sind Sie soweit, Brent?«

»Ja, wenn ich noch ein Bier bekommen kann – sozusagen mit auf den Weg.«

Steffy hob die Brauen. Sie hatte etwas gegen diese Auf-den-Weg-trinken-Einstellung, ebenso wie sie etwas gegen Männer hatte, die mit einer Dose Bier im Schoß Auto fahren. Ich nickte ihr leicht zu, und sie zuckte die Achseln. Ich wollte mich mit Norton jetzt auf keine Diskussionen einlassen. Sie holte ihm ein Bier.

»Danke«, sagte er zu ihr, aber ohne es wirklich zu meinen. Er sagte das Wort nur so daher, wie wenn man einer Kellnerin im Restaurant dankt. Dann wandte er sich wieder mir zu. »Führe uns, Macduff.«

»Ich komme sofort«, sagte ich und ging ins Wohnzimmer.

Norton folgte mir und verlieh beim Anblick der Birke seiner Bestürzung und Anteilnahme wortreich Ausdruck. Aber ich war im Augenblick nicht daran interessiert, was ein neues Fenster kosten würde. Ich blickte durch die Schiebetür auf den See hinaus: Die Brise war etwas frischer geworden, die Temperatur um fünf Grad angestiegen, während ich mit Sägen beschäftigt gewesen war. Ich hatte gedacht, daß der seltsame Nebel von vorhin sich inzwischen bestimmt aufgelöst haben würde, aber er war noch immer da. Er war näher gekommen. Er hatte den See jetzt zur Hälfte überquert.

»Mir ist das vorhin schon aufgefallen«, sagte Norton in überheblich-herablassender Art. »Es dürfte sich hierbei um eine Temperatur-Inversion handeln.«

Es gefiel mir nicht. Ich wußte genau, daß ich noch nie einen solchen Nebel gesehen hatte. Das lag zum Teil an der entnervend geraden Front. In der Natur ist nichts so völlig eben; die geraden Kanten und Ecken hat der Mensch erfunden. Zum Teil lag es auch an dieser blendend weißen Farbe ohne jede Schattierung, aber auch ohne das Funkeln von Feuchtigkeit. Der Nebel war jetzt nur noch etwa eine halbe Meile entfernt, und der Gegensatz zwischen ihm und dem Blau des Himmels war noch auffallender als zuvor.

»Nun komm schon, Vati!« Billy zog an meiner Hose.

Wir gingen in die Küche zurück. Brent Norton warf noch einen letzten Blick auf den Baum, der in unser Wohnzimmer gestürzt war.

»Zu dumm, daß es kein Apfelbaum war, was?« bemerkte Billy fröhlich. »Das hat meine Mutti gesagt. Sehr komisch, finden Sie nicht auch?«

»Deine Mutter ist ein richtiger Witzbold«, sagte Norton. Er strich Billy mechanisch übers Haar, während seine Blicke wieder über Steffs T-Shirt glitten. Nein, er war kein Mann, den ich jemals richtig mögen könnte.

»Hör mal, Steff, warum kommst du nicht mit?« fragte ich. Ich konnte zwar keinen konkreten Grund dafür angeben, aber ich wollte plötzlich, daß sie uns begleitete.

»Nein, ich werde lieber hierbleiben und im Garten ein bißchen Unkraut jäten«, erwiderte sie. Ihr Blick schweifte kurz zu Norton, dann sah sie mich wieder an. »Es sieht heute morgen ganz so aus, als sei ich hier das einzige, was nicht auf Elektrizität angewiesen ist.«

Norton lachte viel zu herzhaft.

Ich hatte ihre Botschaft verstanden, versuchte es aber noch einmal. »Bist du sicher?«

»Ganz sicher. Das alte Bück-und-streck-dich wird mir gut tun.«

»Paß auf, daß du nicht zuviel Sonne abbekommst.«

»Ich werde meinen Strohhut aufsetzen. Wenn ihr zurückkommt, gibt's Sandwiches.«

»Gut.«

Sie hob ihr Gesicht zu mir empor, um sich küssen zu lassen. »Sei vorsichtig. Auf der Kansas Road kann auch alles mögliche herumliegen.«

»Ich werd' bestimmt vorsichtig fahren.«

»Und du sei auch schön vorsichtig«, ermahnte sie Billy und küßte ihn auf die Wange.

»In Ordnung, Mutti.« Er stürzte zur Tür hinaus, und Norton und ich folgten ihm.

»Warum gehen wir nicht erst rüber und sägen den Baum ab, der auf Ihrem Auto liegt?« fragte ich ihn. Plötzlich fielen mir tausend Gründe ein, um unsere Fahrt in die Stadt aufzuschieben.

»Ich möchte die Bescherung nicht einmal sehen, bevor ich zu Mittag gegessen und noch ein paar von denen gekippt habe«, sagte Norton und hob dabei seine Bierdose. »Der Schaden ist ja ohnehin schon passiert, Dave alter Junge.«

Es paßte mir nicht, daß er mich ›alter Junge‹ nannte.

Wir nahmen alle drei auf dem Vordersitz des Scout Platz, und ich fuhr im Rückwärtsgang aus der Garage. Vom Sturm abgerissene Äste knirschten unter den Rädern. Steff stand auf dem Zementpfad, der zum Gemüsegarten am äußersten westlichen Ende unseres Grundstücks führt. Sie trug Gartenhandschuhe und hatte in der einen Hand eine Schere, in der anderen eine Harke. Sie hatte ihren alten schlappen Sonnenhut auf, der einen Schattenstreifen über ihr Gesicht warf. Ich drückte zweimal leicht auf die Hupe, und sie hob grüßend die Hand mit der Schere.

Wir fuhren los. Seitdem habe ich meine Frau nicht mehr gesehen.

Wir mußten einmal anhalten, bevor wir die Kansas Road erreichten. Seit der Wagen vom E-Werk durchgefahren war, war eine ziemlich große Kiefer quer auf die Straße gestürzt. Norton und ich stiegen aus und schoben sie soweit zur Seite, daß ich mich mit dem Scout seitlich daran vorbeiquetschen konnte, wobei wir unsere Hände mit Pech verschmierten. Billy wollte uns helfen, aber ich winkte ab. Ich hatte Angst, daß ein Zweig ihm ins Auge schlagen könnte. Alte Bäume erinnern mich immer an die Ents in Tolkiens wunderbarer Sage ›Herr der Ringe‹, nur sind es böse gewordene Ents. Alte Bäume wollen einen verletzen. Ganz egal, ob man Schneeteller fährt, Skilanglauf macht oder einfach im Wald spazierengeht. Alte Bäume wollen einen verletzen, und ich glaube, sie würden einen sogar töten, wenn sie es könnten.

Die Kansas Road war frei, aber an mehreren Stellen sahen wir heruntergerissene Stromleitungen. Etwa eine Viertelmeile hinter dem Vicki-Linn-Campingplatz lag ein ganzer Strommast der Länge nach im Straßengraben, und dicke Drähte standen wirr von seiner Spitze ab wie ungekämmte Haare.

»Das war ein Sturm!« sagte Norton mit seiner honigsüßen, im Gerichtssaal trainierten Stimme; aber diesmal klangen seine Worte nicht überheblich-herablassend, sondern nur ernst.

»Das kann man wohl sagen!«

»Sieh mal, Vati!«

Billy deutete auf die Trümmer der Scheune der Ellitchs. Zwölf Jahre lang hatte sie sich müde immer tiefer in Tommy Ellitchs Feld gesenkt, und die Sonnenblumen hatten bis an ihr Dach gereicht. Jeden Herbst hatte ich gedacht, sie würde einen weiteren Winter bestimmt nicht überstehen. Und jedes Frühjahr war sie immer noch dagewesen. Aber heute nicht mehr. Nur noch zersplitterte Trümmer waren von ihr übrig und ein Dach, das fast alle Schindeln verloren hatte. Ihre letzte Stunde hatte geschlagen. Und aus irgendeinem Grund verstärkte das mein inneres Unbehagen – es schien mir ein schlechtes Omen zu sein. Der Sturm war gekommen und hatte sie zerschmettert.

Norton trank sein Bier aus und zerdrückte die Dose mit einer Hand, bevor er sie achtlos auf den Boden des Wagens warf. Billy öffnete den Mund, um etwas zu sagen, schloß ihn dann aber wieder – guter Junge. Norton kam aus New Jersey, wo man kein Flaschen- und Dosenpfand kannte. Ich fand es verzeihlich, daß er meine fünf Cent zerdrückt hatte, nachdem ich ja selbst Mühe hatte, es nicht zu tun.

Billy begann am Radio zu drehen, und ich bat ihn auszuprobieren, ob WOXO inzwischen wieder sende. Er stellte das Gerät auf UKW 92 ein, aber es war nur ein leeres Brummen und Knacken zu hören. Er sah mich achselzuckend an. Ich überlegte kurz. Welche anderen Sender befanden sich hinter der eigenartigen Nebelfront?

»Versuch mal WBLM«, sagte ich.

Er drehte am Knopf. WIBQ und WIGY-FM waren deutlich zu hören, sie strahlten ihr Programm wie immer aus... aber WBLM, Maines größter Sender für progressiven Rock, war einfach wie weggeblasen.

»Komisch«, murmelte ich.

»Was ist los?« fragte Norton.

»Nichts. Ich habe nur laut gedacht.«

Billy hatte inzwischen auf WIBQ zurückgedreht, wo Musik gesendet wurde. Kurze Zeit später erreichten wir die Stadt.

Die Waschanlage im Einkaufscenter war geschlossen, denn es ist natürlich unmöglich, eine Münzwäscherei ohne

Strom zu betreiben, aber sowohl die Bridgton-Apotheke als auch der Federal Foods-Supermarkt waren geöffnet. Der Parkplatz war sehr voll, und wie immer im Hochsommer trugen viele Autos Kennzeichen anderer Bundesstaaten. Kleine Grüppchen von Menschen standen hier und da in der Sonne herum und unterhielten sich über den Sturm, Frauen mit Frauen, Männer mit Männern.

Ich entdeckte Mrs. Carmody – die mit den ausgestopften Tieren und dem abgestandenen Wasser als Heilmittel. Sie segelte in einem schrecklichen kanariengelben Hosenanzug in den Supermarkt. Eine Tasche von der Größe eines kleinen Koffers baumelte ihr am Arm. Dann brauste irgend so ein Idiot auf einer Yamaha nur wenige Zoll von meiner vorderen Stoßstange entfernt an mir vorbei. Er trug eine Baumwolljacke, hatte eine Sonnenbrille mit Spiegelgläsern auf der Nase, aber keinen Helm auf dem Kopf.

»Blödes Arschloch«, knurrte Norton.

Ich drehte eine Runde um den ganzen Parkplatz und hielt Ausschau nach einem guten Plätzchen. Es gab keines. Ich wollte gerade resignieren und einen langen Weg vom entgegengesetzten Ende des Platzes in Kauf nehmen, als mir das Glück hold war. Ein lindgrüner Cadillac von der Größe einer kleinen Jacht fuhr gerade aus einem Parkplatz in der dem Supermarkt nächstgelegenen Reihe heraus, und ich schlüpfte rasch in die freigewordene Lücke.

Ich gab Billy Steffs Einkaufszettel. Er war zwar erst fünf, aber er konnte Druckbuchstaben lesen. »Hol schon mal ein Wägelchen und fang an. Ich möchte nur kurz deine Mutter anrufen. Mr. Norton wird dir helfen. Und ich komme sofort nach.«

Wir stiegen aus, und Billy griff sofort nach Nortons Hand. Als er kleiner war, hatten wir ihm beigebracht, er dürfe den Parkplatz nur an der Hand eines Erwachsenen überqueren, und er hatte diese Gewohnheit bis jetzt beibehalten. Norton sah einen Augenblick lang etwas überrascht aus, lächelte dann aber. Ich war nahe daran, ihm zu verzeihen, daß er Steff mit den Augen verschlungen hatte. Die beiden verschwanden im Supermarkt.

Ich schlenderte zum öffentlichen Fernsprecher, der an der Wand zwischen Drugstore und Wäscherei angebracht war. Eine schwitzende Frau in rotem Sonnenanzug drückte immer wieder nervös auf die Gabel. Ich stand hinter ihr, die Hände in den Hosentaschen, und fragte mich, warum ich mich beim Gedanken an Steff so unbehaglich fühlte, und warum dieses Unbehagen irgendwie in Zusammenhang mit dieser geraden Front des weißen, nicht reflektierenden Nebels stand, mit den verschwundenen Radiostationen... und mit dem Arrowhead-Projekt.

Die Frau im roten Sonnenanzug hatte einen Sonnenbrand und Sommersprossen auf ihren fetten Schultern. Sie sah wie eine verschwitzte Orange aus. Sie warf wütend den Hörer auf, drehte sich um und entdeckte mich.

»Sparen Sie sich Ihre fünf Cent«, sagte sie. »Nur tüt-tüt-tüt.« Sie zog verdrießlich ab.

Ich schlug mir fast vor die Stirn. Die Telefonleitungen waren natürlich auch beschädigt. Einige sind zwar unterirdisch verlegt, aber bei weitem nicht alle. Trotzdem versuchte ich mein Glück. Die öffentlichen Fernsprecher in unserer Gegend sind, wie Steff sich ausdrückt, ›Paranoide Telefone‹. Anstatt seine Münze gleich einzuwerfen, wartet man auf ein Amtszeichen und wählt dann seine Nummer. Wenn jemand am anderen Ende der Leitung den Hörer abnimmt, wird die Verbindung automatisch unterbrochen, und man muß rasch die Münze einwerfen, bevor der Gesprächspartner wieder auflegt. Diese Dinger sind blödsinnig, aber an diesem Tag sparte ich dadurch meine fünf Cent. Es kam kein Amtszeichen. Wie die Frau gesagt hatte – man hörte nur tüt-tüt-tüt.

Ich hängte ein und ging langsam auf den Supermarkt zu, wobei ich Zeuge eines amüsanten kleinen Vorfalls wurde. Ein älteres Ehepaar ging, in einen Streit vertieft, auf die Eingangstür zu. Und während sie noch stritten, liefen sie direkt in die Tür hinein. Sie unterbrachen ihr Gezänk, und die Frau kreischte überrascht auf. Sie starrten einander komisch an. Dann lachten sie, und der Alte drückte mit einiger Mühe die Tür für seine Frau auf – diese elektrischen Türen sind schwer –, und sie gingen hinein. Wenn der elektrische Strom ausfällt, trifft es einen auf hundert verschiedene Arten.

Ich stieß meinerseits die Tür auf, und als erstes fiel mir auf, daß die Klimaanlage nicht in Betrieb war. Normalerweise ist sie im Sommer so eingestellt, daß man halb erfriert, wenn man sich länger als eine Stunde im Supermarkt aufhält.

Wie die meisten modernen Supermärkte war auch der Federal so konstruiert wie ein Labyrinth – moderne Marktforschungspraktiken verwandeln alle Kunden sozusagen in weiße Mäuse. Das Zeug, das man wirklich brauchte – Brot, Milch, Fleisch, Bier und tiefgefrorene Produkte – befand sich am anderen Ende, und um dorthin zu gelangen, mußte man all die verführerischen Artikel passieren – von Taschenfeuerzeug bis hin zum Hundeknochen aus Gummi.

Gleich hinter der Eingangstür befand sich die Obst- und Gemüseabteilung. Ich warf einen Blick dorthin, konnte Norton und meinen Sohn aber nirgends entdecken. Ich ging durch den Gang und bog nach links ab. Ich fand die beiden im dritten Gang, wo Billy grübelnd vor den Regalen mit Instant-Puddings und ähnlichem Zeug stand. Norton stand direkt hinter ihm und spähte auf Steffs Liste. Ich mußte ein bißchen über seinen irritierten Gesichtsausdruck lachen.

Ich bahnte mir einen Weg zu ihnen, vorbei an halbvollen Einkaufswagen (Steff war offensichtlich nicht die einzige gewesen, die vom Hamsterinstinkt befallen worden war) und gierigen Käufern. Norton holte zwei Dosen Pastetenfüllung aus dem obersten Regal und legte sie in den Wagen.

»Wie kommt ihr zwei zurecht?« fragte ich, und Norton drehte sich mit unverkennbarer Erleichterung um.

»Großartig. Stimmt's, Billy?«

»Na klar«, sagte Billy, konnte sich aber nicht verkneifen, ziemlich selbstgefällig hinzuzufügen: »Aber Mr. Norton kann eine ganze Menge auch nicht entziffern, Vati.«

»Zeig mal her.« Ich nahm die Liste an mich.

Norton hatte auf seine ordentliche Anwaltsart jeden Posten abgehakt, den er und Billy gefunden hatten – es war etwa ein halbes Dutzend, darunter Milch und ein Sechserpack Coke. Steff wollte noch zehn weitere Artikel haben.

»Wir müssen zum Obst- und Gemüsestand zurückgehen«, stellte ich fest. »Sie möchte Tomaten und Gurken haben.«

Billy schwenkte den Einkaufswagen herum, und Norton sagte: »Sie sollten mal einen Blick auf die Kassen werfen, Dave.«

Ich tat es. So etwas sieht man manchmal, an nachrichtenarmen Tagen, auf Zeitungsfotos, die mit einer humoristischen Unterschrift versehen sind. Nur zwei Kassen waren geöffnet, und die Doppelreihe von Kunden, die bezahlen wollten, erstreckte sich bis hinter die fast leergeräumten Brotregale, machte dort einen Knick nach rechts und entzog sich dann hinter den Tiefkühltruhen meinem Blickfeld. Alle neuen Computer-Kassen waren zugedeckt. An jeder der beiden offenen Kassen tippte ein gehetzt aussehendes Mädchen Warenpreise in einen batteriebetriebenen Taschenrechner ein. Neben jedem Mädchen stand einer der beiden Geschäftsführer des Supermarktes – Bud Brown und Ollie Weeks. Ich mochte Ollie, hatte für Brown aber nicht viel übrig, weil er sich vorkam wie der Charles de Gaulle der Supermarkt-Welt.

Wenn die Mädchen die Gesamtsumme addiert hatten, befestigten Bud oder Ollie einen Zettel am Bargeld – oder Scheck – des Kunden und warfen es in die Schachtel, die als Depot für das Geld diente. Alle sahen erhitzt und müde aus.

»Hoffentlich haben Sie ein interessantes Buch dabei«, sagte Norton, der neben mich getreten war. »Wir werden eine ganze Weile Schlange stehen müssen.«

Ich dachte wieder an Steff, die allein zu Hause war, und wieder überkam mich dieses Unbehagen. »Holen Sie jetzt ruhig, was Sie selbst brauchen«, sagte ich. »Billy und ich können den Rest jetzt selbst erledigen.«

»Soll ich ein paar zusätzliche Dosen Bier für Sie mitbringen?«

Ich überlegte es mir kurz, aber trotz der Versöhnung hatte ich keine Lust, den Nachmittag damit zu verbringen, mich mit Brent Norton zu betrinken. Nicht bei dem Chaos, das im und um das Haus herum herrschte.

»Tut mir leid«, sagte ich. »Ich muß gewisse Vorsorgemaßnahmen treffen, für den Fall, daß es regnen sollte.«

Es kam mir so vor, als hätten sich seine Gesichtszüge plötzlich etwas versteift. »Okay«, sagte er kurz und ging weg. Ich blickte ihm nach, und dann zupfte Billy an meinem Hemd.

»Hast du mit Mutti gesprochen?«

»Nein. Das Telefon funktionierte nicht. Vermutlich sind die Leitungen auch beschädigt worden.«

»Machst du dir Sorgen um sie?«

»Nein«, schwindelte ich. Ich machte mir Sorgen, hatte aber keine Ahnung, weshalb eigentlich. »Nein, natürlich nicht. Du etwa?«

»N-nein...« Aber er machte sich ebenfalls Sorgen. Er sah bedrückt aus. Wir hätten in diesem Augenblick sofort zurückfahren sollen. Aber vielleicht wäre es ohnehin schon zu spät gewesen.

Der Nebel kommt

Wir bahnten uns mühsam einen Weg zu der Obst- und Gemüseabteilung, wie Lachse, die sich stromaufwärts kämpfen. Ich sah einige vertraute Gesichter — Mike Hatlen, einen unserer Stadträte, Mrs. Reppler von der Grundschule (sie hatte Generationen von Drittklässlern in Angst und Schrecken versetzt), Mrs. Turman, die manchmal auf Billy aufpaßte, wenn Steffy und ich ausgingen — aber die meisten Kunden waren Sommerurlauber, die sich mit Fertiggerichten eindeckten und einander mit ihrer ›primitiven Lebensweise‹ auf dem Campingplatz aufzogen. Die kalten Imbisse waren so gründlich geplündert worden wie die Groschenromanständer bei einem Ramschverkauf. Nur ein paar Packungen geräucherter Wurst, überbackene Makkaronigerichte und eine einsame phallusförmige Dauerwurst waren übriggeblieben.

Ich besorgte Tomaten, Gurken und ein Glas Mayonnaise. Steff hatte auch Speck aufgeschrieben, aber es gab keinen mehr. Ich nahm ersatzweise eine Packung Räucherwurst mit, obwohl ich das Zeug nie mit großer Begeisterung essen kann, seit die Nahrungsmittelüberwachungsbehörde gemeldet hat, daß jede Packung eine kleine Menge an Insektendreck enthält — sozusagen als eine kleine Zugabe für dein Geld!

»Schau mal«, sagte Billy, als wir in den vierten Gang einbogen. »Da sind ja Jungs von der Army.«

Es waren zwei. Ihre dunklen Uniformen hoben sich scharf von dem viel helleren Hintergrund aus Sommer- und Sportkleidung ab. Wir waren an den Anblick vereinzelter Armeeangehöriger gewöhnt, nachdem das Arrowhead-Projekt nur etwa dreißig Meilen entfernt war. Diese beiden hier sahen noch wie richtige Milchbärte aus.

Ich warf einen Blick auf Steffs Liste und stellte fest, daß wir alles hatten... nein, doch noch nicht ganz. Ganz unten hatte sie hingekritzelt, als sei es ihr erst im nachhinein eingefallen: *Eine Flasche Lancer's?* Das hörte sich für meine Begriffe ganz gut an. Ein paar Gläser Wein heute abend, wenn Billy schon im Bett sein würde, und dann ein langes zärtliches Vorspiel und Liebe vor dem Einschlafen...

Ich ließ den Einkaufswagen stehen, bahnte mir einen Weg zum Weinregal und holte eine Flasche. Auf dem Rückweg kam ich an der großen zweiflügeligen Tür vorbei, die in den Lagerraum führt, und hörte das gleichmäßige Dröhnen eines großen Generators. Vermutlich war er gerade groß genug, um die Kühltruhen mit dem nötigen Strom zu versorgen, aber seine Leistung reichte nicht für die Türen, die Kassen und all das übrige elektrische Inventar aus. Er hörte sich wie ein Motorrad an.

Norton tauchte wieder auf, als wir uns gerade in die Schlange einreihten. Er balancierte zwei Sechserpacks ›Schlitz Light‹, einen Brotlaib und die Dauerwurst, die ich vor einigen Minuten gesehen hatte. Er stellte sich neben Billy und mich in die Reihe. Ohne Klimaanlage war es im Supermarkt sehr warm, und ich fragte mich, warum nicht einer der Hilfskräfte, die die Regale auffüllten, wenigstens die Türen öffnete. Ich hatte gerade Buddy Eagleton gesehen, der in seiner roten Schürze herumstand und sich die Zeit mit Nichtstun vertrieb. Der Generator dröhnte monoton. Ich verspürte ein leichtes Kopfweh.

»Legen Sie Ihr Zeug in den Wagen, bevor etwas runterfällt«, sagte ich zu Norton.

»Danke.«

Die Schlange reichte jetzt bis hinter die Tiefkühlgerichte; die Leute mußten sich durchzwängen, um an die Truhen heranzukommen, und es herrschte ein fortwährendes »Entschuldigung«-Gemurmel. »Hier kann man ja Wurzeln schlagen! So 'ne gottverdammte Scheiße!« Ich liebte es nicht, wenn Billy so derbe Ausdrücke zu hören bekam.

Das Dröhnen des Generators wurde etwas gedämpfter, als die Schlange sich vorwärtsbewegte. Norton und ich plauderten oberflächlich miteinander; wir vermieden es, unseren häßlichen Grenzstreit auch nur mit einem Wort zu erwähnen und unterhielten uns über Nebensächlichkeiten wie die Chancen der ›Red Sox‹ und das Wetter. Schließlich war aber unser kleiner Vorrat an unverfänglichen Themen erschöpft, und wir verfielen in Schweigen. Billy zappelte neben mir ungeduldig herum. Die Schlange kroch vorwärts. Jetzt standen wir zwischen Tiefkühlmenüs zur Rechten und den teureren Weinen und Sekten zur Linken. Als wir dann zu den billigeren Weinen vorrückten, spielte ich kurz mit dem Gedanken, eine Flasche ›Ripple‹ mitzunehmen, den Wein meiner feurigen Jugend. Ich tat es dann aber doch nicht. So sehr feurig war meine Jugend nun doch nicht gewesen.

»Mein Gott, warum können sie sich nicht ein bißchen beeilen, Vati?« fragte Billy. Er hatte immer noch diesen bedrückten Gesichtsausdruck, und plötzlich riß der Nebel des Unbehagens, der mich einhüllte, kurz auf, und dahinter tauchte etwas Schreckliches auf — das grelle Gesicht des Entsetzens. Gleich darauf war es wieder vorüber.

»Nimm's leicht, Billy«, sagte ich.

Wir waren bis zu den Brotregalen vorgerückt — bis zu der Stelle, wo die Doppelreihe nach links abbog. Jetzt konnten wir wenigstens schon die Kassen sehen, die beiden offenen und die vier geschlossenen, auf deren Transportbändern ein kleines Schild mit der Aufschrift BITTE AN EINER ANDEREN KASSE ANSTELLEN stand. Ein Stück weit hinter den Kassen war das große, unterteilte Schaufenster, das auf den Parkplatz und die Kreuzung der Straßen 117 und 302 hinausging. Der Ausblick war allerdings beeinträchtigt durch die weißen Rückseiten der Plakate, auf denen Reklame für die Sonderangebote und das neueste Werbeangebot — eine

Bücherkassette mit dem Titel ›The Mother Nature Encyclopedia‹ — gemacht wurde. Wir befanden uns in der Schlange, an deren Kasse Bud Brown stand. Immer noch waren etwa dreißig Leute vor uns. Am leichtesten war Mrs. Carmody in ihrem grellgelben Hosenanzug zu erkennen. Sie sah wie eine Reklame für Gelbfieber aus.

Plötzlich ertönte in der Ferne ein kreischendes Geräusch. Es wurde rasch lauter, und kurz darauf konnte man erkennen, daß es eine Polizeisirene war. Eine Hupe lärmte an der Kreuzung, Bremsen quietschten. Ich konnte nichts sehen — mein Blickwinkel ging in die entgegengesetzte Richtung —, aber die Sirene erreichte ihre größte Lautstärke, während das Polizeiauto am Supermarkt vorbeiraste; dann wurde sie langsam wieder schwächer. Ein paar Leute verließen die Schlange, um nachzuschauen, was los war, aber nicht viele. Sie hatten so lange gewartet, daß sie nicht das Risiko eingehen wollten, ihren Platz zu verlieren.

Norton konnte es sich leisten, einen Blick nach draußen zu werfen — seine Einkäufe waren ja in meinem Wagen verstaut. Nach kurzer Zeit kam er zurück und stellte sich wieder in die Schlange. »Nichts Wichtiges«, bemerkte er.

Dann begann die städtische Feuersirene zu heulen, schwoll langsam zu einem lauten Getöse an, wurde schwächer, schwoll wieder an. Billy griff nach meiner Hand — umklammerte sie. »Was ist los, Vati?« fragte er und sofort danach: »Ist mit Mutti alles in Ordnung?«

»Auf der Kansas Road muß es irgendwo brennen«, meinte Norton. »Diese verdammten Stromleitungen, die der Sturm heruntergerissen hat! Die Feuerwehr wird sicher gleich vorbeirasen.«

Jetzt hatte ich wenigstens einen konkreten Grund für mein Unbehagen. Auf *unserem* Hof lagen auch Stromleitungen herum.

Bud Brown sagte etwas zu der Kassiererin, die er überwachte; sie hatte sich fast den Hals verrenkt, um zu sehen, was los war. Sie errötete und machte sich wieder an die Arbeit.

Ich wollte nicht in dieser Schlange stehen! Ganz plötzlich überfiel mich das heftige Verlangen, sie zu verlassen. Aber sie bewegte sich gerade wieder etwas vorwärts, und es wäre töricht gewesen, jetzt unverrichteter Dinge zu gehen. Wir waren immerhin schon bei den Zigarettenkartons angelangt.

Jemand stieß die Eingangstür auf, irgendein Teenager. Ich glaube, es war der Bursche, der uns vorhin mit seiner Yamaha beinahe gerammt hatte, der Bursche ohne Sturzhelm. »Der Nebel!« schrie er. »Ihr müßtet mal den Nebel sehen! Er kommt direkt die Kansas Road rauf!« Alle schauten sich nach ihm um. Er keuchte, als sei er eine weite Strecke gerannt. Niemand sagte etwas. »Ihr müßtet ihn wirklich mal sehen!« wiederholte er, aber diesmal klang es so, als wollte er sich verteidigen. Die Leute starrten ihn an, und einige machten ein-zwei zögernde Schritte, aber niemand wollte seinen Platz in der Schlange aufs Spiel setzen. Nur ein paar Leute, die sich noch nicht angestellt hatten, ließen ihre Einkaufswagen stehen und strebten dem Ausgang zu, um mit eigenen Augen zu sehen, wovon der Bursche redete. Ein großer Mann mit einem Sommerhut auf dem Kopf riß die Ausgangstür auf, und einige Leute – zehn oder zwölf – gingen mit ihm zusammen ins Freie. Der Teenager schloß sich ihnen an.

»Laßt nicht die ganze kühle Luft raus!« rief einer der Soldaten, und ein paar Leute lachten über seinen Scherz. Ich lachte nicht. Ich hatte gesehen, wie der Nebel über den See gekommen war.

»Billy, warum gehst du nicht auch mal raus und schaust es dir an?« sagte Norton.

»Nein«, sagte ich sofort, ohne einen konkreten Grund dafür zu haben.

Wieder bewegte sich die Schlange vorwärts. Manche Leute verrenkten sich die Hälse und hielten Ausschau nach dem Nebel, von dem der Bursche gesprochen hatte, aber außer strahlend blauem Himmel war nichts zu sehen. Jemand meinte, daß der Junge sich vermutlich einen Scherz erlaubt hatte. Jemand anderer erwiderte, er hätte vor weniger als einer Stunde eine merkwürdige Nebelwand über dem Long Lake gesehen.

Das erste Feuerwehrauto brauste draußen mit heulender Sirene vorbei. Der Heulton verstärkte mein Unbehagen. Unwillkürlich fielen mir die Posaunen des Jüngsten Gerichts ein.

Weitere Leute gingen hinaus, und jetzt verließen einige sogar ihre Plätze in der Schlange, wodurch wir etwas aufrückten. Dann stürzte der mürrische alte John Lee Frovin, der in der Texaco-Tankstelle als Mechaniker arbeitet, in den Supermarkt und brüllte: »He! Hat jemand 'ne Kamera?« Er blickte fragend in die Runde und stürzte wieder hinaus.

Schlagartig wuchs das Interesse am Nebel. Wenn es sich lohnte, ein Foto davon zu machen, mußte es wirklich sehenswert sein. Jetzt strebte eine große Menschenmenge dem Ausgang zu.

Plötzlich schrie Mrs. Carmody mit ihrer heiseren, aber kräftigen alten Stimme: »Geht nicht hinaus!«

Die Leute drehten sich nach ihr um. Die ordentlichen Reihen lösten sich zunehmend auf: manche Kunden eilten hinaus, um einen Blick auf den Nebel zu werfen, andere zogen sich von Mrs. Carmody zurück oder liefen umher und suchten nach ihren Freunden. Eine hübsche junge Frau in preiselbeerfarbenem Sweatshirt und dunkelgrüner Hose betrachtete Mrs. Carmody nachdenklich und abschätzend. Einige Opportunisten nützten die Situation aus, um ein paar Plätze vorzurücken. Die Kassiererin neben Bud Brown verrenkte sich wieder den Hals, und Brown tippte ihr mit dem Zeigefinger auf die Schulter. »Konzentrieren Sie sich auf Ihre Arbeit, Sally.«

»Geht nicht hinaus!« schrie Mrs. Carmody. »Dort lauert der Tod! Ich fühle, daß dort draußen der Tod lauert!«

Bud Brown und Ollie Weeks, die Mrs. Carmody beide gut kannten, sahen nur ungeduldig und verärgert aus, aber alle Sommerurlauber in ihrer Nähe wichen vor ihr zurück, ohne Rücksicht auf ihre Plätze in der Schlange, so als könnte sie eine ansteckende Krankheit übertragen. Wer weiß? Vielleicht können Frauen wie sie das tatsächlich.

Von nun an überschlugen sich die Ereignisse. Ein Mann stieß die Eingangstür auf und taumelte in den Supermarkt. Seine Nase blutete stark. »Irgendwas im Nebel!« schrie er, und Billy preßte sich an mich — ich weiß nicht, ob die blutende Nase des Mannes oder seine Worte ihn so ängstigten. »Irgendwas im Nebel! Irgendwas im Nebel hat John Lee gepackt! Irgendwas...« Er stolperte auf die Säcke mit Rasendünger am Fenster zu und ließ sich darauf fallen. »*Irgendwas im Nebel hat John Lee gepackt, und ich hörte ihn schreien!*«

Die Situation änderte sich schlagartig. Nervös geworden vom Sturm, von den Polizei- und Feuerwehrsirenen, von der leichten Verwirrung, die jeder Stromausfall in der Psyche von Amerikanern bewirkt, und von der Atmosphäre zunehmenden Unbehagens, als alles sich irgendwie... irgendwie *veränderte* (ich weiß nicht, wie ich es besser ausdrücken könnte) — von all dem in Nervosität versetzt, gerieten die Leute in Bewegung.

Nicht etwa, daß sie davongestürzt wären. Wenn ich das sagen würde, bekämen Sie einen ganz falschen Eindruck. Es war keine eigentliche Panik. Die Leute rannten nicht — zumindest die meisten. Aber sie setzten sich in Bewegung. Manche gingen nur ans große Schaufenster hinter den Kassen, um hinauszuschauen. Andere gingen durch die Eingangstür hinaus, wobei einige die Produkte mitnahmen, die sie gerade in der Hand gehabt hatten. Bud Brown begann beunruhigt zu brüllen: »He! Sie haben das noch nicht bezahlt! He, Sie! Kommen Sie sofort mit diesen Hotdog-Semmeln zurück!«

Jemand lachte über ihn – ein irres, gurgelndes Lachen, über das andere Leute unwillkürlich schmunzeln mußten. Aber selbst während sie schmunzelten, sahen sie verwirrt, bestürzt und nervös aus. Dann lachte noch jemand, und Brown bekam einen hochroten Kopf. Er entriß einer Frau, die sich an ihm vorbeidrängte, um aus dem Fenster zu schauen – an den Glasscheiben scharten sich jetzt die Menschen – einen Karton Champignons, und die Frau kreischte: »Geben Sie mir meine Champis zurück!« Diese phantastische Verkleinerungsform ließ zwei in der Nähe stehende Männer in irres Gelächter ausbrechen – und das alles hatte jetzt etwas vom alten englischen Bedlam an sich (Bedlam – berühmtes Londoner Hospital für Geisteskranke; Anm. d. Üb.). Mrs. Carmody trompetete wieder, man solle nicht hinausgehen. Die Feuersirene heulte ohne Unterlaß. Und Billy brach in Tränen aus.

»Vati, was ist mit dem blutigen Mann? Warum blutet der Mann?«

»Es ist weiter nichts, Big Bill, es ist nur seine Nase, ihm fehlt nichts.«

»Was hat er nur gemeint mit seinem ›irgendwas im Nebel‹?« fragte Norton. Er legte gewichtig die Stirn in Falten, was bei ihm vermutlich Verwirrung ausdrücken sollte.

»Vati, ich hab' Angst«, schluchzte Billy. »Können wir bitte heimfahren?«

Jemand drängte sich brutal an mir vorbei und stieß mich fast um. Ich nahm Billy auf den Arm. Auch ich bekam allmählich Angst. Die Verwirrung im Supermarkt wurde immer größer. Sally, die Kassiererin von Bud Brown, sprang auf und wollte davonlaufen. Er hielt sie am Kragen ihres roten Kittels fest. Die Naht ging auf. Mit verzerrtem Gesicht schlug sie nach ihm. »*Nehmen Sie Ihre verdammten Pfoten von mir!*« kreischte sie.

»Halt die Klappe, du kleines Luder!« rief Brown, aber er machte einen total perplexen Eindruck.

Er griff wieder nach ihr, und Ollie Weeks sagte scharf: »Bud! Beruhige dich!«

Jemand schrie. Bis dahin hatte keine eigentliche Panik geherrscht, aber nun drohte eine auszubrechen. Durch beide Türen strömten Leute ins Freie. Dann klirrte Glas, etwas zerschellte, und Coke ergoß sich über den Fußboden.

»Was in aller Welt *ist* das nur?« rief Norton.

In diesem Augenblick begann es dunkler zu werden... aber nein, das ist nicht ganz richtig. Ich dachte damals nicht, daß es dunkel würde, sondern daß die Lampen im Supermarkt ausgegangen seien. Ich blickte automatisch zur Decke empor, und ich war nicht der einzige. Und im ersten Moment schien mir das die Erklärung dafür zu sein, daß die Lichtverhältnisse sich verändert hatten. Dann fiel mir wieder ein, daß die Lampen ja die ganze Zeit über wegen des Stromausfalls nicht gebrannt hatten, und trotzdem war es vorhin nicht so dunkel gewesen. Da wußte ich Bescheid, noch bevor die Leute am Schaufenster zu schreien und zu gestikulieren begannen.

Der Nebel kam.

Er kam von der Kansas Road her auf den Parkplatz zu, und sogar ganz aus der Nähe sah er nicht anders aus als vor einigen Stunden, als wir ihn zum erstenmal gesehen hatten, auf der anderen Seite des Sees. Er war weiß und grell, aber er reflektierte nicht. Er bewegte sich schnell, und er hatte die Sonne fast ganz verhüllt. Wo sie soeben noch gewesen war, sah man jetzt nur noch eine Silbermünze am Himmel, wie ein Vollmond im Winter hinter einer dünnen Wolkenschicht.

Der Nebel bewegte sich schnell, aber es war eine irgendwie träge Geschwindigkeit. Es erinnerte mich an die Wasserhose vom Abend zuvor. Es gibt gewaltige Naturkräfte, die man fast nie zu sehen bekommt – Erdbeben, Hurrikane, Tornados – ich habe noch nie etwas Derartiges gesehen, aber Dinge, die ich gesehen *habe*, lassen mich glauben, daß all diese Naturgewalten sich mit dieser trägen, hypnotisierenden Geschwindigkeit bewegen. Sie verzaubern einen gleichsam – auch Billy und Steffy hatten ja am vergangenen Abend wie gebannt auf die Wasserhose gestarrt, direkt vor dem Verandafenster stehend.

Der Nebel legte sich auf den Asphalt der zweispurigen Straße und entzog sie unseren Blicken. Das hübsch restaurierte Dutch Colonial der McKeons wurde gänzlich verschluckt. Der zweite Stock des baufälligen Wohnhauses daneben ragte noch einen Augenblick aus dem Nebel heraus, dann war auch er verschwunden. Die Schilder RECHTS FAHREN an der Ein- und Ausfahrt des Parkplatzes verschwanden – die schwarzen Buchstaben schienen noch einen Moment im leeren Raum zu schweben, nachdem der schmutzig-weiße Untergrund schon verschluckt war. Als nächstes kamen die Autos auf dem Parkplatz an die Reihe.

»Was in aller Welt *ist* das nur?« fragte Norton wieder, und seine Stimme zitterte leicht.

Der Nebel kam immer näher, verschluckte den blauen Himmel mit derselben Leichtigkeit wie den schwarzen Asphalt. Sogar aus dieser kurzen Entfernung war seine Grenzlinie ganz scharf und gerade. Ich hatte das verrückte Gefühl, daß ich einen besonders gelungenen visuellen Trick beobachtete, etwas, das sich Willys O'Brian oder Douglas Trumbull ausgedacht hatten. Es ging alles so schnell. Der blaue Himmel schrumpfte zu einem breiten Streifen zusammen, dann zu einem schmalen, dann zu einer Bleistiftlinie. Und dann war überhaupt nichts mehr von ihm zu sehen. Pures Weiß preßte sich gegen das Glas des großen Schaufensters. Ich konnte bis zu dem etwa vier Fuß entfernten Abfallkübel sehen, aber nicht viel weiter. Ich konnte die vordere Stoßstange meines Scouts erkennen, aber das war auch schon alles.

Eine Frau kreischte, sehr lang und sehr laut. Billy preßte sich noch enger an mich. Er zitterte am ganzen Leib wie Espenlaub.

Ein Mann schrie auf und stürzte zur Tür. Ich glaube, das löste die eigentliche wilde Panik aus. Leute stürzten völlig kopflos in den Nebel hinaus.

»He!« brüllte Brown. Ich weiß nicht, ob er wütend oder beunruhigt war, oder beides. Sein Gesicht war fast purpurrot, die Adern schwollen an und traten hervor. »*He, Leute, ihr könnt diese Sachen nicht mitnehmen Kommt mit dem Zeug sofort zurück! Das ist Ladendiebstahl!*«

Sie ließen sich nicht aufhalten, aber einige warfen ihre Einkäufe beiseite. Einige lachten und waren aufgeregt, aber sie waren in der Minderheit. Sie stürzten in den Nebel hinaus, und niemand von uns Zurückgebliebenen hat sie jemals wiedergesehen. Ein schwacher beißender Geruch drang durch die offene Tür ein. Dort herrschte jetzt ein großes Gedränge und Geschiebe. Meine Schultern schmerzten allmählich, denn Billy war alles andere als leicht und klein – Steffy nannte ihn manchmal ihren jungen Stier.

Norton machte ein paar Schritte auf die Tür zu. Er sah nachdenklich und ziemlich ratlos aus. Ich nahm Billy rasch auf den anderen Arm, damit ich Norton am Arm packen konnte, bevor er außer Reichweite war. »Nein, Mann, das würde ich nicht tun«, sagte ich.

Er drehte sich um. »Warum?«

»Warten Sie lieber erst einmal ab.«

»Was denn?«

»Ich weiß nicht«, mußte ich zugeben.

»Sie glauben doch nicht...«, setzte er gerade an, als ein Schrei aus dem Nebel zu uns drang.

Norton verstummte. Das dichte Menschenknäuel an der Tür löste sich einen Augenblick lang etwas auf, scharte sich aber sogleich wieder zusammen. Die aufgeregten Unterhaltungen brachen ab. Die Gesichter der Menschen in der Tür sahen plötzlich ganz flach, bleich und zweidimensional aus.

Der Schrei wollte und wollte nicht enden. Er wetteiferte mit der Feuersirene. Es schien ganz unmöglich, daß eine menschliche Lunge ausreichend Luft für einen derartigen Schrei haben könnte. Norton murmelte: »O mein Gott!« und fuhr sich mit beiden Händen durchs Haar.

Plötzlich brach der Schrei abrupt ab. Er verklang nicht allmählich – er wurde plötzlich abgeschnitten. Ein weiterer Mann ging hinaus, ein bulliger Kerl in Arbeitskleidung. Ich glaube, daß er fest entschlossen war, die schreiende Person zu retten. Einen Augenblick lang war er im Nebel noch verschwommen zu sehen. Dann (und soviel ich weiß, war ich der einzige, der das gesehen hat) schien sich hinter ihm etwas zu bewegen, ein grauer Schatten in all dem Weiß. Und ich hatte den Eindruck, daß der Mann nicht in den Nebel hineinrannte, sondern *hineingerissen* wurde, wobei er die Arme hochwarf wie in größter Überraschung.

Einen Augenblick herrschte im Supermarkt völliges Schweigen.

Plötzlich schimmerte eine Konstellation von Monden von draußen herein. Die Lampen auf dem Parkplatz, die zweifellos von unterirdischen Stromkabeln versorgt wurden, waren angegangen.

»Geht nicht hinaus!« rief Mrs. Carmody wieder mit ihrer triumphierenden Stimme. »Dort draußen lauert der Tod.«

Auf einmal schien niemand mehr Lust zu haben, mit ihr zu streiten oder über sie zu lachen.

Von neuem ertönte von draußen ein Schrei, aber diesmal gedämpft, wie aus ziemlich großer Entfernung. Billy preßte sich wieder eng an mich.

»David, was geht da vor?« fragte Ollie Weeks. Er hatte seinen Standort an der Kasse verlassen. Dicke Schweißperlen rannen ihm über das runde freundliche Gesicht. »Was ist das nur?«

»Hol mich der Henker, wenn ich auch nur die geringste Ahnung habe!« sagte ich. Ollie sah sehr beunruhigt aus. Er war Junggeselle, wohnte in einem hübschen kleinen Haus am Highland Lake und trank gern etwas in der Bar in Pleasant Mountain. Am plumpen kleinen Finger der linken Hand trug er einen Saphirring. Im Februar des Vorjahres hatte er in der Staatslotterie etwas Geld gewonnen. Davon hatte er den Ring bezahlt. Ich hatte immer das Gefühl, als hätte Ollie etwas Angst vor Mädchen.

»Ich kapier' das nicht«, murmelte er.

»Ich auch nicht. Billy, ich muß dich absetzen. Ich werde deine Hand halten, aber du brichst mir sonst noch die Arme ab, okay?«

»Mutti...«, flüsterte er.

»Bei ihr ist alles in Ordnung«, sagte ich, nur um etwas zu sagen.

Der Mummelgreis, der den Gebrauchtwarenladen in der Nähe von Jon's Restaurant betreibt, ging an uns vorbei, in den alten Sweater gehüllt, den er das ganze Jahr über trägt. Er sagte laut: »Es ist eine dieser Pollutionswolken. Die Mühlen in Rumford und South Paris. Chemikalien.« Mit diesen Worten schlurfte er den vierten Gang hoch.

»Lassen Sie uns von hier verschwinden, David«, sagte Norton ohne jede Überzeugungskraft. »Was würden Sie davon halten, wenn wir...«

Ein dröhnendes dumpfes Beben... Ich spürte es am meisten in den Füßen, so als hätte sich das ganze Gebäude mit einem Schlag um drei Fuß gesenkt. Mehrere Leute schrien vor Angst und Überraschung auf. Flaschen klirrten, fielen von den Regalen und zerschellten auf den Bodenfliesen. Ein Stück Glas, das die Form eines Keils hatte, fiel aus einem der Segmente des großen Schaufensters, und ich sah, daß die Holzrahmen, die die schweren Glasscheiben hielten und miteinander verbanden, an mehreren Stellen verbogen und zersplittert waren.

Die Feuersirene verstummte abrupt.

Die Stille, die nun eintrat, war die gehetzte Stille von Menschen, die auf etwas anderes, noch Schlimmeres warten. Ich war vor Schreck wie betäubt, und mein Verstand stellte eine merkwürdige Assoziation her: Zu einer Zeit, als Bridgton kaum mehr als eine Kreuzung war, pflegte mein Vater mich oft hierher mitzunehmen. Er stand dann an der Theke und unterhielt sich, während ich durch die Glasscheibe auf die billigen Bonbons und Kaugummis starrte. Es war Januar und Tauwetter. Kein Laut war zu hören außer dem Schmelzwasser, das von der Dachrinne in die Regenfässer zu beiden Seiten des Ladens tropfte. Ich betrachtete die verschiedenen Bonbons, die aussahen wie Knöpfe oder Windräder. Die geheimnisvollen gelben Lampenschirme an der Decke, die riesige Schatten der Bataillone von toten Fliegen vom vergangenen Sommer warfen. Ein kleiner Junge namens David Drayton mit seinem Vater, dem berühmten Künstler Andrew Drayton, dessen Gemälde ›Christine Standing Alone‹ im Weißen Haus hing. Ein kleiner Junge namens David Drayton, der die Bonbons und die Bubble-Gum-Kärtchen betrachtete und ein leises Bedürfnis verspürte, pinkeln zu gehen. Und draußen der dichte, wogende, gelbe Nebel eines Januartages mit Tauwetter.

Die Erinnerung verblaßte, aber nur sehr langsam.

»Leute!« rief Norton laut. »Leute, alle mal herhören!«

Sie drehten sich nach ihm um. Norton hielt beide Hände hoch, die Finger gespreizt wie ein politischer Kandidat, der gerade Ehrungen entgegennimmt.

»Es könnte gefährlich sein hinauszugehen!« rief er.

»Warum?« schrie eine Frau zurück. »Meine Kinder sind allein zu Hause! Ich muß zu meinen Kindern!«

»Dort draußen lauert der Tod!« ertönte wieder Mrs. Carmodys scharfe Stimme. Sie stand neben den Fünfundzwanzig-Pfund-Säcken mit Dünger, die am Fenster aufgestapelt waren, und ihr Gesicht schien anzuschwellen, so als würde sie sich aufblähen.

Ein Teenager versetzte ihr plötzlich einen heftigen Stoß, und sie setzte sich mit einem überraschten Grunzen auf die Säcke. »Hör auf, sowas zu sagen, du alte Hexe! Hör auf mit diesem verdammten Blödsinn!«

»Bitte!« brüllte Norton. »Wenn wir nur ganz kurze Zeit warten, bis der Nebel abzieht und wir wieder etwas sehen können...«

Ein Durcheinander verschiedener Meinungen wurde nach seinen Worten laut.

»Er hat recht«, schrie ich, so laut ich konnte, um den Lärm zu übertönen. »Wir müssen nur versuchen, Ruhe zu bewahren.«

»Ich glaube, das war ein Erdbeben«, bemerkte ein Mann mit Brille zaghaft. In einer Hand hielt er eine Packung Hamburger und eine Tüte mit Kleingebäck. An der anderen Hand hatte er ein kleines Mädchen, das etwa ein Jahr jünger als Billy sein mochte. »Ich glaube wirklich, daß es ein Erdbeben war.«

»Vor vier Jahren hatten sie drüben in Naples eines«, ließ sich ein fetter ortsansässiger Mann vernehmen.

»Das war in Casco«, widersprach seine Frau sofort. Ihre

Stimme hatte den autoritären Klang einer Frau, die große Erfahrung im Widersprechen hat.

»Naples«, beharrte der fette Mann, aber mit geringer Sicherheit.

»Casco«, sagte die Frau resolut, und er gab auf.

Irgendwo fiel eine Dose, die bei dem Puff, Erdbeben oder was immer es gewesen sein mochte, an den Rand ihres Regals gerutscht war, mit einem verspäteten Klappern zu Boden. Billy brach in Tränen aus. »Ich will nach *Hause*! Ich will zu meiner MUTTER!«

»Können Sie dieses Kind nicht zum Schweigen bringen?« fragte Bud Brown. Seine Augen schweiften rasch aber ziellos von Ort zu Ort.

»Soll ich dir mal ein paar Zähne aus dem Maul schlagen, du dämlicher Quatschkopf?« fragte ich ihn.

»Hören Sie auf, Dave, das hilft uns nicht weiter«, sagte Norton zerstreut.

»Es tut mir leid«, rief die Frau von vorhin wieder. »Es tut mir leid, aber ich kann nicht hierbleiben. Ich muß nach Hause, ich muß nach meinen Kindern sehen.«

Sie blickte in die Runde, eine blonde Frau mit einem müden hübschen Gesicht.

»Wissen Sie, Wanda paßt auf den kleinen Victor auf. Wanda ist erst acht, und manchmal vergiß sie... vergißt sie, daß sie... na ja, auf ihn aufpassen soll, wissen Sie. Und der kleine Victor... er stellt so gern die Herdplatten an, um das rote Lämpchen aufleuchten zu sehen... ihm gefällt dieses Lämpchen so sehr... und manchmal zieht er die Stecker raus... der kleine Victor... und Wanda... sie bekommt es nach einer Weile satt, auf ihn aufzupassen... sie ist erst acht...« Sie verstummte und blickte uns nur noch an. Ich stelle mir vor, daß wir auf sie in diesem Augenblick überhaupt nicht den Eindruck menschlicher Wesen gemacht haben. Sie sah nur unsere erbarmungslosen Augen, eine lange

Reihe erbarmungsloser Augenpaare. *Will mir denn niemand helfen?*« schrie sie. Ihre Lippen begannen zu zittern. »Will... will denn niemand hier eine Frau nach Hause begleiten?«

Niemand antwortete ihr. Die Leute traten verlegen von einem Bein aufs andere. Sie starrte jedem von uns ins Gesicht. Der fette Ortsansässige machte zögernd einen halben Schritt vorwärts, aber seine Frau packte ihn am Handgelenk und riß ihn mit einem Ruck zurück, so als hätte sie ihm Handschellen angelegt.

»Sie?« fragte die blonde Frau Ollie. Er schüttelte den Kopf. »Sie?« wandte sie sich an Bud. Er legte seine Hand auf den Taschenrechner an der Kasse und gab keine Antwort. »Sie?« fragte sie Norton, und Norton begann mit seiner trainierten Anwaltsstimme etwas daherzureden, daß niemand überstürzt hinausgehen solle und... und sie wandte sich von ihm ab, und Norton verstummte.

»Sie?« fragte sie mich, und ich hob Billy wieder hoch und hielt ihn wie einen Schutzschild in den Armen, um ihr schrecklich anklagendes Gesicht abzuwehren.

»Ich hoffe, daß ihr alle in der Hölle schmoren werdet«, sagte sie. Sie schrie es nicht. Ihre Stimme klang zu Tode erschöpft. Sie ging zur Ausgangstür und zog sie mit beiden Händen auf. Ich wollte ihr irgend etwas sagen, sie zurückrufen, aber mein Mund war viel zu trocken.

»Äh, meine Dame, hören Sie doch...«, begann der Teenager, der Mrs. Carmody angebrüllt hatte. Er hielt sie am Arm fest. Sie blickte auf seine Hand hinab, und er ließ sie beschämt los. Sie schlüpfte in den Nebel hinaus. Wir sahen sie weggehen, und niemand sagte ein Wort. Wir beobachteten, wie der Nebel sie einhüllte und substanzlos machte — sie war kein menschliches Wesen mehr, sondern nur noch die Bleistiftskizze eines menschlichen Wesens, gezeichnet auf dem weißesten Papier der Welt — und niemand sagte ein Wort. Einen Moment lang war es ebenso wie bei den

Buchstaben des Schildes RECHTS FAHREN, die im Leeren zu schweben schienen — ihre Arme und Beine und ihre hellblonden Haare waren verschwunden, und nur die verschwommenen Konturen ihres roten Sommerkleides schienen im weißen Nichts zu tanzen. Dann wurde auch ihr Kleid vom Nebel verschluckt und immer noch sagte niemand ein Wort.

Der Lagerraum. Probleme mit dem Generator.
Was dem Botenjungen zustieß

Billy wurde hysterisch und bekam einen Wutanfall. Er heulte und schrie heiser und fordernd nach seiner Mutter, so als sei er plötzlich wieder zwei Jahre alt. Seine Oberlippe war mit Rotz beschmiert. Ich legte den Arm um ihn, führte ihn einen der Mittelgänge entlang und versuchte ihn zu beruhigen. Ich ging mit ihm an der langen weißen Fleischtheke vorbei, die die ganze hintere Längswand des Supermarktes einnahm. Mr. McVey, der Metzger, war noch da, und wir nickten einander zu — das einzige, was wir unter diesen Umständen tun konnten.

Ich setzte mich auf den Boden und nahm Billy auf den Schoß. Ich drückte sein Gesicht an meine Brust, wiegte ihn hin und her und redete leise auf ihn ein. Ich erzählte ihm all die Lügen, die Eltern in schlimmen Situationen auf Lager haben, jene Lügen, die für Kinderohren so plausibel klingen, und ich brachte sie hundertprozentig überzeugend vor.

»Das ist kein gewöhnlicher Nebel«, sagte Billy. Er blickte zu mir empor. Seine Augen standen voller Tränen und waren von dunklen Ringen umgeben. »So ist es doch, Vati?«

»Ich glaube auch, daß es kein gewöhnlicher Nebel ist«, gab ich zu. In diesem Punkt wollte ich ihn nicht belügen.

Kinder kämpfen nicht gegen einen Schock an wie Erwachsene; sie lassen sich einfach treiben, vielleicht weil Kinder bis zum dreizehnten Lebensjahr sich ohnehin ständig in einer Art halbem Schockzustand befinden. Billy begann einzudösen. Ich hielt ihn in den Armen und befürchtete, er könnte wieder aufwachen, aber er fiel statt dessen in einen richtigen tiefen Schlaf. Vielleicht war er in der letzten Nacht teilweise wach gewesen, als wir zu dritt in einem Bett geschlafen hatten — zum erstenmal, seit Billy ein Kleinkind gewesen war. Und vielleicht — bei diesem Gedanken überlief mich ein kalter Schauder — vielleicht hatte er gespürt, daß etwas passieren würde.

Als ich sicher war, daß er fest schlief, legte ich ihn auf den Boden und begab mich auf die Suche nach etwas, womit ich ihn zudecken konnte. Die meisten Leute standen immer noch vorne und starrten in die dicke Nebeldecke hinaus. Norton hatte eine kleine Gruppe von Zuhörern um sich geschart und faszinierte sie mit seiner Redekunst — oder versuchte es zumindest. Bud Brown harrte eigensinnig auf seinem Posten aus, aber Ollie Weeks hatte seinen Platz verlassen.

Einige Leute wanderten wie Gespenster in den Gängen umher; ihre Gesichter waren bleich und vom Schock gekennzeichnet. Ich begab mich durch die große zweiflügelige Tür zwischen der Fleischabteilung und der Bierkühlung in den Lagerraum.

Der Generator dröhnte gleichmäßig hinter seiner Sperrholz-Trennwand, aber etwas stimmte damit nicht. Dieselgestank stieg mir in die Nase, und er war viel zu stark. Ich ging auf die Trennwand zu, nur noch flach atmend. Zuletzt knöpfte ich mein Hemd auf und zog mir einen Teil davon über Mund und Nase.

Der Lagerraum war lang und schmal und wurde von zwei Notlampen schwach beleuchtet. Überall waren Kartons aufgestapelt — Waschpulver und ähnliches auf einer Seite,

Schachteln mit alkoholfreien Getränken neben der Trennwand. Ein Karton mit Ketchup war heruntergefallen, und die Pappe schien zu bluten.

Ich klinkte die Tür in der Zwischenwand auf und näherte mich dem Generator. Er war in ölige blaue Rauchwolken gehüllt. Das Auspuffrohr führte durch ein Loch in der Mauer ins Freie. Das äußere Ende des Rohres mußte durch irgend etwas verstopft sein. Ich entdeckte einen einfachen An/Aus-Schalter und betätigte ihn. Der Generator rülpste, hustete und verstummte sodann.

Die Notlichter erloschen, und ich stand im Dunkeln. Ich erschrak und verlor völlig die Orientierung. Mein Atem hörte sich an wie ein Wind, der im Stroh raschelt. Ich stieß beim Hinausgehen meine Nase an der dünnen Sperrholztür an, und mein Herz pochte wild. Die Tür zum Supermarkt hatte Fenster, aber aus irgendeinem Grund waren sie schwarz gestrichen, und so herrschte im Lagerraum jetzt fast totale Finsternis. Ich kam vom Weg ab und rannte in einen Stapel Waschpulverkartons hinein. Sie schwankten und fielen um. Einer sauste so dicht an meinem Kopf vorbei, daß ich einen Schritt nach rückwärts machte, wobei ich über einen anderen Karton stolperte, der hinter mir gelandet war. Ich stürzte zu Boden und schlug mir den Kopf so stark an, daß ich selbst bei dieser Dunkelheit helle Sternchen vor den Augen tanzen sah. Eine tolle Show!

Ich lag da, verfluchte mich selbst, rieb mir den Kopf und redete mir gut zu, ich sollte die Sache nicht dramatisieren, ich bräuchte nur aufzustehen und in den Supermarkt zurückzugehen, zurück zu Billy; ich sagte mir, daß ganz bestimmt nichts Weiches und Schleimiges mich am Knöchel packen oder meine tastende Hand ergreifen würde. Ich sagte mir, ich dürfte jetzt nicht die Fassung verlieren, sonst würde ich noch in blinder Panik hier herumstolpern, Sachen umwerfen und mir selbst immer neue Hindernisse in den Weg legen. Ich stand vorsichtig auf und hielt Ausschau nach dem dünnen Lichtstreifen zwischen den Türflügeln. Ich entdeckte ihn — einen schwachen, aber unverkennbaren Spalt in der Dunkelheit. Ich machte einige tastende Schritte in dieser Richtung, dann blieb ich wie angewurzelt stehen.

Ich hörte ein Geräusch. Ein leises schabendes Geräusch. Es verebbte, dann setzte es mit einem leichten, kaum merklichen Stoß wieder ein. Ich zitterte am ganzen Leibe. Ich war plötzlich wieder ein kleiner vierjähriger Junge. Dieses Geräusch kam nicht aus dem Supermarkt. Es kam von hinten. Von draußen. Von dort, wo der Nebel war. Etwas glitt schabend an den Mauern entlang. Und vielleicht suchte es einen Eingang.

Oder vielleicht hatte es schon einen gefunden. Vielleicht war es schon im Lagerraum und suchte nach mir. Vielleicht würde ich schon im nächsten Moment dieses Etwas, das das Geräusch verursachte, an meinem Schuh spüren. Oder in meinem Nacken.

Da war es wieder! Ich war jetzt sicher, daß es von draußen kam. Aber das machte die Sache auch nicht besser. Ich befahl meinen Beinen, sich vorwärts zu bewegen, aber sie versagten mir den Dienst. Dann änderte sich das Geräusch. Etwas *kratzte* da draußen, und mein Herz hämmerte in meiner Brust, und ich rannte wie wahnsinnig auf den dünnen vertikalen Lichtstreifen zu. Ich stieß die Tür auf und stürzte in den Supermarkt hinein.

Drei oder vier Leute — darunter Ollie Weeks — standen direkt vor der Tür und sprangen überrascht zurück. Ollie griff sich an die Brust. »David!« rief er atemlos. »Mein Gott, haben Sie mich erschreckt!« Dann sah er mein Gesicht. »Was ist denn los mit Ihnen?«

»Haben Sie es auch gehört?« fragte ich. Meine Stimme kam mir selbst ganz fremd vor — hoch und kreischend. »Hat irgend jemand von Ihnen es gehört?«

Natürlich hatten sie nichts gehört. Sie hatten nachsehen wollen, warum der Generator ausgefallen war. Während Ollie mir das auseinandersetzte, kam einer der Botenjungen mit etlichen Taschenlampen angelaufen. Er blickte neugierig von Ollie zu mir.

»Ich habe den Generator abgestellt«, sagte ich und erklärte warum.

»Was haben Sie denn gehört?« fragte einer der anderen Männer. Er war im städtischen Straßenbauamt beschäftigt und hieß Jim Sowieso.

»Ich weiß es nicht. Ein gleitendes, schabendes Geräusch. Ich möchte es nicht noch einmal hören.«

»Nerven!« sagte der andere Mann, der neben Ollie stand.

»Nein, das war es nicht.«

»Haben Sie es gehört, bevor die Lampen ausgingen?«

»Nein, nur danach. Aber...« Aber nichts. Ich sah, wie sie mich anschauten. Sie wollten keine weiteren schlechten Neuigkeiten hören, nichts Beängstigendes oder Beunruhigendes. Davon gab es ohnehin schon genug. Nur Ollie schien mir Glauben zu schenken.

»Gehen wir hinein und schalten ihn wieder ein«, sagte der Botenjunge und verteilte die Taschenlampen. Ollie nahm seine etwas zögernd in die Hand. Der Junge hielt auch mir eine hin. Seine Augen funkelten etwas verächtlich. Er mochte etwa achtzehn sein. Nach kurzer Überlegung ergriff ich die Taschenlampe. Ich brauchte immer noch etwas, um Billy zuzudecken.

Ollie öffnete die Tür und ließ die Flügel angelehnt, damit etwas Licht in den Lagerraum fiel. Die Waschmittelkartons lagen verstreut um die halb geöffnete Tür in der Sperrholzwand herum.

Der Bursche namens Jim schnüffelte und meinte dann: »Stinkt wirklich ganz schön! War wohl doch richtig, daß Sie ihn abgestellt haben.«

Die Strahlen der Taschenlampen tanzten über Kartons mit Konserven, Toilettenpapier, Hundefutter. Wegen des verstopften Auspuffs trieben Rauchschwaden durch den Lagerraum, wodurch die Lichtstrahlen ziemlich verschwommen waren. Der Botenjunge richtete seine Lampe kurz auf die breite Ladetür, die sich ganz rechts befand.

Die beiden Männer gingen mit Ollie in den Generator-Verschlag. Die Lichtstrahlen ihrer Lampen glitten unheimlich hin und her und erinnerten mich irgendwie an eine Abenteuergeschichte für Jungen. Während meiner Collegezeit hatte ich mehrere solcher Geschichten illustriert. Piraten, die ihr blutbehaftetes Gold um Mitternacht vergruben, oder vielleicht der verrückte Arzt und sein Assistent, die eine Leiche stahlen. Schatten huschten an den Wänden entlang, verzerrt und monströs vergrößert durch die sich überschneidenden Lichtstrahlen, die in ständiger Bewegung waren. Der Generator tickte unregelmäßig, während er sich abkühlte.

Der Junge richtete seine Taschenlampe wieder auf die Ladetür. Er ging darauf zu. »Ich würde nicht da rübergehen«, sagte ich.

»Nein, ich weiß, daß *Sie* das nicht tun würden.«

»Versuch's jetzt mal, Ollie«, sagte einer der Männer. Der Generator schnaubte auf und begann zu dröhnen.

»Herrgott, stell ihn schnell wieder ab! Pfui Teufel, wie das *stinkt*!«

Der Generator verstummte wieder.

Als sie herauskamen, entfernte sich der Junge von der Ladetür und ging auf sie zu. »Etwas hat den Auspuff verstopft, das ist ganz klar«, sagte einer der Männer.

»Ich werd' Ihnen mal was sagen«, ergriff der Junge das Wort. Seine Augen funkelten im Licht der Taschenlampen, und sein Gesicht hatte jenen verwegenen Ausdruck, den ich für die Titelbilder der Abenteuergeschichten nur zu oft gezeichnet hatte. »Schalten Sie ihn kurz ein, damit ich die Ladetür dort hinten ein Stück hochschieben kann. Ich werd' rausgehen und die Verstopfung beseitigen.«

»Norm, ich glaube nicht, daß das eine sehr gute Idee ist«, sagte Ollie zweifelnd.

»Ist es eine elektrische Tür?« fragte der Kerl namens Jim.

»Natürlich«, erwiderte Ollie. »Aber ich glaube nicht, daß es klug wäre...«

»Das geht schon in Ordnung«, sagte der andere Mann. Er schob seine Baseballkappe zurück. »Ich werd's machen.«

»Nein, Sie haben mich falsch verstanden«, versuchte Ollie zu erklären. »Ich finde, daß niemand...«

»Machen Sie sich keine Sorgen«, sagte der Mann nachsichtig zu Ollie.

Norm, der Botenjunge, war empört. »Hören Sie mal, es war *meine* Idee!« rief er.

Plötzlich ging der Streit nur noch darum, wer es machen sollte, anstatt darum, ob es überhaupt gemacht werden sollte. Aber natürlich hatte keiner von ihnen jenes gräßliche Geräusch gehört. »Hören Sie auf!« rief ich laut.

Sie drehten sich nach mir um.

»Sie scheinen nicht zu verstehen, oder aber Sie *wollen* nicht verstehen: Das ist kein gewöhnlicher Nebel. Niemand hat den Supermarkt betreten, seit dieser Nebel aufgezogen ist. Wenn Sie diese Ladetür öffnen und etwas hereinkommt...«

»Was soll denn das sein?« fragte Norm mit der ganzen Verachtung eines Achtzehnjährigen, der den starken Mann spielen möchte.

»Was immer das Geräusch verursacht hat, das ich gehört habe.«

»Mr. Drayton«, mischte sich Jim ein. »Entschuldigen Sie bitte, aber ich bin nicht überzeugt davon, daß Sie überhaupt etwas gehört haben. Ich weiß, Sie sind ein bekannter Künstler mit Beziehungen in New York und Hollywood und Gott weiß wo, aber deshalb sind Sie meiner Meinung nach trotzdem nicht anders als jeder andere Mensch auch. Na ja, ich stell' mir das so vor, daß Sie hier plötzlich im Dunkeln standen und vielleicht einfach ein bißchen... ein bißchen durcheinander waren.«

»Das mag sein«, sagte ich. »Aber wenn Sie schon vorhaben, draußen herumzustreifen, könnten Sie sich eigentlich als erstes vergewissern, ob die Frau von vorhin heil nach Hause zu ihren Kindern gekommen ist.« Sein Verhalten — und das seines Kumpels und des Botenjungen Norm — machte mich ganz verrückt, aber noch mehr flößte es mir Angst ein. Sie hatten jenes gewisse Funkeln in den Augen, das manche Männer bekommen, wenn sie zur städtischen Mülldeponie gehen, um Ratten zu schießen.

»He«, sagte Jims Kumpel. »Wenn einer von uns einen Rat von Ihnen möchte, werden wir's Ihnen rechtzeitig sagen.«

Ollie warf zögernd ein: »Der Generator ist wirklich nicht so wichtig, wissen Sie. Die Nahrungsmittel in den Kühltruhen halten sich zwölf Stunden oder noch länger ohne...«

»Okay, Junge, du übernimmst die Sache«, schnitt Jim ihm einfach das Wort ab. »Ich laß den Motor an, du schiebst die Tür hoch, damit der Gestank hier nicht zu unerträglich wird. Ich und Myron bleiben am Auspuffrohr stehen. Du schreist dann, wenn es außen wieder frei ist.«

»Klar«, sagte Norm aufgeregt.

»Das ist doch verrückt«, versuchte ich es noch einmal. »Zuerst lassen Sie die Frau allein weggehen und dann...«

»Mir ist nicht aufgefallen, daß Sie sich darum gerissen haben, sie zu begleiten«, entgegnete Jims Kumpel Myron. Eine häßliche ziegelfarbene Röte stieg ihm ins Gesicht.

»... lassen Sie zu, daß dieser Junge sein Leben riskiert, und das für einen Generator, der nicht mal wichtig ist?«

»Warum stopfen Sie diesem Scheißer nicht einfach das Maul?« brüllte Norm.

»Hören Sie, Mr. Drayton«, sagte Jim und lächelte mich kalt an. »Ich werd' Ihnen mal was sagen. Wenn Sie noch mehr Weisheiten auf Lager haben, sollten Sie vorher lieber Ihre Zähne zählen. Ich hab's nämlich bald satt, mir Ihren verdammten Scheiß anzuhören!«

Ollie sah mich an. Seine Angst stand ihm ins Gesicht geschrieben. Ich zuckte mit den Schultern. Sie waren total übergeschnappt, das war alles. Sie hatten vorübergehend ihr Urteilsvermögen eingebüßt. Vorne im Supermarkt waren sie verwirrt und beunruhigt gewesen. Hier drinnen standen sie vor einem konkreten maschinentechnischen Problem: einem verstopften Generator. Es war möglich, dieses Problem zu lösen. Es zu lösen, würde ihnen helfen, sich weniger verwirrt und hilflos zu fühlen. Deshalb wollten sie es um jeden Preis lösen.

Jim und sein Freund Myron erkannten, daß ich mich geschlagen gab, und begaben sich wieder in den Generator-Verschlag. »Fertig, Norm?« fragte Jim.

Norm nickte, dann ging ihm auf, daß sie sein Nicken nicht hören konnten. »Ja«, rief er.

»Norm«, wagte ich einen allerletzten Versuch, »seien Sie doch kein Narr!«

»Sie begehen einen nicht wieder gutzumachenden Fehler«, fügte Ollie hinzu.

Er blickte uns an, und plötzlich war es nicht mehr das Gesicht eines Achtzehnjährigen. Es war das Gesicht eines kleinen Jungen. Sein Adamsapfel hüpfte hektisch auf und ab, und ich sah, daß er vor Angst ganz grün war. Er öffnete den Mund und wollte etwas sagen — ich glaube, er wollte die Sache abblasen —, und in diesem Moment erwachte der Generator dröhnend zu neuem Leben, und sobald er gleichmäßig lief, drückte Norm auf den Knopf rechts neben der Tür, und sie bewegte sich auf ihren Doppelgleitschienen aus Stahl langsam nach oben. Die Notlampen waren angegangen, als der Generator eingeschaltet worden war. Jetzt brannten sie wesentlich matter, weil der Motor, der die Tür in Bewegung setzte, fast den ganzen Strom beanspruchte.

Weiches weißes Licht — wie an einem bewölkten Spätwintertag — begann in den Lagerraum zu fluten und verwischte die Schatten. Wieder fiel mir jener eigenartige beißende Geruch auf.

Die Ladetür glitt zwei Fuß nach oben... vier Fuß. Draußen konnte ich eine quadratische Zementplattform erkennen, deren Kanten mit einem gelben Streifen markiert waren. Dieses Gelb war höchstens drei Fuß weit zu sehen, dann war es wie vom Erdboden verschluckt. Der Nebel war unglaublich dicht.

»Abstellen!« rief Norm.

Nebelschleier, die so weiß und fein waren wie hauchdünne Spitze, wirbelten herein. Die Luft war kalt. Es war den ganzen Vormittag hindurch auffallend kühl gewesen, besonders nach der schwülen Hitze der letzten drei Wochen, aber es war eine sommerliche Kühle gewesen. Das hier war richtige *Kälte*. Wie im März. Mich fröstelte. Und ich dachte an Steff.

Der Generator verstummte. Jim kam heraus, als Norm sich gerade bückte, um unter der Tür hindurchzukommen. Jim sah es, ich sah es, und Ollie ebenfalls.

Ein Tentakel glitt über die Kante der Laderampe und schlang sich um Norms Wade. Mir klappte der Unterkiefer herunter. Ollie stieß einen kurzen Schreckensschrei aus. Der Greifarm war an seinem Ende, das er um Norms Bein geschlungen hatte, etwa einen Fuß dick — so dick wie eine Ringelnatter —, aber nach draußen zu wurde er immer dikker, und dort, wo er im Nebel verschwand, hatte er einen Umfang von vier oder fünf Fuß. Auf der oberen Seite war dieser Greifarm schiefergrau, darunter von einem fleischfarbenen Rosa. Und auf der Unterseite waren Saugnäpfe, die sich bewegten und zuckten wie Hunderte kleiner faltiger Münder.

Norm schaute an sich herunter. Er sah, was ihn gepackt hatte. Seine Augen traten vor Entsetzen fast aus den Höhlen. »*Befreit mich davon! He, so befreit mich doch davon! Um Himmels willen, befreit mich doch von diesem fürchterlichen Ding!*«

»O mein Gott!« wimmerte Jim.

Norm packte das untere Ende der Ladetür und schwang sich mit aller Kraft in den Lagerraum hinein. Der Fangarm schien zu schwellen wie ein Arm, der gebeugt wird. Norm wurde zurückgerissen – sein Kopf prallte gegen die Wellblechtür. Der Tentakel schwoll noch stärker an, und Norms Beine und sein Unterleib wurden hinausgezogen. Sein Hemd blieb an der unteren Türkante hängen und glitt aus der Hose. Er spannte all seine Kräfte an und zog sich wieder hinein wie ein Mann, der Klimmzüge macht.

»Helft mir!« schluchzte er. »Helft mir doch, bitte, bitte.«

»Jesus, Maria und Josef!« murmelte Myron. Er war aus dem Generator-Verschlag herausgekommen, um zu sehen, was hier los war.

Ich war der Tür am nächsten, und ich packte Norm um die Taille und zog, so fest ich nur konnte. Einen Moment lang bewegten wir uns rückwärts, aber nur einen Moment lang. Es war so, als dehne man ein Gummiband oder ein Kaubonbon. Der Fangarm gab seine Beute keineswegs frei. Und dann bewegten sich drei weitere Tentakel aus dem Nebel auf uns zu. Einer schlang sich um Norms herabhängende rote Schürze und riß sie ihm vom Leib. Dann verschwand er wieder im Nebel, und der rote Stoffetzen mit ihm, und mir fiel etwas ein, das meine Mutter zu sagen pflegte, wenn mein Bruder und ich etwas haben wollten, was sie für überflüssig hielt. »Du brauchst das ebenso wie eine Henne eine Fahne braucht«, pflegte sie zu sagen. Ich dachte an ihre Worte, und ich dachte an diesen Tentakel, der Norms rote Schürze schwenkte, und ich begann zu lachen. Ich lachte, aber mein Gelächter und Norms Schreie klangen ziemlich gleich. Wahrscheinlich wußte niemand außer mir, daß ich lachte.

Die beiden anderen Fangarme glitten einen Augenblick lang ziellos auf der Laderampe hin und her, wobei sie jene leisen schabenden Geräusche verursachten, die ich vor kurzem gehört hatte. Dann schlang einer sich von links um Norms Hüften. Ich spürte, wie er für den Bruchteil einer Sekunde meinen Arm berührte. Er war warm, pulsierend und glatt. Inzwischen glaube ich, daß auch ich im Nebel verschwunden wäre, wenn er mich mit seinen Saugnäpfen erwischt hätte. Aber er tat es nicht. Er packte Norm. Und der dritte Tentakel ringelte sich um seinen Knöchel.

Jetzt wurde er von mir weggezogen. »Helft mir!« schrie ich. »Ollie! Irgend jemand! Geht mir doch hier zur Hand!«

Aber sie kamen mir nicht zu Hilfe. Ich weiß nicht, was sie machten, aber sie kamen mir jedenfalls nicht zu Hilfe.

Ich schaute nach unten und sah, daß der Tentakel um Norms Hüfte sich in seine Haut fraß. Die Saugnäpfe *nagten* an ihm, dort wo sein Hemd aus der Hose gerissen worden war. Aus dem Riß, den der pulsierende Tentakel sich gebohrt hatte, begann Blut zu sickern, das so rot war wie Norms geraubte Schürze.

Ich schlug mir den Kopf an der unteren Kante der Tür an.

Norms Beine waren jetzt wieder draußen. Einer seiner Sportschuhe war heruntergefallen. Ein neuer Fangarm kam aus dem Nebel, schlang seine Spitze fest um den Schuh und verschwand damit. Norms Finger umklammerten in größter Todesangst die Türkante. Sie waren ganz fahl. Er schrie nicht mehr; dazu hatte er jetzt keine Kraft mehr. Sein Kopf wippte in einer endlosen Verneinungsgeste hin und her, und seine langen schwarzen Haare flogen ihm wild um den Kopf.

Ich warf einen Blick über seine Schulter und sah neue Tentakel heraneilen, Dutzende davon, ganze Scharen. Die meisten waren klein, aber ein paar waren riesig, so dick wie der Baum mit dem Mooskorsett, der am Morgen unsere Auffahrt blockiert hatte. Die großen Greifarme hatten bonbonrosa Saugnäpfe etwa von der Größe eines Kanaldeckels. Einer dieser großen Tentakel schlug mit einem lauten klatschenden Geräusch auf der Laderampe auf und bewegte sich wie ein großer blinder Regenwurm träge auf uns zu. Ich riß Norm mit aller Kraft nach hinten, und der Tentakel, der Norms rechte Wade umklammerte, glitt ein wenig aus. Das war alles. Aber bevor er sich wieder fest um seine Beute schloß, konnte ich sehen, daß er Norms Wade auffraß.

Einer der Fangarme streifte leicht meine Wange und wedelte dann in der Luft herum. In diesem Augenblick fiel mir Billy wieder ein. Billy lag schlafend im Supermarkt, neben Mr. McVeys langer weißer Fleischtheke. Ich war in den Lagerraum gegangen, um etwas zu finden, womit ich ihn zudecken konnte. Wenn einer dieser verfluchten Tentakel mich zu fassen bekäme, wäre niemand mehr da, der auf ihn aufpassen würde – außer vielleicht Norton.

Deshalb ließ ich Norm los und fiel auf Hände und Knie.

Ich war halb drinnen und halb draußen, direkt unter der Tür. Ein Tentakel glitt links an mir vorbei – er schien auf seinen Saugnäpfen zu laufen. Er heftete sich an einen von Norms Oberarmen, ruhte sich eine Sekunde aus und wickelte sich sodann um den Arm.

Jetzt sah Norm aus wie jemand, der dem Traum eines Wahnsinnigen entsprungen war. Tentakel wanden sich wie Schlangen überall auf seinem Körper..., und ebenso waren sie überall um mich herum. Ich machte einen ungeschickten

Bocksprung nach hinten, landete auf meiner Schulter und rollte weiter in den Lagerraum hinein. Jim, Ollie und Myron standen da wie Wachsfiguren von Madame Tussaud, mit bleichen Gesichtern und unnatürlich glänzenden Augen. Jim und Myron flankierten die Sperrholztür zum Generator.

»Laßt den Generator an!« brüllte ich ihnen zu.

Keiner von ihnen bewegte sich. Sie starrten wie betäubt fasziniert in Richtung Laderampe.

Ich tastete auf dem Boden herum, hob das erste auf, was mir unter die Finger kam — ein Paket Waschpulver — und warf damit nach Jim. Es traf ihn in den Magen, gerade über der Gürtelschnalle. Er grunzte und griff nach seinem Magen. Seine Augen flackerten und nahmen wieder einen halbwegs normalen Ausdruck an.

»Lassen Sie den verdammten Generator an!« schrie ich so laut, daß es mir in der Kehle weh tat.

Er rührte sich nicht von der Stelle; statt dessen begann er sich zu verteidigen. Offensichtlich hatte er beschlossen, daß jetzt, wo Norm von irgendeinem grausigen Horrorwesen im Nebel bei lebendigem Leibe aufgefressen wurde, die Zeit für Ausflüchte gekommen war.

»Es tut mir leid«, jammerte er. »Ich hab's nicht gewußt, woher hätt' ich's denn auch wissen sollen? Sie sagten, Sie hätten was gehört, aber ich wußte doch nicht, was Sie meinten. Sie hätten klarer sagen sollen, was Sie meinten. Ich dachte... ich dachte an... an einen Vogel oder sowas...«

In diesem Moment stieß Ollie ihn mit seiner breiten Schulter beiseite und stürzte in den Generator-Raum. Jim stolperte über einen Waschmittelkarton und fiel hin, genau wie ich vorhin im Dunkeln. »Es tut mir leid«, sagte er wieder. Sein rotes Haar fiel ihm wirr ins Gesicht. Seine Wangen waren kreideweiß. Seine Augen waren die eines entsetzten kleinen Jungen. Sekunden später hustete der Generator und erwachte zu neuem Leben.

Ich drehte mich zur Ladetür um. Norm klammerte sich immer noch mit einer Hand daran fest. Sein ganzer Körper war von Greifarmen bedeckt, und große Blutstropfen fielen auf die Rampe. Sein Kopf wippte hin und her, und seine Augen drückten unvorstellbares Entsetzen aus, während sie in den Nebel starrten.

Andere Tentakel krochen jetzt über den Fußboden ins Innere. In der Nähe des Knopfes, der den Türmechanismus auslöste, waren es so viele, daß gar nicht daran zu denken war, an den Knopf heranzukommen. Einer der Fangarme legte sich um eine Halbliterflasche Pepsi und zog sich damit zurück. Ein anderer glitt um einen Pappkarton und drückte ihn zusammen. Der Karton riß entzwei, und Zweierpacks von Toilettenpapier, in Zellophan verpackt, rollten nach allen Seiten. Gierig griffen die Tentakel danach.

Einer der großen Fangarme glitt herein. Seine Spitze hob sich etwas vom Boden, und er schien in der Luft zu schnuppern. Dann bewegte er sich auf Myron zu, und Myron sprang mit wild rollenden Augen hektisch beiseite. Ein hohes, leises Stöhnen entrang sich seinen blutleeren Lippen.

Ich schaute mich nach etwas um, das lang genug wäre, um über die tastenden Tentakel hinweg den Knopf an der Wand erreichen zu können. Ich entdeckte einen Besen, der an einen Stapel Bierkästen gelehnt war, und packte ihn.

Norms Hand wurde von der Tür weggerissen. Er fiel auf die Laderampe und suchte mit dieser einen freien Hand verzweifelt nach einem neuen Halt. Einen Augenblick lang trafen sich unsere Blicke. Seine Augen waren höllisch hell und wach. Er wußte, was mit ihm geschah. Dann wurde er in den Nebel gezogen. Ein erstickter Schrei, und Norm war verschwunden.

Ich drückte mit dem Ende des Besenstiels auf den Knopf, und der Motor begann zu surren. Die Tür glitt langsam nach unten. Zuerst berührte sie den dicksten Tentakel, der sich für Myron interessiert hatte. Die Tür ritzte seine Haut – sein Fell oder was auch immer – und drang dann tiefer ein. Er zuckte wie verrückt, peitschte den Boden und schien dann flacher zu werden. Einen Augenblick später war er verschwunden. Die anderen begannen sich nun ebenfalls zurückzuziehen.

Einer von ihnen hatte ein Fünf-Pfund-Paket Hundefutter umklammert und wollte es nicht loslassen. Die herabgleitende Tür zerschnitt ihn in zwei Teile, bevor sie in ihrer Bodenschiene einrastete. Das abgetrennte Tentakelstück krümmte sich krampfartig zusammen, das Paket brach auseinander, und braune Stückchen Hunde-Trockenfutter flogen in alle Richtungen. Dann begann er auf dem Boden zu schlagen wie ein Fisch auf dem Trockenen, rollte sich auf und wieder zusammen, aber immer langsamer, bis er schließlich reglos dalag. Ich berührte ihn mit der Spitze des Besenstiels. Das Tentakelstück, das etwa drei Fuß lang war, schloß sich sekundenlang wild um den Stiel, dann erschlaffte es und lag wieder bewegungslos zwischen dem Durcheinander aus Toilettenpapier, Hundefutter und Waschmittelkartons.

Die einzigen Geräusche waren das Dröhnen des Generators und Ollies Schluchzen aus dem Generator-Verschlag. Er saß dort auf einem Hocker und hatte sein Gesicht in den Händen vergraben.

Doch dann nahm ich noch ein anderes Geräusch wahr. Das leise schabende Geräusch, das ich vorhin im Dunkeln gehört hatte – nur hatte es sich jetzt um das Zehnfache verstärkt. Es war das Geräusch von Tentakeln, die über die Außenfläche der Ladetür glitten und nach einem Eingang suchten.

Myron machte ein paar Schritte auf mich zu. »Hören Sie«, sagte er, »Sie müssen verstehen...«

Ich schlug ihm eine Faust ins Gesicht. Er war viel zu überrascht, um auch nur zu versuchen, den Schlag abzuwehren. Meine Faust landete direkt unterhalb seiner Nase und zerschmetterte seine Oberlippe. Blut floß ihm in den Mund.

»Sie haben ihn auf dem Gewissen!« brüllte ich. »Haben Sie sich das alles genau angesehen? Haben Sie sich genau angesehen, was Sie da angerichtet haben?«

Ich begann auf ihn einzuschlagen — nicht so, wie ich es auf dem College in meinem Boxkurs gelernt hatte, sondern einfach wild drauflos. Er wich etwas zurück, konnte einige Fausthiebe abwehren, nahm die anderen aber in einer Art Erstarrung hin, die etwas von Resignation oder Buße an sich hatte. Das steigerte meinen Zorn nur noch mehr. Ich schlug ihm die Nase blutig und bescherte ihm ein wundervolles blaues Auge. Ich landete einen kräftigen Haken auf seinem Kinn. Nach diesem Treffer verschleierten sich seine Augen und bekamen einen leeren Ausdruck.

»Hören Sie«, sagte er immer wieder, »hören Sie, hören Sie«, aber nach einem kräftigen Boxhieb in die Magengrube blieb ihm die Luft weg, und er hörte mit diesem ›hören Sie, hören Sie‹ auf. Ich weiß nicht, wie lange ich weiter auf ihn eingedroschen hätte, wenn nicht plötzlich jemand meine Arme umklammert hätte. Ich riß mich los und wirbelte herum. Ich hoffte, daß es Jim sein möge. Ich wollte auch ihn zusammenschlagen.

Aber es war nicht Jim. Es war Ollie. Sein rundes Gesicht war leichenblaß, abgesehen von den dunklen Ringen um seine Augen — Augen, die noch vom Weinen glänzten. »Nicht, David«, sagte er. »Schlagen Sie ihn nicht mehr. Das ändert auch nichts mehr.«

Jim stand mit völlig ausdruckslosem, versteinertem Gesicht herum. Ich kickte einen Karton mit irgendwas nach ihm, aber er prallte an einem seiner Schuhe ab.

»Sie und Ihr Kumpel sind saudumme Affenärsche und sonst gar nichts!« rief ich.

»Hören Sie auf, David«, sagte Ollie unglücklich. »Lassen Sie das.«

»Ihr beiden beschissenen Arschlöcher habt diesen Jungen auf dem Gewissen.«

Jim blickte auf seine Schuhe hinab. Myron saß auf dem Boden und hielt sich den Bierbauch. Ich atmete schwer. Das Blut rauschte mir in den Ohren, und ich zitterte am ganzen Leibe. Ich setzte mich auf einen Karton, ließ meinen Kopf zwischen die Knie fallen und umklammerte meine Beine oberhalb der Knöchel. Meine Haare fielen mir ins Gesicht. So saß ich eine Weile da und wartete ab, ob ich gleich in Ohnmacht fallen oder mich übergeben würde oder sonstwas.

Nach einiger Zeit ließ dieses Gefühl nach, und ich blickte zu Ollie hoch. Sein Ring funkelte im Schein der Notlampen wie ein verhaltenes Feuer.

»Okay«, sagte ich schwerfällig. »Ich bin soweit wieder in Ordnung.«

»Gut«, sagte Ollie. »Wir müssen überlegen, was als nächstes zu tun ist.«

Der Lagerraum begann wieder nach den Abgasen zu stinken. »Stellen Sie als erstes den Generator ab.«

»Ja, machen wir, daß wir hier rauskommen«, meinte Myron. Er sah mich flehend an. »Es tut mir sehr leid wegen des Jungen. Aber Sie müssen verstehen...«

»Ich muß überhaupt nichts verstehen. Sie und Ihr Kumpel gehen jetzt in den Supermarkt zurück, aber Sie warten bei der Bierkühlung auf uns. Und erzählen Sie niemandem etwas. Noch nicht.«

Sie kamen meiner Aufforderung mit größter Bereitwilligkeit nach und stießen in der Tür zusammen. Ollie stellte den Generator ab, und gerade bevor die Lampen ausgingen, sah ich eine Decke von der Art, wie Möbelpacker sie zum Einwickeln zerbrechlicher Gegenstände verwenden, die über einen Stapel von Soda-Pfandflaschen geworfen war. Ich nahm sie für Billy mit.

Ollie kam schlurfend und stolpernd aus dem Generator-Raum. Wie viele Männer mit Übergewicht, so keuchte auch er etwas beim Atmen.

»David?« Seine Stimme zitterte ein wenig. »Sind Sie noch da?«

»Hier bin ich, Ollie. Passen Sie auf, damit Sie nicht über einen der Waschmittelkartons stolpern.«

»Ja.«

Ich führte ihn mit meiner Stimme, und etwa dreißig Sekunden später packte er mich bei der Schulter. Er stieß einen langen, zitternden Seufzer aus.

»Machen wir um Himmels willen, daß wir hier rauskommen«, sagte er. »Diese Dunkelheit ist... ist grauenvoll.«

»Das ist sie«, stimmte ich zu. »Aber bleiben Sie bitte noch einen Augenblick hier, Ollie. Ich wollte mit Ihnen reden, und ich wollte nicht, daß diese Arschlöcher zuhörten.«

»Dave... sie haben Norm schließlich nicht dazu gezwungen. Das dürfen Sie nicht vergessen.«

»Norm war noch ein halbes Kind, im Gegensatz zu den beiden. Aber lassen wir das, es bringt nichts. Wir müssen es ihnen sagen, Ollie. Den Leuten im Supermarkt, meine ich.«

»Und wenn sie nun in Panik geraten...« Ollies Stimme klang zweifelnd.

»Vielleicht tun sie's, vielleicht auch nicht. Aber sie werden es sich dann zweimal überlegen, bevor sie hinausgehen – und das würden die meisten jetzt am liebsten tun. Verständlicherweise. Die meisten haben irgend jemanden, der zu Hause geblieben ist. Ich übrigens auch. Wir müssen ihnen begreiflich machen, welches Risiko sie eingehen, wenn sie rausgehen.«

Er packte mich mit einem harten Griff am Arm. »In Ordnung«, sagte er. »Aber ich frage mich dauernd... all diese

Fangarme... wie bei einem Tintenfisch oder sowas Ähnlichem... David, woran waren sie nur befestigt? Zu wem gehören diese Greifarme?«

»Ich weiß es nicht, Ollie. Aber ich will nicht, daß diese beiden Idioten den Leuten Gott weiß was erzählen. Dann bricht nämlich garantiert eine Panik aus. Gehen wir!«

Ich entdeckte den dünnen vertikalen Lichtstreifen zwischen den Türflügeln. Wir bewegten uns vorsichtig darauf zu und bemühten uns, nicht über irgendwelche Kartons zu stolpern. Eine von Ollies plumpen Händen lag auf meinem Unterarm. Mir fiel plötzlich auf, daß wir alle unsere Taschenlampen verloren hatten.

Als wir die Tür erreicht hatten, sagte Ollie tonlos: »Was wir gesehen haben... ist doch einfach unmöglich, David. Sie wissen das doch auch? Selbst wenn ein Lieferwagen vom Bostoner Meeresaquarium draußen vorfahren und einen dieser Riesentintenfische aussetzen würde, wie sie in ›Zwanzigtausend Meilen unter dem Meeresspiegel‹ vorkommen, würde das Tier doch krepieren. *Es würde einfach krepieren.*«

»Ja«, sagte ich. »Das stimmt.«

»Was ist also passiert? Hm? Was ist nur passiert? Was ist das nur für ein verdammter Nebel?«

»Ollie, ich weiß es auch nicht.«

Wir gingen hinaus.

Ein Streit mit Norton. Eine Diskussion
an der Bierkühlung. Die Bestätigung

Jim und sein guter Kumpel Myron standen in unmittelbarer Nähe der Tür, jeder mit einer Dose Bier in der Hand. Ich schaute nach Billy, sah, daß er noch schlief, und deckte ihn zu. Er bewegte sich, murmelte etwas und lag dann wieder still da. Ich warf einen Blick auf meine Uhr. Es war Viertel nach zwölf. Das kam mir ganz unmöglich vor. Ich hatte das Gefühl, als seien mindestens fünf Stunden vergangen, seit ich zum erstenmal in den Lagerraum gegangen war, um nach etwas zu suchen, womit ich Billy zudecken konnte. Aber es hatte alles in allem nur etwa fünfunddreißig Minuten gedauert.

Ich ging zu Jim und Myron zurück. Ollie hatte sich ihnen angeschlossen, trank ein Bier und bot auch mir eine Dose an. Ich nahm sie und leerte sie mit einem Schluck bis zur Hälfte, wie an diesem Morgen beim Sägen. Das Bier richtete mich wieder ein bißchen auf.

Jim war Jim Grondin. Myrons Familienname war LaFleur – das hatte etwas Komisches an sich. Myron die Blume hatte angetrocknetes Blut auf Lippen, Wangen und Kinn. Sein Auge schwoll allmählich zu. Das Mädchen im preiselbeerfarbenen T-Shirt schlenderte ziellos vorbei und warf Myron einen mißtrauischen Blick zu. Ich hätte dem Mädchen erklären können, daß Myron nur für halbwüchsige Jungen eine Gefahr darstellte, für Teenager, die ihre Männlichkeit unter Beweis stellen wollten, aber ich sparte mir den Atem. Schließlich hatte Ollie recht – sie hatten nur getan, was sie für richtig hielten, obwohl sie eher in blinder Angst gehandelt hatten als im Interesse der Gemeinschaft. Und jetzt brauchte ich sie für das, was *ich* für richtig hielt. Das würde vermutlich kein Problem sein. Sie hatten jetzt beide ihre Selbstsicherheit und Überheblichkeit verloren. Beide – besonders aber Myron die Blume – würden in absehbarer Zeit zu nichts zu gebrauchen sein. Der Ausdruck, den ich in ihren Augen gesehen hatte, als sie die Behebung der Verstopfung des Auspuffrohrs vorbereiteten, war völlig daraus verschwunden. Sie hatten überhaupt keinen Mumm mehr in den Knochen.

»Wir müssen diesen ganzen Leuten von der Sache erzählen«, sagte ich.

Jim öffnete den Mund und wollte protestieren.

»Ollie und ich werden nichts davon erzählen, daß Sie und Myron nicht unschuldig an Norms Tod sind, wenn Sie beide bestätigen, was er und ich über diese... na ja, über diese Dinger berichten, die Norm erwischt haben.«

»Na klar«, stimmte im in kläglichem Eifer zu. »Ganz klar — wenn wir es den Leuten nicht sagen, werden sie vielleicht rausgehen wie jene Frau... jene Frau, die...« Er fuhr sich mit der Hand über den Mund und trank rasch einen Schluck Bier. »Mein Gott, was für eine Schweinerei!«

»David«, sagte Ollie, »was ist...« Er hielt inne, zwang sich dann aber dazu fortzufahren. »Was ist, wenn sie hereinkommen? Diese Tentakel?«

»Wie sollten sie?« fragte Jim. »Sie beide haben doch die Tür geschlossen.«

»Das schon«, meinte Ollie. »Aber die gesamte Vorderfront des Supermarktes besteht schließlich aus Fensterglas.«

Plötzlich hatte ich ein Gefühl im Magen, als schösse dieser mit enormer Geschwindigkeit in einem Lift mindestens zwanzig Stockwerke tiefer. Mir war dies zwar im Prinzip durchaus bewußt gewesen, aber ich hatte es erfolgreich verdrängt. Ich blickte zu meinem schlafenden Sohn hinüber. Ich dachte daran, wie die Tentakel über Norms ganzen Körper gekrochen waren. Ich stellte mir vor, daß das gleiche Billy zustieß.

»Fensterglas«, flüsterte Myron. »Jesus, Maria und Josef!«

Ich ließ die drei, die bei ihrem zweiten Bier angelangt waren, an der Kühlung stehen und begab mich auf die Suche nach Brent Norton. Ich entdeckte ihn an Kasse 2, in ein angeregtes Gespräch mit Bud Brown vertieft. Die beiden Männer — Norton mit seinem wohlfrisierten grauen Haar und den interessanten Gesichtszügen eines älteren Semesters, Brown mit seiner herben Neuengland-Visage — sahen aus, als seien sie einer New Yorker Karikatur entsprungen.

Etwa zwei Dutzend Leute liefen unruhig zwischen den Kassen und dem großen Schaufenster hin und her. Viele von ihnen preßten immer wieder ihre Nasen dicht an die Scheibe und starrten in den Nebel hinaus, und ihr Anblick erinnerte mich wieder an jene Leute, die durch Spalte im Bretterzaun auf einen Bauplatz spähen.

Mrs. Carmody saß auf dem Warenförderband einer der geschlossenen Kassen und rauchte eine ›Parliament‹. Sie studierte mich aufmerksam von Kopf bis Fuß, ich wurde gewogen, aber wohl zu leicht befunden, denn ihre Blicke schweiften weiter. Sie sah aus, als träume sie mit offenen Augen.

»Brent«, sagte ich.

»David! Wo haben Sie denn nur gesteckt?«

»Genau darüber möchte ich mich mit Ihnen unterhalten.«

»Da hinten an der Kühlung stehen Leute und trinken Bier!« stellte Brown grimmig fest. Es klang so entrüstet, als würde jemand berichten, daß der Diakon bei einer Party in seinem Hause Pornofilme vorgeführt hätte. »Ich kann sie im Überwachungsspiegel sehen. Das muß sofort aufhören!«

»Brent?«

»Entschuldigen Sie mich bitte einen Moment, Mr. Brown.«

»Aber ja.« Er kreuzte seine Arme vor der Brust und starrte grimmig in den Konvexspiegel. »Und es *wird* sofort aufhören, das verspreche ich Ihnen.«

Norton und ich steuerten auf die Bierkühlung am anderen Ende des Supermarktes zu. Ich warf rasch noch einen Blick zurück und stellte voller Unbehagen fest, daß die Holzrahmen, die die großen Glasscheiben miteinander verbanden, sehr stark verbogen und gesplittert waren. Und eines der Fenster war nicht einmal ganz, wie mir einfiel. Ein Glasstück war vorhin bei dem sonderbaren Beben herausgebrochen und heruntergefallen. Vielleicht konnten wir das Loch mit irgend etwas stopfen – vielleicht mit einem Bündel der Damenblusen zu 3,59 Dollar, die ich in der Nähe der Weine gesehen hatte...

Mein Gedankengang brach abrupt ab, und ich mußte mir die Hand vor den Mund halten, so als wollte ich einen Rülpser unterdrücken. Was ich in Wirklichkeit unterdrücken wollte, war die ranzige Flut schauerlichen Gelächters, das in mir bei dem Gedanken aufgestiegen war, ein Loch im Fenster mit einem Bündel Blusen stopfen zu wollen, um diese Tentakel abzuhalten, die Norm weggeschleppt hatten. Ich hatte doch gesehen, wie einer dieser Fangarme – ein kleiner! – ein Paket Hundefutter so zusammengedrückt hatte, daß es aufbrach.

»David? Geht's Ihnen nicht gut?«

»Hmmm?«

»Ihr Gesicht – Sie sahen so aus, als hätten Sie gerade eine gute Idee gehabt oder aber an etwas Fürchterliches gedacht.«

Mir fiel plötzlich etwas ein. »Brent, was ist eigentlich aus dem Mann geworden, der hereingestürzt kam und schrie, etwas im Nebel hätte John Lee Frovin erwischt?«

»Der Kerl mit dem Nasenbluten?«

»Genau der.«

»Er ist in Ohnmacht gefallen, und Mr. Brown hat ihn mit irgendeinem Riechsalz aus dem Erste-Hilfe-Kasten wieder so einigermaßen hergestellt. Warum?«

»Hat er irgendwas gesagt, als er das Bewußtsein wiedererlangte?«

»Er fing sofort wieder mit seiner Halluzination an. Mr. Brown brachte ihn ins Büro hinauf. Der Mann hatte einigen Frauen Angst gemacht. Er schien überglücklich zu sein, ins Büro zu kommen. Es hatte etwas mit Glas zu tun. Als Mr. Brown ihm erklärte, es gäbe im Büro des Geschäftsführers nur ein einziges kleines Fenster, und das sei außerdem mit einem Drahtgitter gesichert, schien der Mann überglücklich, raufgehen zu können. Ich nehme an, daß er immer noch oben ist.«

»Was er erzählt hat, ist keine Halluzination.«

»Selbstverständlich nicht«, meinte er sarkastisch.

»Und dieses Beben, das wir alle gespürt haben?«

»Aber, David...«

Er hat Angst, sagte ich mir dauernd vor. Du darfst jetzt nicht explodieren, du hast dich vorhin schon Myron gegenüber dazu hinreißen lassen, und das reicht. Du darfst jetzt nicht explodieren, nur weil er damals, bei diesem blödsinnigen Grenzstreit, ebenfalls explodiert ist – zuerst war er herablassend gewesen, dann sarkastisch und zuletzt, als es klar war, daß er den Prozeß verlieren würde, war er ausfallend geworden. Du darfst jetzt nicht explodieren, denn du brauchst ihn. Er ist zwar vielleicht nicht in der Lage, seine Säge in Gang zu bringen, aber er sieht aus wie eine Vaterfigur der westlichen Welt, und wenn er den Leuten sagt, sie sollten nicht in Panik geraten, so werden sie Ruhe bewahren. Deshalb darfst du auf keinen Fall explodieren.

»Sehen Sie diese Tür hinter der Bierkühlung?«

Er schaute in die Richtung und runzelte die Stirn. »Ist einer dieser biertrinkenden Männer nicht der zweite Geschäftsführer? Weeks? Wenn Brown das sieht, wird der Mann sich schon in Kürze einen neuen Job suchen müssen, das schwöre ich Ihnen.«

»Brent, werden Sie mir jetzt endlich einmal zuhören?«

Er blickte mich zerstreut an. »Was haben Sie gesagt, Dave? Entschuldigung.«

»Sehen Sie diese Tür da hinten?«

»Selbstverständlich sehe ich sie. Was ist damit?«

»Sie führt in den Lagerraum, der die ganze Westseite des Gebäudes einnimmt. Billy ist vorhin eingeschlafen, und ich bin in den Lagerraum gegangen, um etwas zu finden, womit ich ihn zudecken konnte...«

Ich erzählte ihm alles, abgesehen von dem Streit, ob Norm hinausgehen sollte oder nicht. Ich erzählte ihm, was dort eingedrungen war... und was schließlich schreiend im Nebel verschwunden war. Brent Norton weigerte sich, mir zu glauben. Er weigerte sich sogar, es auch nur in Erwägung zu ziehen. Ich brachte ihn zu Ollie, Jim und Myron. Alle drei bestätigten meine Geschichte, obwohl Jim und Myron die Blume auf dem besten Wege waren, sich zu betrinken.

Wieder weigerte sich Norton, es zu glauben. Er stellte sich einfach auf die Hinterbeine. »Nein«, sagte er. »Nein, nein, nein. Entschuldigen Sie, meine Herren, aber das ist einfach lächerlich. Entweder Sie wollen mich zum Narren halten« – er bedachte uns mit einem strahlenden Lächeln, das uns beweisen sollte, daß er Spaß verstand – »oder aber Sie leiden an einer Art Gruppenhypnose.«

Wieder stieg in mir Zorn hoch, und ich unterdrückte ihn – nur mit Mühe, wie ich zugeben muß. Ich glaube nicht, daß ich normalerweise ein Choleriker bin, aber das waren schließlich auch keine normalen Umstände. Ich mußte an Billy denken, und auch daran, was Stephanie zustoßen konnte – oder vielleicht schon zugestoßen war.

»Okay«, sagte ich. »Gehen wir zusammen in den Lagerraum. Dort liegt ein Tentakelstück auf dem Boden. Die Tür hat es abgetrennt, als sie sich schloß. Und außerdem können Sie sie dort *hören*. Sie schaben und kratzen an der Tür. Es hört sich an wie Wind, der durch Efeu streicht.«

»Nein«, sagte er ruhig.

»Wie bitte?« Ich glaubte, mich verhört zu haben. »Was haben Sie gesagt?«

»Ich sagte nein, ich werde nicht dorthin gehen. Sie haben diesen Scherz jetzt weit genug getrieben.«

»Brent, ich schwöre Ihnen, daß es kein Scherz ist.«

»Natürlich ist es einer«, knurrte er. Er ließ seine Blicke über Jim, Myron und Ollie schweifen – letzterer hielt diesem Blick mit ruhigem Ernst stand – und wandte sich schließlich wieder mir zu. »Es ist das, was ihr Einheimischen einen ›Gag zum Totlachen‹ nennt. Stimmt's, David?«

»Brent... so hören Sie doch...«

»Nein, *Sie* hören jetzt mal zu!« Er hob die Stimme, als befände er sich im Gerichtssaal. Sie trug sehr gut, und mehrere Leute, die unruhig und ziellos herumschlenderten, schauten zu uns her. Norton deutete mit dem Finger anklagend auf mich, während er redete. »Es ist ein Scherz. Eine Bananenschale, auf der ich ausrutschen soll. Keiner von Ihnen hat für Zugereiste sehr viel übrig, habe ich nicht recht? Sie halten zusammen wie die Kletten. Das hat sich damals gezeigt, als ich Sie vor Gericht schleppte, um zu meinem Recht zu kommen. Gewonnen haben *Sie*! Warum auch nicht? Ihr Vater war ein berühmter Künstler, und es ist Ihre Stadt. Ich zahle hier nur meine Steuern und gebe hier mein Geld aus!«

Jetzt wollte er uns nicht mehr mit seiner trainierten Gerichtssaalstimme imponieren und einschüchtern. Er spielte uns jetzt nichts mehr vor; er kreischte fast und war dabei, völlig die Fassung zu verlieren. Ollie Weeks wandte sich ab und entfernte sich, mit einer Hand krampfhaft seine Bierdose festhaltend. Myron und sein Freund Jim starrten Norton völlig fassungslos an.

»Halten Sie mich wirklich für so dumm, daß ich nach hinten gehe und mir irgendeinen neuen Scherzartikel ansehe, irgend so ein Gummiding um 98 Cent, während diese beiden Bauernlümmel dastehen und sich vor Lachen ausschütten?«

»He, passen Sie auf, wen Sie hier mit Bauernlümmel betiteln!« rief Myron.

»Ich bin *glücklich*, daß der Baum auf Ihr Bootshaus gefallen ist, wenn Sie es genau wissen wollen. Glücklich!« Norton grinste mich wild an. »Hat das Dach ganz schön eingedrückt, was? Großartig! Und jetzt gehen Sie mir aus dem Weg!«

Er versuchte, sich an mir vorbeizuzwängen. Ich packte ihn am Arm und warf ihn gegen die Kühlung. Eine Frau schrie überrascht auf. Zwei Sechserpacks Bier fielen um.

»Jetzt sperren Sie mal Ihre Ohren ganz weit auf und hören Sie mir gut zu, Brent! Hier stehen Menschenleben auf dem Spiel! Darunter auch das meines Sohnes. Hören Sie also gut zu, oder ich mache Hackfleisch aus Ihnen, das schwöre ich.«

»Nur zu«, rief Norton, dessen Gesicht zu einem irrsinnigen, aufschneiderischen Grinsen verzerrt war. Seine weit aufgerissenen, blutunterlaufenen Augen traten ihm fast aus den Höhlen. »Zeigen Sie nur, wie mutig und toll Sie sind, indem Sie einen Mann schlagen, der ein schwaches Herz hat und alt genug ist, um Ihr Vater sein zu können!«

»Geben Sie's ihm trotzdem!« schrie Jim mir zu. »Ich scheiß auf sein schwaches Herz. Ich glaub' nicht mal, daß ein billiger New Yorker Winkeladvokat wie der überhaupt ein Herz hat.«

»Halten Sie sich da raus«, sagte ich Jim und beugte mich über Norton. »Hören Sie auf damit, mir Sand ins Getriebe zu werfen. Sie wissen verdammt gut, daß ich die Wahrheit sage!«

»Ich weiß... nichts... Derartiges!« keuchte er.

»Zu jeder anderen Zeit und an jedem anderen Ort würde ich Ihnen das durchgehen lassen. Mir liegt absolut nichts daran, Ihnen Angst vorzuwerfen. Ich habe selbst Angst! Aber ich brauche Sie, verdammt nochmal! Kapieren Sie das? Ich brauche Sie!«

»Lassen Sie mich *los!*«

Ich packte ihn am Hemd und schüttelte ihn. »Begreifen

Sie denn überhaupt nichts? Die Leute werden zum Entschluß kommen, daß es jetzt Zeit ist heimzugehen. Und sie werden geradewegs in dieses Ding da draußen hineinrennen. Um Gottes willen, begreifen Sie das denn nicht?«

»*Lassen Sie mich los!*«

»Nicht bevor Sie mit mir in den Lagerraum kommen und sich mit eigenen Augen und Ohren von der Wahrheit meiner Worte überzeugen.«

»Ich sagte doch schon – nein! Es ist doch alles nur ein Trick, ein übler Scherz. Ich bin nicht so dumm, wie Sie glauben...«

»Dann *schleppe* ich Sie eben hin!«

Ich packte ihn an der Schulter und am Genick. Die Naht seines Hemdes riß unter einer Achsel auf. Ich zog ihn in Richtung der Flügeltür. Er stieß einen kläglichen Laut aus. Ein Menschenknäuel aus etwa fünfzehn bis achtzehn Personen hatte sich in einiger Entfernung gebildet, aber niemand griff ein.

»Helfen Sie mir!« schrie Norton. Seine Augen hinter der Brille waren weit aufgerissen. Sein sorgfältig frisiertes Haar war wieder in Unordnung geraten und stand in zwei Büscheln hinter den Ohren hoch. Die Leute traten von einem Fuß auf den anderen und schauten interessiert zu.

»Warum regen Sie sich eigentlich so auf?« sagte ich ihm ins Ohr. »Es ist doch nur ein Scherz, nicht wahr? Deshalb habe ich Sie in die Stadt mitgenommen, als Sie mich darum baten, und deshalb habe ich Ihnen Billy auf dem Parkplatz anvertraut – weil ich diesen spaßigen Nebel selbst produziert habe. Ich habe für 15 000 Dollar eine Nebelmaschine aus Hollywood bestellt und weitere 8000 Dollar für ihren Transport bezahlt, nur damit ich Ihnen einen Streich spielen konnte. Hören Sie doch endlich auf, sich selbst etwas vorzumachen! Stellen Sie sich doch endlich den Tatsachen!«

»Lassen... Sie... mich... los!« kreischte Norton. Wir hatten die Tür zum Lagerraum schon fast erreicht.

»He, he! Was ist denn hier los? Was machen Sie denn da?«

Es war Brown. Er bahnte sich mit den Ellbogen einen Weg durch das Menschenknäuel.

»Sorgen Sie dafür, daß er mich losläßt!« schrie Norton heiser. »Er ist verrückt!«

»Nein. Er ist nicht verrückt. Ich wünschte, er wäre es, aber er ist es nicht.« Das war Ollie, und ich hätte ihn am liebsten umarmt. Er stand da und blickte Brown ernst ins Gesicht.

Browns Blicke fielen auf die Bierdose in Ollies Hand. »Sie *trinken* ja!« sagte er, und seine Stimme klang zwar überrascht, aber gleichzeitig auch triumphierend. »Dafür werden Sie Ihren Job los.«

»Hören Sie auf damit, Bud«, sagte ich und ließ Norton los. »Dies ist keine gewöhnliche Situation.«

»Die Paragraphen der Arbeitsordnung sind deshalb noch lange nicht außer Kraft«, erwiderte Brown blasiert. »Ich werde schon dafür sorgen, daß es die Geschäftsleitung erfährt. Das ist meine Pflicht.«

Norton hatte sich inzwischen verdrückt und stand in einiger Entfernung da. Er versuchte, seine Kleidung und seine Frisur in Ordnung zu bringen. Seine Blicke schweiften nervös zwischen Brown und mir hin und her.

»Hallo!« schrie Ollie plötzlich mit einer dröhnenden Baßstimme, die ich diesem großen, aber sanften und bescheidenen Mann nie zugetraut hätte. »*Hallo! Sie alle hier im Supermarkt! Kommen Sie bitte hierher und hören Sie gut zu! Die Sache betrifft jeden von Ihnen!*« Er ignorierte Brown völlig und blickte mich ruhig an. »Tu ich das Richtige?«

»Genau das Richtige.«

Die Leute strömten herbei. Das ursprüngliche Menschenknäuel, das meine Auseinandersetzung mit Norton verfolgt hatte, verdoppelte, ja verdreifachte sich.

»Es gibt da etwas, das Sie alle wissen sollten...«, begann Ollie.

»Stellen Sie sofort diese Bierdose hin!« rief Brown.

»Sie halten jetzt den Mund!« sagte ich und machte einen Schritt auf Brown zu.

Er wich vorsichtshalber einen Schritt zurück. »Ich weiß nicht, was einigen von Ihnen eingefallen ist«, sagte er, »aber ich verspreche Ihnen, daß ich der Federal Foods Company Bericht erstatten werde! Einen exakten Bericht! Und Sie sollten sich darüber im klaren sein — *das kann für Sie gerichtliche Folgen haben!*« Er verzog dabei nervös die Lippen, und seine gelblichen Zähne wurden sichtbar. Irgendwie tat er mir leid. Er versuchte nur, auf seine Weise seiner Angst Herr zu werden. Norton versuchte dasselbe mit seiner Vogel-Strauß-Methode. Myron und Jim hatten es versucht, indem sie die praktisch veranlagten starken Männer spielen wollten — wenn der Generator repariert werden konnte, würde der Nebel sich auflösen. Brown probierte eine andere Methode aus — er sorgte für Disziplin im Supermarkt.

»Dann sollten Sie sich die Namen notieren«, sagte ich. »Aber reden Sie bitte nicht dazwischen.«

»Ich werde eine ganze Menge Namen notieren«, erwiderte er. »Und Ihrer wird ganz zuoberst auf meiner Liste stehen, Sie... Sie *Bohemien!*«

»Mr. David Drayton hat Ihnen etwas zu sagen«, rief Ollie. »Und Sie sollten alle gut aufpassen, für den Fall, daß Sie vorhaben, nach Hause zu gehen.«

Also erzählte ich ihnen die ganze Geschichte, wie ich sie kurz zuvor schon Norton erzählt hatte. Anfangs lachten einige Leute noch, aber als ich zum Schluß kam, hatte sich spürbares Unbehagen ausgebreitet.

»Glauben Sie ihm kein Wort! Das ist alles eine Lüge!« rief

Norton. Er bemühte sich, seiner Stimme Nachdruck und Überzeugungskraft zu verleihen, aber sie klang schrill und kreischend. Und diesem Mann hatte ich es zuerst berichtet, weil ich gehofft hatte, daß seine ganze Erscheinung vertrauenserweckend sein würde. Was für ein Wirrwarr!

»Natürlich ist es eine Lüge«, stimmte Brown ihm zu. »Es ist Wahnsinn. Woher sollen denn Ihrer Meinung nach diese Tentakel gekommen sein!«

»Das weiß ich nicht, und im Augenblick ist diese Frage nicht einmal von großer Bedeutung. Sie sind jedenfalls hier. Es...«

»Ich vermute sehr stark, daß sie aus einigen dieser Bierdosen gekommen sind, das vermute ich!« Einige Leute lachten beifällig. Sie wurden aber von Mrs. Carmodys kräftiger, heiserer Stimme übertönt.

»Tod!« schrie sie, und augenblicklich verstummten die Lacher ernüchtert.

Sie marschierte in die Mitte des Kreises, der sich gebildet hatte. Ihre kanariengelben Hosen schienen von selbst zu leuchten, ihre riesige Tasche wippte gegen einen ihrer elefantenartigen Schenkel. Sie blickte arrogant in die Runde, und ihre schwarzen Augen funkelten scharf und unheilvoll wie die einer Elster. Zwei hübsche, etwa sechzehnjährige Mädchen mit der Aufschrift CAMP WOODLANDS auf dem Rücken ihrer weißen Kunstseidenblusen wichen erschrocken vor ihr zurück.

»Ihr hört zwar zu, aber ihr hört nicht darauf! Ihr hört, aber ihr glaubt nicht! Wer von euch will hinausgehen und selbst nachsehen!« Ihre Augen glitten über die Menge hinweg und blieben an mir haften. »Und was schlagen *Sie* vor, Mr. Drayton? Was glauben Sie tun zu können?«

Sie grinste wie ein Totenschädel.

»Ich sage euch, dies ist das Ende. Das Ende von allem. Dies ist der Jüngste Tag. Die Schrift an der Wand — nicht mit Feuer, sondern mit Nebel geschrieben. Die Erde hat sich aufgetan und ihre Greuel ausgespien!«

»Kann denn niemand sie zum Schweigen bringen?« schrie eines der beiden Mädchen und brach in Tränen aus. »Sie macht mir Angst!«

»Du hast Angst, Schätzchen?« wandte sich Mrs. Carmody nun direkt an den armen Teenager. »Nein, jetzt hast du noch keine richtige Angst. Aber wenn diese satanischen Kreaturen, die der Teufel auf die Erdoberfläche losgelassen hat, erst kommen, um dich zu holen...«

»Das reicht, Mrs. Carmody«, sagte Ollie und packte sie am Arm. »Das reicht jetzt wirklich!«

»Lassen Sie mich los! Ich sage euch, dies ist das Ende! Es ist der Tod! Der Tod!«

»Es ist ein Haufen Scheiße«, sagte ein Mann mit Fischermütze und Brille angewidert.

»Nein, mein Herr«, widersprach Myron. »Mir ist bewußt, daß es sich anhört wie eine Drogenvision, aber es ist die reinste Wahrheit. Ich habe es mit eigenen Augen gesehen.«

»Und ich auch«, sagte Jim.

»Ich ebenfalls«, rief Ollie. Es war ihm gelungen, Mrs. Carmody zum Schweigen zu bringen — zumindest für den Augenblick. Aber sie stand in der Nähe, preßte ihre Tasche an sich und grinste ihr irres Grinsen. Niemand wollte zu dicht neben ihr stehen. Die Leute flüsterten miteinander — die Bestätigungen gefielen ihnen nicht. Manche drehten sich um und warfen forschende, ängstliche Blicke auf das Schaufenster. Das freute mich sehr.

»Lügen!« kreischte Norton wieder. »Sie unterstützen sich gegenseitig mit ihren Lügen, und weiter nichts!«

»Was Sie da erzählen, ist völlig unglaubhaft«, sagte Brown.

»Wir brauchen nicht hier herumzustehen und darüber zu

diskutieren«, entgegnete ich. »Kommen Sie mit mir in den Lagerraum. Sehen und hören Sie selbst!«

»Kunden ist der Zutritt zum Lagerraum nicht...«

»Bud«, unterbrach Ollie ihn. »Gehen Sie mit ihm und überzeugen Sie sich mit eigenen Augen.«

»Okay«, sagte Brown. »Mr. Drayton? Bringen wir diesen Blödsinn so schnell wie möglich hinter uns.«

Wir stießen die Tür auf und standen gleich darauf im Dunkeln.

Das Geräusch war unangenehm, mehr noch – unheilverkündend.

Auch Brown, der ach so nüchterne Yankee, fühlte das. Er umklammerte meinen Arm, hielt im ersten Moment die Luft an und stieß dann laut keuchend den Atem aus.

Es war ein leises Geräusch, und es kam aus der Richtung der Ladetür. Es hörte sich fast wie ein Streicheln an. Ich tastete vorsichtig mit einem Fuß den Boden ab und stieß schließlich auf eine der Taschenlampen. Ich bückte mich, hob sie auf und schaltete sie ein. Browns Gesicht war ganz verzerrt, und dabei hatte er sie nicht einmal gesehen – er hörte sie nur. Aber ich *hatte* sie gesehen, und ich konnte mir lebhaft vorstellen, wie sie über die Türfläche glitten und krochen – wie Efeuranken.

»Was sagen Sie nun? Völlig unglaubhaft?«

Brown fuhr sich mit der Zunge über die Lippen und betrachtete das Durcheinander von Schachteln und Paketen auf dem Boden.

»Haben die das gemacht?«

»Zum Teil. Zum größten Teil. Kommen Sie hierher.«

Er kam – wenn auch nur sehr widerwillig. Ich richtete die Taschenlampe auf das eingeschrumpfte, zusammengekrümmte Tentakelstück, das immer noch neben dem Besen lag. Brown beugte sich darüber.

»Berühren Sie's nicht«, warnte ich ihn. »Es könnte noch am Leben sein.«

Er richtete sich rasch wieder auf. Ich packte den Besen an den Borsten und stieß den Tentakel mit dem Stiel an. Beim dritten oder vierten Stoß entrollte er sich langsam und enthüllte dabei zwei ganze Saugnäpfe und das durchgeschnittene Segment eines dritten. Dann zog sich das Tentakelstück mit muskularer Geschwindigkeit wieder zusammen und lag regungslos da. Brown gab einen leisen Laut des Ekels von sich.

»Haben Sie genug gesehen?«

»Ja«, sagte er. »Machen wir, daß wir hier rauskommen.«

Wir gingen im Licht der Taschenlampe zur Tür und stießen sie auf. Alle Gesichter wandten sich uns zu, alle Unterhaltungen verstummten. Nortons Gesicht erinnerte an einen alten Käse. Mrs. Carmodys schwarze Augen glitzerten. Ollie trank Bier; sein Gesicht war immer noch schweißüberströmt, obwohl es im Supermarkt inzwischen ziemlich kühl war. Die beiden Mädchen mit der Aufschrift CAMP WOODLANDS auf ihren Blusen drängten sich aneinander wie Fohlen bei einem Gewitter. Augen. So viele Augen. Ich könnte sie malen, dachte ich schaudernd. Keine Gesichter, nur Augen. Ich könnte sie malen, aber niemand würde sie für wirklichkeitsgetreu halten.

Bud Brown faltete geziert seine langfingrigen Hände vor dem Körper. »Leute«, sagte er, »es sieht so aus, als stünden wir einem großen Problem gegenüber.«

Weitere Diskussionen. Mrs. Carmody. Befestigungen.
Was dem ›Verein der Unbelehrbaren‹ zustieß

Nach Browns Bestätigung brach eine lange halb-hysterische Diskussion aus. Vielleicht war sie aber in Wirklichkeit gar nicht so lang, wie sie mir vorkam. Vielleicht mußten die Leute die Information nur immer wieder durchkauen, sie unter jedem nur möglichen Gesichtspunkt betrachten, um sie irgendwie verdauen zu können – so wie ein Hund seinen Knochen von allen Seiten bearbeitet, um an das Mark heranzukommen. Es war ein langwieriger Prozeß, bis sie die Sachlage akzeptierten. Den gleichen Vorgang können Sie übrigens bei jeder im März stattfindenden Bürgerversammlung in ganz Neuengland beobachten.

Da gab es einmal den ›Verein der Unbelehrbaren‹, mit Norton an der Spitze. Diese Minderheit aus etwa zehn Personen glaubte kein Wort von der ganzen Sache. Sie kamen mir vor wie jene Leute, die sich einst geweigert hatten zuzugeben, daß die Erde rund ist. Norton hob immer und immer wieder hervor, daß es nur vier Zeugen für die Entführung des Botenjungen durch die – wie er sich ausdrückte – Tentakel vom Planeten X gab (beim erstenmal lachten die Leute über diese Formulierung, aber sie nutzte sich rasch ab, was Norton in seiner steigenden Erregung aber nicht zu bemerken schien).

Er fügte hinzu, daß er für seine Person keinem dieser vier Zeugen vertraue. Weiter wies er darauf hin, daß fünfzig Prozent dieser Zeugen inzwischen hoffnungslos betrunken seien. Das stimmte zweifellos. Jim und Myron hatten sich an den reichlichen Bier- und Weinvorräten gütlich getan und waren inzwischen stockbesoffen. In Anbetracht dessen, was mit Norm passiert war und ihrer Rolle bei dieser Tragödie, machte ich ihnen keinen Vorwurf. Sie würden ohnehin viel zu früh wieder nüchtern werden.

Ollie trank stetig weiter, ohne auf Browns Proteste zu achten. Schließlich gab Brown es auf und begnügte sich damit, von Zeit zu Zeit mit der Federal Foods Company zu drohen. Ihm schien gar nicht in den Sinn zu kommen, daß diese Gesellschaft mit ihren Geschäften in Bridgton, North Windham und Portland vielleicht überhaupt nicht mehr existierte. Soviel wir wußten, war es durchaus möglich, daß der ganze östliche Seeuferstreifen nicht mehr existierte. Ollie trank – wie gesagt – stetig, aber er wurde nicht betrunken. Er schwitzte das Bier so schnell aus, wie er es trank.

Als die Diskussion mit den ›Unbelehrbaren‹ immer schärfer wurde, ergriff Ollie das Wort. »Wenn Sie es nicht glauben, Mr. Norton – ausgezeichnet. Ich werde Ihnen sagen, was Sie tun sollten. Sie gehen durch die Vordertür hinaus und begeben sich auf die Rückseite des Gebäudes. Dort finden Sie eine Menge Bier- und Sodapfandflaschen, die Norm und Buddy und ich heute morgen herausgestellt haben. Bringen Sie ein paar dieser Flaschen mit, damit wir wissen, daß Sie auch wirklich nach hinten gegangen sind. Wenn Sie das schaffen, bin ich gern bereit, mein Hemd auszuziehen und es vor Ihren Augen zu essen.«

Norton begann zu toben.

Ollie schnitt ihm mit seiner sanften, ruhigen Stimme das Wort ab. »Ich sage Ihnen, Sie richten mit Ihrem Gerede nur Schaden an. Viele von den Leuten hier möchten am liebsten heimgehen und sich davon überzeugen, daß ihren Angehörigen nichts passiert ist. Meine Schwester und ihre einjährige Tochter sind bei sich zu Hause in Naples. Selbstverständlich würde auch ich am liebsten nach ihnen schauen. Aber wenn die Leute anfangen, Ihnen Glauben zu schenken, wenn sie versuchen heimzukommen, wird ihnen das gleiche zustoßen wie Norm.«

Er überzeugte Norton nicht, aber er überzeugte wenigstens einige von Nortons Anhängern und einige Neutrale – nicht einmal so sehr durch seine Worte als vielmehr durch seine Augen, diese Augen mit dem gequälten Ausdruck. Ich glaube, daß Nortons Verstand davon abhing, sich nicht überzeugen zu lassen – oder daß er sich das zumindest einbildete. Aber er ging auch nicht auf Ollies Aufforderung ein, einige Pfandflaschen von der Rückseite des Gebäudes zu holen. Das tat auch keiner von Nortons Anhängern. Sie waren nicht bereit hinauszugehen – noch nicht. Er und seine kleine Schar von Unbelehrbaren (die sich um ein-zwei Leute verkleinert hatte) entfernten sich soweit wie nur möglich von uns anderen, zogen sich zu der Kühltruhe mit abgepacktem Fleisch zurück. Im Vorbeigehen stieß einer von ihnen gegen Billys Bein und weckte ihn dadurch auf.

Ich ging zu ihm, und er warf sich mir an den Hals. Als ich versuchte, ihn wieder hinzulegen, klammerte er sich noch fester an mich und flehte: »Tu das nicht, Vati. Bitte!«

Ich fand einen Einkaufswagen und setzte ihn auf den Kindersitz. Er nahm sich darin sehr groß aus, und der Anblick wäre wirklich komisch gewesen, wenn sein bleiches Gesicht und seine verängstigten Augen nicht gewesen wären. Er hatte seit gut zwei Jahren nicht mehr im Kindersitz gesessen. Diese Kleinigkeiten entgehen einem so leicht, man bemerkt sie nicht gleich, und wenn einem dann schließlich auffällt, daß sich etwas verändert hat, versetzt es einen immer wieder in Erstaunen.

Inzwischen hatten die Streitenden einen neuen Blitzableiter gefunden. Diesmal war es Mrs. Carmody, und verständlicherweise stand sie völlig allein auf weiter Flur.

In dem schwachen, trüben Licht sah sie wie eine Hexe aus, mit ihren schrecklichen kanariengelben Hosen, der grellen Kunstseidenbluse, den Unmengen an billigen klirrenden Armreifen aus Kupfer, Schildpatt und Blech und mit ihrer Riesentasche. Ihr pergamentartiges Gesicht war mit tiefen vertikalen Falten durchfurcht. Ihre krausen grauen Haare wurden vorne von drei Hornkämmen flach am Kopf gehalten und waren hinten zu einem Dutt zusammengedreht. Ihr Mund erinnerte an eine dünne knotige Schnur.

»Gegen Gottes Willen kann sich niemand auflehnen. Das mußte ja so kommen. Ich habe die Vorzeichen deutlich gesehen. Ich habe es manchen der hier Anwesenden prophezeit, aber niemand ist so blind wie jene, die nicht sehen wollen.«

»Nun, und was schlagen Sie vor?« fiel Mike Hatlen ihr ungeduldig ins Wort. Er war ein Stadtrat, obwohl er im Augenblick nicht danach aussah, in seinen angeschmuddelten Bermudas und mit der Schiffermütze. Er nippte an einem Bier; sehr viele Männer taten das inzwischen. Bud Brown hatte es aufgegeben, dagegen zu protestieren, aber er schrieb sich tatsächlich Namen auf – er versuchte, alle ständig im Auge zu behalten.

»Vorschlagen?« wiederholte Mrs. Carmody und wandte sich Hatlen zu. »Vorschlagen? Nun, ich schlage vor, daß Sie sich darauf vorbereiten, vor dem Richterstuhl Gottes zu erscheinen, Michael Hatlen.« Sie starrte uns nacheinander an. »Ihr alle solltet euch darauf vorbereiten, vor Gottes Richterstuhl zu treten.«

»Vor die Scheiße zu treten«, lallte Myron La Fleur betrunken. »Ich glaube, Alte, deine Zunge muß irgendwo in der Mitte montiert sein, und beide Enden pendeln ewig hin und her.«

Beifälliges Gemurmel war zu hören. Billy schaute nervös um sich, und ich legte ihm einen Arm um die Schultern.

»Ihr werdet schon noch sehen!« schrie sie. Ihre Oberlippe schob sich hoch und entblößte schiefe nikotinverfärbte Zähne. Mir fielen die verstaubten ausgestopften Tiere in ihrem Laden ein, die ewig aus dem Spiegel tranken, der ihnen als Bach diente. »Zweifler werden bis zuletzt zweifeln! Und doch hat irgendein Ungeheuer diesen armen Jungen weggeschleppt! Dinge im Nebel! Schauerliche Wesen aus einem Alptraum! Augenlose Mißgeburten! Bleiche Schreckensgestalten! Zweifelt ihr daran? Dann geht doch hinaus! Geht doch hinaus und sagt ihnen ›guten Tag‹!«

»Mrs. Carmody, Sie müssen damit aufhören«, sagte ich. »Sie jagen meinem Sohn Angst ein.«

Der Mann mit dem kleinen Mädchen pflichtete mir bei. Es hatte sein Gesicht gegen den Bauch seines Vaters gedrückt und hielt sich die Ohren zu. Big Bill weinte nicht, aber er war den Tränen bedenklich nahe.

»Es gibt nur eine einzige Chance«, sagte Mrs. Carmody.

»Und die wäre, Madam?« fragte Mike Hatlen höflich.

»Ein Opfer!« sagte Mrs. Carmody — und es sah im Halbdunkel so aus, als grinste sie. »Ein Blutopfer!«

Blutopfer — das Wort hing inhaltsschwer in der Luft. Selbst jetzt, wo ich es besser weiß, rede ich mir ein, daß sie damals irgendeinen Hund meinte — einige liefen im Supermarkt herum, obwohl das verboten war. Sogar jetzt noch versuche ich mir das einzureden. Sie sah im Halbdunkel aus wie eine geistesgestörte Vertreterin des, Gott sei Dank, fast überwundenen Puritanismus von Neuengland. Aber ich vermute, daß sie von etwas Tieferem und Dunklerem als von reinem Puritanismus motiviert wurde. Der Puritanismus hatte seinerseits einen düsteren Ahnherrn, den alten Adam mit blutigen Händen.

Sie öffnete ihren Mund, um weiterzureden, und ein kleiner, zierlicher Mann in roter Hose und ordentlichem Sporthemd schlug ihr mit dem Handrücken ins Gesicht. Er hatte einen korrekten Linksscheitel und trug eine Brille. Er hatte das unverkennbare Aussehen eines Sommerurlaubers.

»Sie hören jetzt sofort mit diesem üblen Gerede auf!« sagte er leise und tonlos.

Mrs. Carmody fuhr sich mit der Hand über den Mund und streckte diese Hand dann aus — eine stumme Anklage. An der Hand waren Blutspuren zu sehen. Aber ihre schwarzen Augen glänzten irre vor sich hin.

»Das haben Sie sich selbst zuzuschreiben!« rief eine Frau. »Ich hätte Ihnen mit Wonne höchstpersönlich eine geklebt!«

»Sie werden euer schon noch habhaft werden!« sagte Mrs. Carmody, ihre blutige Hand immer noch ausgestreckt.

Ein schmaler Blutstrom rann in einer ihrer Falten vom Mund zum Kinn hinab. »Vielleicht nicht gleich, nicht jetzt bei Tag. Aber heute nacht. Heute nacht, wenn es dunkel ist. Sie werden in der Nacht kommen und sich jemanden holen. Sobald die Nacht anbricht, werden sie kommen. Ihr werdet sie kommen hören. Ihr werdet sie hereinkriechen sehen. Und wenn sie kommen, werdet ihr Mutter Carmody anflehen, euch zu zeigen, was ihr tun sollt.«

Der Mann in der roten Hose hob langsam wieder die Hand.

»Schlagen Sie nur zu«, flüsterte sie und grinste ihn mit ihrem grausamen Grinsen an. Seine Hand schwankte. »Schlagen Sie doch zu, wenn Sie es wagen.« Er ließ die Hand sinken. Mrs. Carmody stolzierte davon. Dann begann Billy zu weinen, sein Gesicht an mich gedrückt, so wie das kleine Mädchen es bei seinem Vater tat.

»Ich möchte nach Hause«, wimmerte er. »Ich möchte zu meiner Mutti.«

Ich tröstete ihn, so gut ich konnte. Ich konnte es nicht allzu gut.

Schließlich wurde die Unterhaltung in weniger furchterregende und destruktive Bahnen gelenkt. Die Glasfenster — der offenkundig schwache Punkt des Supermarktes — wurden erwähnt. Mike Hatlen fragte, wieviel Eingänge es insgesamt gäbe, und Ollie und Brown zählten sie rasch auf — zwei weitere Ladetüren außer jener, die Norm geöffnet hatte. Die Haupteingangs- und Ausgangstüren. Das Fenster im Büro des Geschäftsführers (dickes verstärktes Glas, fest verschlossen und mit Drahtgitter versehen).

Über diese Dinge zu sprechen, hatte einen paradoxen Effekt. Die Gefahr wurde dadurch zwar realer, aber gleichzeitig fühlten wir uns dadurch irgendwie besser. Sogar Billy spürte das. Er fragte, ob er sich einen Candy-Riegel holen dürfe. Ich erlaubte es ihm unter der Bedingung, daß er sich nicht in die Nähe des Schaufensters begeben würde.

Als er außer Hörweite war, sagte ein Mann neben Mike Hatlen: »Okay, was sollen wir mit den Fenstern machen? Die Alte mag zwar völlig verrückt sein, aber sie könnte recht haben, wenn sie sagt, daß nach Einbruch der Dunkelheit etwas hier hereinkommen könnte.«

»Vielleicht wird sich der Nebel bis dahin verzogen haben«, meinte eine Frau.

»Vielleicht«, sagte der Mann. »Vielleicht aber auch nicht.«

»Haben Sie irgendwelche Ideen?« fragte ich Bud und Ollie.

»Hören Sie mir mal 'nen Augenblick zu«, meldete der Mann neben Hatlen sich wieder zu Wort. »Ich bin Dan Miller. Aus Lynn, Massachusetts. Sie kennen mich nicht, was ganz verständlich ist, aber ich habe ein Haus am Highland Lake. Hab's erst dieses Jahr gekauft. Mußte 'ne ganze Menge dafür blechen, aber ich wollt's unbedingt haben.« Einige Leute kicherten. »Na, wie dem auch sei, ich hab' da vorne eine ganze Menge Dünger rumliegen sehen. Größtenteils in Fünfundzwanzig-Pfund-Säckchen. Wir könnten sie aufeinanderstapeln wie Sandsäcke. Einige Gucklöcher zum Rausschauen freilassen...«

Zahlreiche Leute nickten und redeten aufgeregt durcheinander. Ich hätte mich beinahe zu Wort gemeldet, unterließ es dann aber doch. Diese Säcke aufzustapeln konnte nichts schaden und vielleicht sogar etwas nützen. Aber ich hatte immer wieder jenen Tentakel vor Augen, der das Paket Hundefutter zusammengedrückt hatte. Ich dachte, daß einer der größeren Tentakel das gleiche vermutlich mit einem Düngersack tun könnte. Aber eine Predigt über dieses Thema würde niemandem etwas nützen und die Stimmung bestimmt nicht gerade heben.

Die Leute begannen sich zu zerstreuen, um sofort mit der

Arbeit zu beginnen, und Miller schrie: »Halt! Halt! Wir sollten überlegen, welche anderen Vorsichtsmaßnahmen wir treffen können, solange wir hier alle versammelt sind!«

Sie kamen zurück und versammelten sich in der Ecke zwischen der Bierkühlung, der Tür zum Lagerraum und dem linken Ende der Fleischtheke, wo Mr. McVey immer jene Sachen aufbaut, die niemand haben will – Kalbsbröschen, Schafshirn und Eisbein. Billy bahnte sich mit der unbewußten Behendigkeit eines Fünfjährigen in einer Welt von Riesen einen Weg durch das Menschenknäuel aus etwa fünfzig oder sechzig Personen und streckte mir einen Candy-Riegel hin. »Magst du das, Vati?«

»Danke.« Ich nahm ihn. Er war süß und schmeckte gut.

»Vermutlich ist es eine dumme Frage«, sagte Miller, »aber wir sollten die Sachlage genau klären. Also – hat irgend jemand eine Feuerwaffe bei sich?«

Ein kurzes Schweigen trat ein. Die Leute schauten sich gegenseitig an und zuckten die Achseln. Ein alter Mann mit grauweißem Haar stellte sich als Ambrose Cornell vor und sagte, er hätte im Kofferraum seines Wagens eine Schrotflinte. »Ich kann versuchen, sie zu holen, wenn Sie wollen.«

»Ich glaube nicht, daß das im Augenblick empfehlenswert wäre, Mr. Cornell«, meinte Ollie.

»Ich auch nicht, mein Sohn«, knurrte Mr. Cornell. »Aber ich dachte, ich sollt's wenigstens anbieten.«

»Na ja, ich habe eigentlich auch gar nicht damit gerechnet, daß jemand sowas bei sich hat«, sagte Dan Miller. »Aber ich dachte...«

»Warten Sie mal«, rief eine Frau. Es war die Dame im preiselbeerfarbenen T-Shirt und in der dunkelgrünen Hose. Sie hatte sandfarbenes Haar und eine gute Figur. Eine sehr hübsche junge Frau. Sie öffnete ihre Handtasche und holte eine mittelgroße Pistole hervor. Die Menge gab ein »Aaah« von sich, so als hätte ein Zauberer gerade einen besonders guten

Trick vorgeführt. Die Frau errötete. Sie wühlte wieder in ihrer Handtasche und zog eine Schachtel Munition heraus.

»Ich heiße Amanda Dumfries«, stellte sie sich Miller vor. »Diese Pistole... ist eine Idee meines Mannes. Er dachte, ich solle sie stets als Schutz haben. Ich habe sie jetzt zwei Jahre lang ungeladen mit mir herumgetragen.«

»Ist Ihr Mann auch hier?«

»Nein, er ist in New York. Geschäftlich. Er ist sehr viel geschäftlich unterwegs. Deshalb wollte er auch, daß ich die Pistole immer bei mir trage.«

»Wenn Sie damit umgehen können, sollten Sie sie behalten. Was ist es — eine 38er?«

»Ja. Und ich habe nur ein einziges Mal in meinem Leben damit geschossen, auf eine Zielscheibe.«

Miller nahm die Pistole in die Hand, fummelte daran herum und schaffte es nach kurzer Zeit, die Trommel zu öffnen. Er überzeugte sich davon, daß sie nicht geladen war. »Okay«, sagte er, »wir haben also eine Pistole. Wer kann gut schießen? Ich bestimmt nicht.«

Die Leute schauten wieder einander an. Zuerst sagte niemand etwas. Schließlich gab Ollie widerwillig zu: »Ich schieße ziemlich viel auf Zielscheiben. Ich habe einen 45er Colt und eine Llama 25.«

»Sie?« meinte Brown. »Sie werden viel zu betrunken sein, um im Dunkeln etwas sehen zu können.«

»Warum halten Sie nicht Ihren Mund und schreiben weiter Namen auf?« sagte Ollie sehr klar und deutlich.

Brown starrte ihn an. Öffnete seinen Mund. Faßte sodann den weisen Entschluß, ihn wieder zu schließen.

»Nehmen Sie sie an sich«, sagte Miller. Er übergab Ollie die Pistole, und dieser prüfte sie noch einmal, wesentlich fachmännischer als Miller. Er schob die Waffe in seine rechte Hosentasche und die Munition in seine Brusttasche. Auf seinem runden Gesicht standen immer noch Schweißtropfen. Dann lehnte er sich gegen die Kühlung und öffnete eine neue Bierdose. Ich hatte immer stärker das Gefühl, daß ich Ollie Weeks völlig falsch eingeschätzt hatte.

»Danke, Mrs. Dumfries«, sagte Miller.

»Nicht der Rede wert«, erwiderte sie, und mir schoß der Gedanke durch den Kopf, daß ich nicht soviel herumreisen würde, wenn ich ihr Mann wäre und eine derart attraktive Frau mit solch grünen Augen und dieser umwerfenden Figur hätte.

»Vielleicht ist auch meine nächste Frage ziemlich dumm«, sagte Miller, indem er sich an Brown und Ollie wandte. »Aber haben Sie zufällig sowas Ähnliches wie Flammenwerfer hier?«

»Ohhh, *Scheiße*«, rief Buddy Eagleton und wurde gleich darauf so rot wie Amanda Dumfries kurz zuvor.

»Was ist los?« erkundigte sich Mike Hatlen.

»Na ja... bis letzte Woche hatten wir einen ganzen Karton von diesen kleinen Lötlampen, wie man sie im Haus verwendet, um lecke Rohre oder sowas Ähnliches zu reparieren, Erinnern Sie sich noch daran, Mr. Brown?«

Brown nickte mürrisch.

»Ausverkauft?« fragte Miller.

»Nein, sie gingen überhaupt nicht weg. Wir haben nur drei oder vier davon verkauft und den Rest zurückgeschickt. Was für eine Scheiße! Ich meine... was für ein Jammer.« Mit hochrotem Kopf zog sich Buddy Eagleton wieder in den Hintergrund zurück.

Natürlich hatten wir Streichhölzer und Salz (irgend jemand meinte, er hätte gehört, daß man Blutsauger und ähnliches Zeugs mit Salz bestreuen müßte) und alle möglichen Mops und langstieligen Besen. Die meisten Leute sahen ziemlich zuversichtlich aus, und Jim und Myron waren viel zu betrunken, um eine abweichende Meinung zu äußern, aber ich begegnete Ollies Augen und sah darin eine ruhige

Hoffnungslosigkeit, die schlimmer war als Angst. Er und ich hatten die Tentakel gesehen. Die Idee, Salz auf sie zu streuen oder zu versuchen, sie mit den Griffen von Besen und Mops zu vertreiben, hatte etwas gespenstisch Komisches an sich.

»Mike«, sagte Miller, »wollen Sie nicht die Leitung dieses kleinen Abenteuers übernehmen? Ich würde mich gern noch einen Augenblick mit Ollie und Dave unterhalten.«

»Sehr gern.« Hatlen klopfte Dan Miller auf die Schulter. »Jemand mußte die Sache in die Hand nehmen, und Sie haben's gut gemacht. Willkommen in der Stadt!«

»Heißt das, daß ich eine Steuerermäßigung bekomme?« fragte Miller. Er war ein schlagfertiger kleiner Kerl mit schütteren roten Haaren. Er machte ganz den Eindruck eines jener Männer, die man zunächst einmal einfach gern haben muß, die einem aber — wenn man sie eine Zeitlang auf dem Hals hat — sehr stark auf die Nerven gehen. Die Kategorie, die immer alles besser weiß als man selbst.

»Ist leider nicht drin«, meinte Hatlen lachend und entfernte sich. Miller blickte bekümmert auf meinen Sohn hinab.

»Machen Sie sich wegen Billy keine Sorgen«, sagte ich.

»Mann, ich habe mir in meinem ganzen Leben noch nie soviel Sorgen gemacht«, meinte Miller.

»Stimmt«, bestätigte Ollie, warf eine leere Dose in die Kühltruhe und holte eine neue heraus. Er öffnete sie, und ein leises Zischen von entweichendem Gas war zu hören.

»Ich hab' gesehen, wie ihr zwei euch angeschaut habt«, erklärte Miller.

Ich aß meinen Candy-Riegel auf und holte mir ein Bier zum Herunterspülen.

»Ich werd' euch sagen, was mir vorschwebt«, fuhr Miller fort. »Wir sollten ein halbes Dutzend Leute damit beauftragen, einige der Besenstiele mit Stoff zu umwickeln und diesen dann mit Schnur festzubinden. Außerdem sollten wir einige der Kanister mit flüssigem Holzkohleanzünder bereitstellen und schon mal die Deckel abschrauben. Dann können wir im Notfall sehr schnell ein paar Fackeln zur Hand haben.«

Ich nickte. Es war eine gute Idee. Mit größter Sicherheit zwar immer noch nicht wirksam genug – nicht, wenn man gesehen hatte, wie Norm weggeschleppt wurde –, aber jedenfalls besser als Salz.

»Zumindest würde es für die Leute ein beruhigendes Gefühl sein«, meinte Ollie.

Miller preßte seine Lippen fest aufeinander. »Ist es denn so schlimm?« fragte er.

»Noch schlimmer«, antwortete Ollie und trank sein Bier aus.

Gegen halb fünf nachmittags lagen die Säcke mit Dünger an Ort und Stelle, und die großen Schaufenster waren mit Ausnahme schmaler Sehschlitze verbarrikadiert. Ein Beobachter wurde an jedem dieser Sehschlitze postiert, und jeder hatte einen geöffneten Kanister mit flüssigem Holzkohleanzünder und einen Vorrat an Besenstiel-Fackeln neben sich stehen. Es gab fünf Sehschlitze, und Dan Miller hatte ein Rotationssystem der Wachposten an jedem Ausguck organisiert. Um halb fünf setzte ich mich auf einen Stapel Säcke vor einen der Sehschlitze, Billy neben mir. Wir blickten in den Nebel hinaus.

Direkt hinter dem Fenster stand eine rote Bank, auf der manchmal Leute warteten, bis sie mit ihren Einkäufen abgeholt wurden. Dahinter war der Parkplatz. Der dichte, schwere Nebel wallte langsam hin und her. Er enthielt *doch* etwas Feuchtigkeit, aber er sah furchtbar trüb und düster aus. Sein bloßer Anblick genügte, um mich mutlos zu machen und mir ein Gefühl der Verlorenheit zu geben.

»Vati, weißt du, was los ist?« fragte Billy.

»Nein, Liebling.«

Er schwieg eine Weile und blickte auf seine Hände, die schlaff auf seinen Jeans lagen. »Warum kommt denn niemand und befreit uns?« fragte er schließlich. »Die Staatspolizei oder das FBI oder sonstwer?«

»Ich weiß es nicht.«

»Glaubst du, daß Mutti okay ist?«

»Billy, ich weiß es einfach nicht«, sagte ich und legte schützend den Arm um ihn.

»Ich hab' so schreckliche Sehnsucht nach ihr«, flüsterte Billy, mit den Tränen kämpfend. »Es tut mir so leid, daß ich manchmal so unartig zu ihr war.«

»Billy«, begann ich, verstummte aber wieder. Ich spürte Salz in meiner Kehle, und meine Stimme drohte zu zittern.

»Wird es vorübergehen?« fragte Billy. »Vati? Wird es vorübergehen?«

»Ich weiß es nicht«, sagte ich wieder, und er versteckte sein Gesicht in meiner Schultergrube, und ich legte meine Hand auf seinen Hinterkopf und spürte die zarte Rundung seines Schädels unter seinem dichten Haar. Ich mußte plötzlich an den Abend meines Hochzeitstages denken. Ich hatte zugeschaut, wie Steff das schlichte braune Kleid auszog, in das sie sich nach der Trauungszeremonie umgezogen hatte. Sie hatte einen großen blauen Fleck auf einer Hüftseite gehabt, weil sie am Vortag gegen eine Türkante gerannt war. Mir fiel wieder ein, daß ich damals beim Anblick des blauen Flecks gedacht hatte: *Als sie sich den holte, war sie noch Stephanie Stepanek*, und daß es mir irgendwie als ein Wunder vorgekommen war. Dann hatten wir uns geliebt, und draußen hatte es von einem trüben grauen Dezemberhimmel herabgeschneit.

Billy weinte.

»Schscht, Billy, schscht«, flüsterte ich und drückte seinen

Kopf fest an mich, aber er weinte weiter. Es war ein Weinen, mit dem nur Mütter fertigwerden können.

Im Supermarkt wurde es früh dunkel. Miller und Hatlen und Bud Brown verteilten Taschenlampen – den ganzen Vorrat, etwa zwanzig Stück. Norton beanspruchte lautstark welche für seine Gruppe und bekam zwei Stück zugeteilt. Die Lichter bewegten sich hier und da in den Gängen wie gespenstische Phantome.

Ich hielt Billy fest an mich gedrückt und blickte durch den Sehschlitz ins Freie. Das milchige, helle Licht dort draußen hatte sich kaum verändert; im Supermarkt war es nur durch die Errichtung der ›Barrikaden‹ so dunkel geworden. Einige Male glaubte ich draußen etwas zu sehen, aber das war nur nervöse Einbildung. Einer der anderen Beobachter löste einmal Alarm aus, der sich aber ebenfalls als falsch erwies.

Billy sah Mrs. Turman wieder und lief begierig auf sie zu, obwohl sie in diesem Sommer noch kein einziges Mal bei ihm den Babysitter gespielt hatte. Sie hatte eine Taschenlampe bekommen und war so nett, sie Billy zu überlassen. Bald schon versuchte er, seinen Namen mit Licht auf die blanken Glasfronten der Tiefkühltruhen zu schreiben. Sie schien ebenso glücklich zu sein, ihn zu sehen wie umgekehrt, und nach einer Weile kamen sie zu mir herüber. Hattie Turman war eine große, magere Frau mit herrlichen roten Haaren, in denen gerade die ersten grauen Strähnen auftauchten. Eine Brille baumelte an einer Zierkette – von jener Art, die meiner Erfahrung nach anscheinend nur Frauen mittleren Alters tragen dürfen – auf ihrer Brust.

»Ist Stephanie auch hier, David?« fragte sie.

»Nein. Sie ist zu Hause.«

Sie nickte. »Alan auch. Wie lange müssen Sie noch auf Ihrem Beobachterposten ausharren?«

»Bis sechs.«

»Haben Sie irgend etwas gesehen?«

»Nein. Nur den Nebel.«

»Ich werde mich bis sechs um Billy kümmern, wenn es Ihnen recht ist.«

»Möchtest du das, Billy?«

»O ja, bitte«, sagte er. Er beschrieb mit der Taschenlampe langsame Bögen über seinem Kopf und beobachtete die Lichtspiele an der Decke.

»Gott wird Seine schützende Hand über Ihre Steffy und meinen Alan halten«, sagte Mrs. Turman und entfernte sich mit Billy an der Hand. Sie hatte mit feierlicher Zuversicht gesprochen, aber ihre Augen straften diese Überzeugung Lügen.

Gegen halb sechs wurden im Hintergrund des Supermarktes aufgeregte streitende Stimmen laut. Jemand spottete über etwas, daß jemand anderer gesagt hatte, und ein dritter — ich glaube, es war Buddy Eagleton — brüllte: »Sie sind wahnsinnig, wenn Sie hinausgehen!«

Mehrere Taschenlampenstrahlen bewegten sich auf die Kassen zu. Mrs. Carmodys schrilles, höhnisches Gelächter erfüllte den Markt. Nortons klangvoller Gerichtssaaltenor übertönte das Stimmengewirr: »Lassen Sie uns bitte durch! Lassen Sie uns vorbei!«

Der Mann am nächsten Ausguck verließ seinen Platz, um nachzusehen, was dieser Lärm zu bedeuten hatte. Ich beschloß zu bleiben, wo ich war. Was immer dieser Aufruhr zu bedeuten hatte — die Beteiligten kamen immer näher und mußten ohnehin bei mir vorbeikommen.

»Bitte«, sagte Mike Hatlen. »Bitte lassen Sie uns doch diese Sache gründlich durchsprechen.«

»Da gibt es nichts zu reden«, rief Norton. Jetzt tauchte sein Gesicht aus der Dunkelheit auf. Es war wild entschlossen, aber zugleich irgendwie verhärtet und unglücklich. Er hatte eine der beiden seiner Gruppe zugeteilten Taschenlampen in der Hand. Die korkenzieherförmigen Haarbüschel standen hinter seinen Ohren immer noch hoch und erinnerten an einen Hahnrei. Er führte eine sehr kleine Prozession an – fünf der ursprünglich neun oder zehn Personen. »Wir gehen hinaus«, sagte er.

»Verrennen Sie sich doch nicht in diesen Wahnsinn!« rief Miller. »Mike hat recht. Wir können doch darüber reden, oder? Mr. McVey wird in Kürze über dem Gasgrill Hähnchen grillen, wir können uns dann gemütlich hinsetzen und essen und dabei in Ruhe...«

Er trat Norton in den Weg, und Norton versetzte ihm einen Stoß. Das nahm Miller ihm sehr übel. Er bekam einen roten Kopf, und sein Gesicht verschloß sich. »Dann machen Sie doch, was Sie wollen!« sagte er. »Aber Sie werden diese Leute da auf dem Gewissen haben, so als hätten Sie sie eigenhändig ermordet.«

Mit der ganzen Gemütsruhe eines großen Entschlusses oder aber einer fixen Idee erklärte Norton: »Wir werden euch Hilfe schicken.«

Einer seiner Anhänger murmelte zustimmend, aber ein anderer verdrückte sich leise. Nun waren es Norton und vier weitere Personen. Das war nicht mal so schlecht – Christus selbst konnte schließlich auch nur zwölf Apostel um sich sammeln.

»So hören Sie doch«, versuchte Mike Hatlen es wieder. »Mr. Norton – Brent – bleiben Sie doch wenigstens noch zum Essen hier. Sie sollten etwas Heißes in den Magen bekommen.«

»Und Ihnen Gelegenheit geben, weiter auf uns einzureden? Ich bin in viel zu vielen Gerichtssälen gewesen, um darauf hereinzufallen. Sie haben ohnehin schon ein halbes Dutzend meiner Leute vergrault.«

»Ihrer Leute?« stöhnte Hatlen. »Ihrer Leute? Mein Gott, wie können Sie nur so reden? Es sind *Menschen*, und sonst nichts. Dies hier ist kein Spiel, und es ist auch kein Gerichtssaal. Da draußen sind – in Ermangelung eines besseren Wortes will ich sie mal *Kreaturen* nennen, und welchen Sinn hat es, sich von ihnen umbringen zu lassen?«

»Kreaturen, sagen Sie«, erwiderte Norton amüsiert. »Wo sind sie denn? Ihre Leute halten nun schon seit einigen Stunden nach ihnen Ausschau. Wer hat auch nur eine dieser Kreaturen gesehen?«

»Na ja, hinten, im Lagerraum...«

»Nein, nein, nein«, sagte Norton kopfschüttelnd. »Das haben wir doch schon hundertmal durchgekaut. Wir gehen raus...«

»Nein«, flüsterte jemand, und es klang wie das Rascheln toter Blätter in der Dämmerung eines Oktoberabends. Es breitete sich im Raum aus und hallte wider. *Nein, nein, nein...*

»Wollen Sie uns etwa mit Gewalt aufhalten?« fragte eine schrille Stimme, die einem von Nortons ›Leuten‹, wie er sich ausgedrückt hatte, gehörte – einer älteren Frau, die eine Brille mit Bifokalgläsern trug. »Wollen Sie uns aufhalten?«

Das leise Rauschen von ›Nein, nein, nein‹ erstarb.

»Nein«, sagte Mike. »Nein, ich glaube nicht, daß jemand Sie mit Gewalt aufhalten wird.«

Ich flüsterte Billy etwas ins Ohr. Er sah mich bestürzt und fragend an. »Geh«, sagte ich. »Beeil' dich.«

Er entfernte sich.

Norton fuhr sich mit den Händen durchs Haar, eine auf Wirkung bedachte Geste wie die eines Broadwayschauspielers. Er hatte mir viel besser gefallen, als er erfolglos an der Strippe seiner Säge gezerrt und dabei herzhaft geflucht hatte, weil er sich unbeobachtet glaubte. Ich hätte damals nicht sagen können und weiß auch jetzt nicht, ob er wirklich überzeugt von seinem Vorhaben war oder nicht. Ich glaube, ganz tief im Innern wußte er, was passieren würde. Ich glaube, daß die Logik, für die er sein Leben lang ein Lippenbekenntnis abgelegt hatte, sich letztlich gegen ihn wandte wie ein bösartig gewordener Tiger.

Er schaute unruhig in die Runde und schien zu bedauern, daß nichts mehr zu sagen war. Dann passierte er an der Spitze seiner Anhänger eine der Kassen. Außer der älteren Frau bestand die Gruppe aus einem pausbäckigen, etwa zwanzigjährigen Jungen, einem jungen Mädchen und einem Mann in Blue Jeans, der eine auf den Hinterkopf geschobene Golfmütze trug.

Nortons und meine Blicke trafen sich, seine Augen wurden etwas größer, dann schaute er rasch weg.

»Brent, warten Sie einen Augenblick!«

»Ich möchte nicht mehr darüber diskutieren. Und am allerwenigsten mit Ihnen.«

»Das weiß ich. Ich möchte Sie nur um einen Gefallen bitten.« Ich drehte mich um und sah, daß Billy auf die Kassen zugerannt kam.

»Was ist das?« fragte Norton mißtrauisch, als Billy mir ein in Zellophan verpacktes Paket überreichte.

»Wäscheleine«, antwortete ich. Ich war mir vage bewußt, daß uns jetzt alle beobachteten, daß sich auf der anderen Seite der Kassen eine Menschenansammlung gebildet hatte. »Es ist die große Packung. Dreihundert Fuß.«

»Na und?«

»Würden Sie sich ein Ende der Leine um die Taille binden, bevor Sie hinausgehen? Ich werde sie langsam auslassen. Wenn Sie merken, daß sie sich strafft, binden Sie sie bitte an irgend etwas fest. Ganz egal an was. Ein Autotürgriff genügt vollkommen.«

»Wozu soll denn das gut sein?«

»Damit ich weiß, daß Sie wenigstens dreihundert Fuß weit gekommen sind«, sagte ich.

Etwas flackerte in seinen Augen auf... aber nur ganz kurz. »Nein«, sagte er.

Ich zuckte mit den Schultern. »Okay. Trotzdem viel Glück.«

Plötzlich sagte der Mann mit der Golfmütze: »Ich mach's, Mister. Warum auch nicht?«

Norton drehte sich auf dem Absatz nach ihm um und schien eine scharfe Bemerkung auf der Zunge zu haben, aber der Mann sah ihn ganz ruhig an. In *seinen* Augen flackerte nichts. Er hatte seine Entscheidung getroffen, und er zweifelte nicht an ihrer Richtigkeit. Auch Norton erkannte das und schwieg.

»Danke«, sagte ich.

Ich schlitzte die Verpackung mit meinem Taschenmesser auf, fand ein loses Ende der Wäscheleine und band sie lose um die Taille des Mannes. Er knotete sie sofort auf und befestigte sie straffer mit einem soliden Seemannsknoten. Kein Laut war im Supermarkt zu hören. Norton trat unbehaglich von einem Bein aufs andere.

»Wollen Sie mein Messer mitnehmen?« fragte ich den Mann mit der Golfmütze.

»Ich habe selber eines.« Er sah mich mit dieser ruhigen Verachtung an. »Spulen Sie Ihre Leine aber bitte zügig ab. Wenn sie mich behindert, schneide ich sie einfach ab.«

»Sind wir alle soweit?« fragte Norton viel zu laut. Der pausbäckige Junge zuckte heftig zusammen. Als er keine Antwort erhielt, wandte Norton sich zum Gehen.

»Brent«, sagte ich und streckte ihm meine Hand hin. »Viel Glück, Mann.«

Er betrachtete meine Hand, als sei sie irgendein dubioser Fremdkörper. »Wir werden Hilfe schicken«, sagte er schließlich und drückte die Ausgangstür auf. Wieder strömte dieser beißende Geruch herein. Die anderen folgten ihm ins Freie.

Mike Hatlen kam her und stellte sich neben mich. Die Fünfergruppe stand im milchigen, langsam wallenden Nebel. Norton sagte etwas, und eigentlich hätte ich es hören müssen, aber der Nebel schien einen sehr starken Dämpfungseffekt zu haben. Ich hörte nur den Klang seiner Stimme und einige wenige abgerissene Silben, wie wenn man aus einiger Entfernung eine Stimme im Radio hört. Sie entfernten sich.

Hatlen hielt die Tür einen Spalt weit auf. Ich rollte die Wäscheleine ab, bemüht, sie so locker wie möglich zu halten, weil ich mich an die Warnung des Mannes erinnerte, er werde sie abschneiden, wenn sie ihn behindere. Immer noch war kein Laut zu hören. Billy stand regungslos neben mir.

Wieder hatte ich dieses unheimliche Gefühl, daß die fünf Personen weniger im Nebel verschwanden als vielmehr unsichtbar wurden. Einen Augenblick schwebten noch ihre Kleidungsstücke im Raum, dann waren auch sie nicht mehr zu sehen. Erst wenn man beobachtete, wie Menschen innerhalb weniger Sekunden verschluckt wurden, bekam man einen richtigen Eindruck von der unnatürlichen Dichte dieses Nebels.

Ich wickelte die Leine ab — ein Viertel, dann die Hälfte. Einen Augenblick bewegte sie sich nicht weiter, verwandelte sich in meinen Händen von etwas Lebendigem zu etwas Totem. Ich hielt den Atem an. Dann glitt sie wieder durch meine Finger. Mir fiel plötzlich ein, wie mein Vater mich in den Film ›Moby Dick‹ mit Gregory Peck mitgenommen hatte. Ich glaube, ich lächelte ein wenig.

Drei Viertel der Leine waren abgespult. Ich konnte das Ende neben Billys Füßen liegen sehen. Dann bewegte sie sich plötzlich wieder nicht. Etwa fünf Sekunden lang lag sie schlaff in meiner Hand, dann wurden weitere fünf Fuß herausgezogen. Dann ruckte sie heftig nach links und schlug gegen die Türkante.

Zwanzig Fuß Leine wurden so rasch nach draußen gerissen, daß meine linke Handfläche brannte. Und aus dem Nebel kam ein hoher, schwankender Schrei. Es war unmöglich, das Geschlecht der schreienden Person zu identifizieren.

Die Leine ruckte wieder in meinen Händen hin und her. Sie bewegte sich im Türspalt nach rechts, dann nach links. Wieder wurden einige Fuß herausgezogen, und dann ertönte von dort draußen ein fürchterliches Heulen, das meinem Sohn ein Stöhnen entriß. Hatlen stand völlig fassungslos da. Seine Augen waren weit aufgerissen. Seine Mundwinkel zitterten.

Das Heulen riß abrupt ab. Einen Augenblick lang herrschte absolute Stille – uns kam es wie eine Ewigkeit vor. Dann schrie die alte Frau auf – diesmal gab es keinen Zweifel daran, wer es war. »Befreit mich doch davon!« kreischte sie. »O mein Gott, mein Gott, befreit mich...«

Dann riß auch ihre Stimme ab.

Fast die ganze restliche Leine sauste abrupt durch meine lockere Faust. Diesmal brannte das noch stärker. Und dann erschlaffte sie völlig, und aus dem Nebel kam ein neuer Laut – ein lautes Grunzen. Mein Mund war schlagartig völlig ausgetrocknet.

Es war ein Laut, wie ich ihn noch nie im Leben gehört hatte, und als annähernder Vergleich fallen mir höchstens irgendwelche Filme ein, die im afrikanischen Grasland oder im südamerikanischen Sumpf spielen. Es war ein Laut, wie große wilde Tiere ihn ausstoßen. Er ertönte wieder, tief und rasend. Und noch einmal... und dann ging er in eine Art tiefes Brummen über. Und dann trat wieder völlige Stille ein.

»Schließen Sie die Tür«, sagte Amanda Dumfries mit zitternder Stimme. »Bitte!«

»Einen Augenblick noch«, sagte ich und begann die Leine

hereinzuziehen, ohne mir die Mühe zu machen, sie ordentlich aufzuwickeln. Die letzten drei Fuß der neuen weißen Wäscheleine waren blutrot.

»Tod!« kreischte Mrs. Carmody. »Dort draußen lauert der Tod! Seht ihr es jetzt endlich ein?«

Das Ende der Wäscheleine war völlig zerfasert und zerfleddert. An den Baumwollfasern hingen winzige Blutstropfen.

Niemand widersprach Mrs. Carmody.

Mike Hatlen schloß die Tür.

Die erste Nacht

Mr. McVey arbeitete als Fleischer in Bridgton, seit ich zwölf oder dreizehn war, aber ich wußte weder, wie alt er war, noch wie er mit Vornamen hieß. Er hatte einen Gasgrill unter einem der kleinen Dunstabzugs-Ventilatoren aufgebaut, die jetzt natürlich nicht in Betrieb waren, aber vermutlich immer noch ein wenig zur Belüftung beitrugen, und gegen halb sieben durchzog der Duft von gegrillten Hähnchen den Supermarkt. Bud Brown hatte keine Einwände erhoben. Vielleicht war das auf seinen Schock zurückzuführen, aber ich neigte eher zu der Annahme, daß er begriffen hatte, wie leicht verderblich sein frisches Fleisch und Geflügel ohne Kühlung war. Die Hähnchen schmeckten sehr gut, aber nur wenige Leute hatten Appetit. Mr. McVey, klein, mager und adrett in seinem weißen Kittel, grillte trotzdem unverdrossen weiter, legte jeweils zwei Hähnchenstücke auf einen Papierteller und stellte sie auf der Fleischtheke nebeneinander wie in einer Cafeteria.

Mrs. Turman brachte Billy und mir zwei Teller. Als Beilage zum Hähnchen gab es Kartoffelsalat. Ich würgte etwas davon hinunter, aber Billy rührte sein Essen nicht einmal an.

»Du mußt etwas essen, Big Bill«, sagte ich.

»Ich bin nicht hungrig«, antwortete er und stellte den Teller beiseite.

»Du kannst nicht groß und stark werden, wenn du nicht...«

Mrs. Turman, die ein Stückchen hinter Billy saß, schaute mich an und schüttelte leicht den Kopf.

»Okay«, sagte ich. »Hol' dir einen Pfirsich und iß wenigstens den. Okay?«

»Und wenn Mr. Brown etwas sagt?«

»Wenn er etwas sagt, kommst du zurück und erzählst es mir.«

»Okay, Vati.«

Er entfernte sich langsam. Irgendwie schien er zusammengeschrumpft zu sein. Es versetzte meinem Herzen einen schmerzhaften Stich, ihn so niedergebeugt gehen zu sehen. Mr. McVey grillte weiterhin Hähnchen. Es war ihm offensichtlich egal, daß nur wenige Leute sie aßen – er war glücklich, kochen zu können, eine Beschäftigung zu haben. Wie ich bereits gesagt zu haben glaube, gibt es verschiedenste Möglichkeiten, mit einer Situation wie dieser irgendwie fertigzuwerden. Das sollte man nicht für möglich halten, aber es ist so.

Mrs. Turman und ich saßen etwa in der Mitte des Gangs mit den Arzneimitteln. Die Leute hatten sich im ganzen Supermarkt verteilt und saßen in kleinen Gruppen zusammen. Außer Mrs. Carmody war niemand allein; sogar Myron und Jim waren zu zweit – sie schliefen beide neben der Bierkühlung ihren Rausch aus.

Sechs neue Männer hielten an den Sehschlitzen Wache. Einer davon war Ollie, der an einem Hühnerbein nagte und ein Bier trank. Die Besenstiel-Fackeln lehnten neben jedem Wachposten, daneben stand jeweils ein Kanister mit flüssigem Holzkohleanzünder... aber ich glaube nicht, daß jemand noch so an die Wirksamkeit der Fackeln glaubte wie zuvor. Nicht nach jenem tiefen und fürchterlich vitalen Grunzen, nicht nach der zerfetzten, blutgetränkten Wäscheleine. Was immer auch da draußen im Nebel sein mochte – wenn es den festen Vorsatz fassen sollte, unser habhaft zu werden, würde es uns bestimmt bekommen. Es oder sie alle.

»Wie schlimm wird es heute nacht werden?« fragte Mrs. Turman. Ihre Stimme klang ruhig, aber ihre Augen wirkten verängstigt und traurig.

»Hattie, ich weiß es nicht.«

»Lassen Sie mich soviel wie möglich auf Billy aufpassen. Ich... Davey, ich glaube, ich stehe wirklich Todesängste aus.« Sie lachte trocken auf. »Ja, ich glaube wirklich, daß das der richtige Ausdruck für meinen Zustand ist. Aber wenn ich Billy um mich habe, werde ich mich zusammennehmen. Für ihn.«

Ihre Augen glänzten. Ich beugte mich vor und klopfte ihr auf die Schulter.

»Ich mache mir solche Sorgen um Alan«, sagte sie. »Er ist tot, Davey. Tief im Herzen spüre ich, daß er tot ist.«

»Nein, Hattie. Sie können nichts Derartiges wissen.«

»Aber ich fühle, daß es so ist. Fühlen Sie denn nichts in bezug auf Stephanie? Haben Sie nicht wenigstens irgendeine... irgendeine Vorahnung?«

»Nein«, log ich mit zusammengebissenen Zähnen.

Ein erstickter Laut kam aus ihrer Kehle, und sie hielt sich eine Hand vor den Mund. Ihre Brillengläser reflektierten das trübe, matte Licht.

»Billy kommt zurück«, murmelte ich.

Er aß einen Pfirsich. Hattie Turman klopfte auffordernd auf den Boden, und nachdem er sich gesetzte hatte, sagte sie, sobald er den Pfirsich aufgegessen hätte, würde sie ihm zeigen, wie man aus dem Kern mit Hilfe von Draht ein

Männlein basteln könnte. Billy lächelte sie schwach an, und Mrs. Turman erwiderte sein Lächeln.

Um acht wurden die sechs Männer an den Sehschlitzen abgelöst, und Ollie kam zu mir herüber. »Wo ist Billy?«

»Bei Mrs. Turman«, antwortete ich. »Sie sind weiter hinten und betätigen sich handwerklich. Sie haben schon Pfirsichkern-Männchen und Masken aus Einkaufstüten und Apfelpuppen hergestellt, und jetzt zeigt Mr. McVey ihm, wie man Männchen aus Pfeifenputzern macht.«

Ollie trank einen großen Schluck Bier und sagte : »Da draußen bewegt sich irgendwas.«

Ich warf ihm einen scharfen Blick zu, den er ganz offen erwiderte. »Ich bin nicht betrunken«, sagte er, »ich hab's versucht, mich zu betrinken, aber ich schaff's nicht. Ich wollte, ich könnte es, David.«

»Was meinen Sie damit, daß sich draußen etwas bewegt?«

»Ich kann es nicht genau erklären. Ich habe Walter gefragt, und er sagte, er hätte das gleiche Gefühl, daß Teile des Nebels sich für kurze Zeit verdunkelten. Manchmal ist es nur ein kleiner Fleck, manchmal eine große dunkle Stelle. Dann verblaßt es wieder im übrigen Grau. Und das Zeug schwirrt herum. Sogar Arnie Simms sagte, er hätte das Gefühl, daß da draußen etwas vorginge, und dabei ist Arnie fast so blind wie ein Maulwurf.«

»Und was meinen die anderen dazu?«

»Das sind alles Ortsfremde, die ich nicht kenne«, antwortete Ollie. »Ich habe keinen von ihnen gefragt.«

»Wie sicher sind Sie, daß Sie sich nicht nur etwas eingebildet haben?«

»Ganz sicher.« Er deutete mit dem Kopf auf Mrs. Carmody, die allein am Ende dieses Ganges saß. Ihr Appetit hatte durch die Ereignisse nicht gelitten; auf ihrem Teller häuften sich Hühnerknochen. Sie trank entweder Blut oder V-8-Saft.

»Ich glaube, in einem Punkt hatte sie recht«, sagte Ollie. »Wir werden es erfahren. Wenn es dunkel wird, werden wir es erfahren.«

Aber wir brauchten nicht einmal bis um Anbruch der Dunkelheit zu warten. Als es passierte, bekam Billy glücklicherweise nicht viel davon mit, weil Mrs. Turman ihn hinten beschäftigte. Ollie saß noch neben mir, als einer der Männer an den Sehschlitzen einen Schrei ausstieß, aufsprang und – wild mit den Armen fuchtelnd – rückwärts stolperte. Es ging auf halb neun zu; draußen hatte sich der perlweiße Nebel verdunkelt und die trübe Farbe von Schiefer in der Novemberdämmerung angenommen.

Etwas war draußen auf dem Glas vor einem der Sehschlitze gelandet.

»O Gott!« schrie der Mann, der dort Wache gehalten hatte. »Verschont mich! Verschont mich damit!«

Er lief mit weit aufgerissenen Augen im Kreis herum. Aus einem Mundwinkel tropfte Speichel. Schließlich rannte er den letzten Gang hoch, vorbei an den Tiefkühlprodukten.

Andere Leute stimmten in sein Geschrei ein. Einige rannten auf das Schaufenster zu, um zu sehen, was passiert war. Die meisten zogen sich aber nach hinten zurück – sie wollten lieber gar nicht sehen, was dort draußen auf dem Glas herumkroch.

Ich lief auf den Ausguck zu, Ollie an meiner Seite. Er hatte seine Hand in der Tasche, wo Mrs. Dumfries' Pistole lag. Nun stieß auch ein anderer Wachposten einen Schrei aus, der aber nicht so sehr Angst als vielmehr Ekel verriet.

Und dann sah ich, warum der Mann so erschrocken war, daß er seinen Posten Hals über Kopf verlassen hatte. Ich könnte nicht sagen, was es nun eigentlich war, aber ich konnte es sehen. Es sah aus wie eines der kleineren Geschöpfe auf einem Gemälde von Bosch – einer seiner Höllendarstellungen. Es hatte aber auch etwas schrecklich Komisches an sich, denn es sah zugleich aus wie eines jener unheimlichen Dinger aus Vinyl und Plastik, die man für 1,89 Dollar kaufen kann, um damit seine Freunde zu erschrecken... genau sowas, wovon Norton angenommen hatte, daß es im Lagerraum für ihn deponiert worden wäre.

Es war etwa zwei Fuß lang und segmentiert, und es hatte die rötliche Farbe von verbrannter Haut, die verheilt ist. Runde Augen saßen auf kurzen, biegsamen Stielen und spähten gleichzeitig in zwei Richtungen. Es haftete mit Hilfe von fetten Saugpfoten am Fenster. Am Körperende stand etwas hervor — entweder ein Geschlechtsorgan oder aber ein Stachel. Und seinem Rücken entsprossen übergroße Membranflügel, wie die Flügel einer Hausfliege, die sich sehr langsam bewegten, während Ollie und ich uns der Scheibe näherten.

Am Sehschlitz links von uns, wo der Mann den angeekelten Schrei ausgestoßen hatte, krochen drei dieser Dinger auf dem Glas herum. Sie bewegten sich langsam und hinterließen klebrige Schneckenspuren. Ihre Augen — wenn es wirklich Augen waren — schwankten am Ende der fingerdicken Stiele hin und her. Das größte dieser Dinger war etwa vier Fuß lang. Manchmal krochen sie sogar übereinander.

»Schaut euch nur mal diese verdammten Biester an«, sagte Tom Smalley mit verstörter Stimme. Er stand am Sehschlitz rechts von uns. Ich gab keine Antwort. Die Insekten — oder was immer es waren — krochen jetzt überall auf den Sehschlitzen herum, und das bedeutete, daß sie vermutlich auf dem ganzen Gebäude herumkrochen... wie Maden auf einem Stück Fleisch. Es war keine angenehme Vorstellung, und ich spürte, daß das bißchen Huhn, das ich vorhin heruntergewürgt hatte, mir wieder hochkommen wollte.

Irgend jemand schluchzte. Mrs. Carmody schrie etwas von Greueln aus dem Erdinnern. Jemand sagte ihr barsch, sie solle den Mund halten, wenn sie wisse, was gut für sie sei. Das alte Lied.

Ollie holte die Pistole aus der Tasche, und ich packte ihn am Arm. »Seien Sie nicht verrückt.«

Er schüttelte meine Hand ab. »Ich weiß, was ich tue«, sagte er ruhig.

Er schlug mit dem Pistolenlauf ans Glas, das Gesicht in einem fast maskenhaften Ausdruck des Ekels erstarrt. Die Wesen begannen ihre Flügel immer schneller zu bewegen, bis sie kaum noch zu sehen waren – man hätte fast glauben können, sie hätten überhaupt keine Flügel. Dann flogen sie einfach davon.

Einige andere griffen Ollies Idee auf. Sie benutzten die Besenstiele, um damit an die Fenster zu klopfen. Die Dinger flogen davon, kamen aber gleich darauf zurück. Offensichtlich hatten sie nicht mehr Verstand als unsere gewöhnliche Hausfliege. Die Panikstimmung, die soeben noch geherrscht hatte, wurde von aufgeregtem Gerede abgelöst. Ich hörte, wie jemand fragte, was diese Biester wohl tun würden, wenn sie auf einem Menschen landeten. Das war eine Frage, die ich lieber nicht anschaulich beantwortet sehen wollte.

Allmählich hörten die Leute auf, gegen die Scheiben zu klopfen. Ollie drehte sich nach mir um und wollte etwas sagen, aber er hatte kaum den Mund geöffnet, als etwas aus dem Nebel herauskam und eines der auf dem Glas herumkriechenden Dinger erhaschte. Ich glaube, ich schrie auf. Ich bin mir nicht ganz sicher.

Es war ein fliegendes Geschöpf. Darüber hinaus hätte ich nichts Genaues sagen können. Der Nebel schien sich zu verdunkeln, genau wie Ollie es beschrieben hatte, nur verblaßte der dunkle Fleck nicht gleich wieder; statt dessen verdichtete er sich zu etwas mit schlagenden, lederartigen Flügeln, einem albinoweißen Körper und rötlichen Augen. Es stieß so hart an die Glasscheibe, daß diese erzitterte. Sein Schnabel öffnete sich. Es verschlang das rosafarbene insektenartige Ding und verschwand. Das alles dauerte höchstens fünf Sekunden. Das letzte Bild, das ich vor Augen hatte, war jenes rosa Ding, das in dem großen Schnabel zappelte und sich wand, wie ein kleiner Fisch im Schnabel einer Möwe zappelt und sich windet.

Wieder erzitterte die Scheibe von einem Aufprall, und gleich darauf noch einmal. Die Leute begannen wieder zu schreien, und eine wilde Flucht in den hinteren Teil des Supermarktes setzte ein. Dann ertönte ein durchdringender Schmerzensschrei, und Ollie rief: »O mein Gott, eine alte Dame ist hingefalllen, und sie trampeln einfach über sie hinweg.«

Er rannte nach hinten. Ich wollte ihm folgen, aber in diesem Augenblick sah ich etwas, das mich wie angewurzelt auf meinem Platz stehenbleiben ließ.

Rechts von mir glitt hoch oben einer der Düngersäcke langsam nach hinten. Tom Smalley stand direkt darunter und starrte durch den Sehschlitz in den Nebel hinaus.

Wieder landete eines der rosa Insekten auf der Scheibe, genau vor dem Ausguck, wo Ollie und ich gestanden hatten. Eines der fliegenden Dinger schwirrte heran und packte es. Die alte Frau, die niedergetrampelt worden war, schrie immer noch mit schriller Stimme.

Der Sack. Der herabgleitende Sack.

»Smalley!« brüllte ich. »Vorsicht! Springen Sie beiseite!«

In dem allgemeinen Durcheinander und Lärm konnte er mich nicht hören. Der Sack schwankte, fiel herunter. Er traf Smalley genau am Kopf. Smalley stürzte zu Boden und prallte mit dem Kinn gegen das Regal, das unter dem Schaufenster entlanglief.

Eines der fliegenden Albino-Wesen zwängte sich durch das ausgezackte Loch in der Glasscheibe. Ich konnte das leise kratzende Geräusch hören, das es dabei verursachte, denn der allgemeine Lärm hatte sich etwas gelegt. Die roten Augen des Albinos funkelten in dem dreieckigen Kopf, der leicht auf eine Seite geneigt war. Ein großer, gebogener Schnabel öffnete und schloß sich gierig. Es erinnerte ein wenig an die Zeichnungen von Pterodaktylen, die Sie vielleicht aus Büchern über Saurier kennen, aber insgesamt sah es eher so aus, als sei es direkt dem Alptraum eines Irrsinnigen entsprungen.

Ich packte eine der Fackeln und tunkte sie in einen Kanister Holzkohleanzünder, den ich dabei umkippte. Eine große Pfütze von dem Zeug breitete sich auf dem Boden aus.

Das fliegende Wesen ruhte sich auf den Düngersäcken kurz aus und glotzte in die Runde, wobei es langsam und bösartig von einer Klaue auf die andere trat. Es war ein dummes Geschöpf, dessen bin ich mir ganz sicher. Zweimal versuchte es, seine Flügel zu spreizen, die gegen die Wände prallten. Nach jedem Versuch faltete es sie auf seinem krummen Rücken wie ein Greif. Beim dritten Versuch verlor es das Gleichgewicht und fiel plumb herab, wobei es immer noch versuchte, seine Flügel auszubreiten. Es landete genau auf Tom Smalleys Rücken. Es scharrte kurz mit einer Klaue, und Toms Hemd zerriß. Blut begann zu fließen.

Ich stand höchstens drei Fuß entfernt. Von meiner Fackel tropfte die Anzünderflüssigkeit. Ich war fest entschlossen, diesen Albino zu töten, wenn ich konnte ... und dann stellte ich fest, daß ich keine Streichhölzer hatte, um die Fackel in Brand zu setzen. Ich hatte das letzte vor einer Stunde verbraucht, um eine Zigarre für Mr. McVey anzuzünden.

Inzwischen war im Supermarkt die Hölle los. Die Leute sahen das Geschöpf auf Samlleys Rücken sitzen – so etwas hatte niemand auf der ganzen Welt jemals gesehen. Es schnellte mit seinem Kopf vor und riß ein Stück Fleisch aus Smalleys Nacken heraus.

Ich hatte gerade beschlossen, die Fackel als Knüppel zu benutzen, als ihr mit Stoff umwickeltes Ende plötzlich hell aufloderte. Dan Miller hatte sie mit einem Feuerzeug angezündet. Sein Gesicht wirkte vor Entsetzen und Wut hart wie Granit.

»Töten Sie's«, sagte er heiser. »Töten Sie's, wenn Sie können!« Neben ihm stand Ollie. Er hielt Mrs. Dumfries' Pistole in der Hand, aber er hatte keine günstige Schußlinie.

Das Albino-Wesen breitete seine Flügel aus und schlug einmal damit – offensichtlich nicht um davonzufliegen, sondern um seine Beute besser in den Griff zu bekommen – und dann hüllten diese lederig-weißen Membranflügel Smalleys ganzen Oberkörper ein. Und dann waren Geräusche zu vernehmen – rasende reißende Geräusche, die ich nicht in allen Einzelheiten beschreiben möchte – ich kann es einfach nicht ertragen.

Das alles ereignete sich in Sekundenschnelle. Dann schleuderte ich meine Fackel nach dem Wesen. Ich hatte das Gefühl, auf etwas zu stoßen, das nicht mehr echte Substanz hatte als ein Papierdrachen. Im nächsten Moment loderte die ganze Kreatur. Sie stieß einen kreischenden Schrei aus und spreizte ihre Flügel. Ihr Kopf schwang hin und her, sie rollte mit ihren rötlichen Augen – ich hoffe aufrichtig, daß sie große Todesqualen litt. Dann flog das Wesen auf und verursachte dabei ein Geräusch wie Bettücher aus Leinen, die in einer steifen Brise an der Wäscheleine flattern. Wieder stieß es dieses heisere Kreischen aus.

Köpfe hoben sich, um seinen flammenden Todesflug zu verfolgen. Ich glaube, daß nichts sich meinem Gedächtnis so stark eingeprägt hat wie dieses vogelartige Geschöpf, das lichterloh brennend im Zickzackkurs über die Regale des Supermarktes hinwegflog und hier und da verkohlte, rauchende Stücke seiner selbst verlor. Schließlich stürzte es mitten zwischen die Spaghettisaucen, die herunterfielen und ihren Inhalt verspritzten, was aussah wie Blutpfützen. Von dem Albino-Wesen war kaum mehr als Asche und Knochen übrig. Der Brandgeruch war übelkeiterregend. Und den Kontrapunkt dazu bildete der dünne, beißende Geruch des Nebels, der durch das Loch in der Fensterscheibe eindrang.

Einen Augenblick lang herrschte völliges Schweigen. Wir waren vereint in unserer entsetzten Verblüffung über diesen grausigen Todesflug des lichterloh brennenden Wesens. Dann heulte jemand auf. Andere schrien. Und von irgendwo weiter hinten konnte ich meinen Sohn weinen hören.

Eine Hand packte mich am Arm. Es war Bud Brown. Seine Augen traten fast aus den Höhlen. Seine Lippen waren zurückgezogen und entblößten seine Zahnprothese. »Eines dieser anderen Biester!« rief er und deutete mit dem Finger darauf.

Eines der Insekten war durch das Loch hereingeflogen und saß nun auf einem Düngersack. Seine Hausfliegenflügel surrten, die Augen traten weit aus den Stielen hervor. Sein rosafarbener, ungewöhnlich plumper Körper aspirierte rasch.

Ich bewegte mich darauf zu. Meine Fackel war noch nicht ganz erloschen. Aber Mrs. Reppler, die Lehrerin, kam mir zuvor. Sie mochte fünfundfünfzig oder sechzig sein und war sehr mager. Ihr Körper sah zäh und vertrocknet aus und erinnerte mich immer an Pökelfleisch.

Sie hatte in jeder Hand eine Dose Insektenvernichtungsspray. Sie stieß ein zorniges Knurren aus, das jedem Höhlenbewohner zur Ehre gereicht hätte, der einem Feind den Schädel einschlug. Mit ausgestreckten Armen drückte sie auf die Knöpfe. Eine dicke Wolke von Insektenvernichtungsmittel hüllte das Wesen ein. Es begann im Todeskampf zu zucken, drehte sich wie verrückt um sich selbst und stürzte schließlich von den Säcken ab, prallte gegen

Smalleys Körper — der ohne jeden Zweifel tot war — und landete auf dem Boden. Seine Flügel surrten hektisch, trugen es aber nicht mehr, weil sie zu dick mit Insektenspray bedeckt waren. Einige Augenblicke später wurden die Flügelbewegungen langsamer und hörten dann ganz auf. Es war tot.

Leute schrien und weinten. Die alte Frau, die niedergetrampelt worden war, stöhnte. Und man hörte Gelächter. Das Lachen der Verdammten. Mrs. Reppler stand über ihrer Beute. Ihre magere Brust hob und senkte sich rasch.

Hatlen und Miller hatten einen jener Karren entdeckt, die zum Transport der Kisten und Kartons im Supermarkt verwendet werden, und sie hievten ihn gemeinsam auf die Säcke, um das Loch im Glas zu verbarrikadieren. Als Übergangslösung war das ganz gut.

Amanda Dumfries kam wie eine Schlafwandlerin nach vorne. In einer Hand hielt sie einen Plastikeimer, in der anderen einen Kehrbesen, der noch in seiner durchsichtigen Verpackung war. Sie bückte sich mit leerem Blick und schob das tote rosa Ding — Insekt oder was immer es gewesen sein mochte — in den Eimer. Dann ging sie zur Ausgangstür, an der gerade keine dieser Insekten klebten. Sie öffnete die Tür einen Spalt breit und warf den Eimer hinaus. Er fiel auf die Seitenfläche und rollte in immer kleiner werdenden Bögen hin und her. Eines der rosa Dinger kam aus der Nacht herangeschwirrt, landete auf dem Eimer und begann darauf herumzukriechen.

Amanda brach in Tränen aus. Ich ging zu ihr hinüber und legte ihr den Arm um die Schultern.

Um halb zwei Uhr nachts saß ich mit dem Rücken an die weiße Emailseite der Fleischtheke gelehnt und döste vor mich hin. Billys Kopf lag auf meinem Schoß. Er schlief fest. Ziemlich in unserer Nähe schlief Amanda Dumfries, die irgendein Jackett als Kopfkissen benutzte.

Kurz nach dem Flammentod des vogelartigen Geschöpfes waren Ollie und ich in den Lagerraum gegangen und hatten ein halbes Dutzend jener Decken geholt, wie ich mir tagsüber eine für Billy organisiert hatte. Einige Leute schliefen nun darauf. Wir hatten aus dem Lagerraum auch mehrere schwere Kisten Orangen und Birnen geholt, und zu viert war es uns gelungen, sie auf die Düngersäcke vor das Loch in der Scheibe zu hieven. Die Vogel-Wesen würden nicht imstande sein, eine dieser Kisten von der Stelle zu bewegen. Jede wog etwa neunzig Pfund.

Aber die Vögel und die rosa Insekten, die von den Vögeln gefressen wurden, waren nicht die einzigen Wesen dort draußen. Da gab es jenes Ding mit Tentakeln, das Norm weggeschleppt hatte. Da war die zerfranste Wäscheleine, die einem sehr zu denken gab. Da war das Geschöpf, das niemand von uns gesehen, das aber jenes tiefe Grunzen ausgestoßen hatte. Wir hatten seitdem noch mehrere Geräusche dieser Art gehört – manchmal ganz entfernt – aber wie weit mochte ›ganz entfernt‹ bei dem klangdämpfenden Effekt des Nebels sein? Und manchmal waren sie aus so großer Nähe zu hören gewesen, daß das Gebäude davon erzittert war und uns vor Entsetzen fast das Blut in den Adern gefror.

Billy bewegte sich auf meinem Schoß und stöhnte. Ich strich ihm übers Haar, und er stöhnte noch lauter. Dann fand er anscheinend wieder Zuflucht in weniger gefährlichen Schlafphasen. Inzwischen war ich aber hellwach. Seit Einbruch der Dunkelheit hatte ich nur etwa neunzig Minuten Schlaf gefunden, und selbst in dieser Zeit hatten mich Alpträume verfolgt. In einem dieser Traumfragmente war es wieder vergangene Nacht gewesen: Billy und Steffy standen vor dem Verandafenster und blickten auf das schwarze und schiefergraue Wasser hinaus, auf die silbrige Wasserhose, die den Sturm ankündigte. Ich versuchte, zu ihnen zu gelangen, weil ich wußte, daß ein starker Windstoß das Fenster zertrümmern und tödliche Glassplitter über das ganze Wohnzimmer verstreuen konnte. Aber ich mochte noch so sehr rennen, ich kam nicht näher an sie heran. Und dann stieg ein Vogel aus der Wasserhose empor, ein riesiger scharlachroter Todesvogel, dessen prähistorische Flügelspannweite den ganzen See von West nach Ost verdunkelte. Sein Schnabel öffnete sich und enthüllte einen Rachen von der Größe des Holland-Tunnels. Und während der Vogel sich näherte, um meine Frau und meinen Sohn zu verschlingen, flüsterte eine leise, unheilvolle Stimme immer wieder: *Das Arrowhead-Projekt... das Arrowhead-Projekt... das Arrowhead-Projekt.*

Aber Billy und ich waren durchaus nicht die einzigen, die schlecht schliefen. Manche Leute schrien im Schlaf, und einige schrien auch weiter, nachdem sie aufgewacht waren. Das Bier verschwand mit unheimlicher Geschwindigkeit aus dem Kühlfach. Buddy Eagleton hatte den Bestand schon einmal kommentarlos mit den Vorräten aus dem Lagerraum aufgefüllt. Mike Hatlen berichtete mir, vom ›Sominex‹ sei überhaupt nichts mehr übrig. Manche Leute hätten vermutlich gleich sechs oder acht Flaschen an sich genommen. »Aber ›Nytol‹ ist noch da«, sagte er. »Wollen Sie eine Flasche, David?« ich schüttelte dankend den Kopf.

Und im letzten Gang, der zu Kasse 5 führte, hatten sich unsere Weinliebhaber versammelt. Es waren etwa sieben Mann, und außer Lou Tattinger, der die Pine-Tree-Autowaschanlage betrieb, waren es alles Ortsfremde. Lou war jeder Vorwand recht, um die Korken knallen zu lassen. Die Weinbrigade war inzwischen ziemlich betäubt.

O ja – dann gab es auch noch sechs oder sieben Leute, die verrückt geworden waren.

Verrückt ist eigentlich nicht das richtige Wort, aber mir fällt kein besserer Ausdruck ein. Jedenfalls waren das Leute, die ohne Bier, Wein oder Pillen völlig stumpfsinnig waren. Sie starrten einen aus leeren und glänzenden Knopfaugen an. Der harte Zement der Wirklichkeit war durch irgendein unvorstellbares Erdbeben rissig geworden, und diese armen Teufel waren da hineingestürzt. Vielleicht würden einige mit der Zeit wieder normal werden. Wenn ihnen dazu überhaupt noch die Zeit bliebe.

Wir übrigen hatten irgendwelche geistigen Kompromisse gemacht, die in manchen Fällen ziemlich sonderbar waren. So war beispielsweise Mrs. Reppler überzeugt davon, daß das ganze nur ein Traum sei — das behauptete sie jedenfalls. Und sie trug es mit großer Überzeugungskraft vor.

Ich betrachtete Amanda. Ich entwickelte allmählich unbehaglich starke Gefühle für sie — unbehaglich, aber nicht gerade unangenehm. Ihre Augen waren von einem unglaublichen leuchtenden Grün... eine Zeitlang hatte ich sie beobachtet, um zu sehen, ob sie Kontaktlinsen herausnehmen würde, aber offensichtlich war es ihre echte Augenfarbe. Ich begehrte sie. Meine Frau war zu Hause, vielleicht lebendig, aber mit größerer Wahrscheinlichkeit tot, jedenfalls aber allein, und ich liebte sie. Ich wünschte mir mehr als alles andere, mit Billy zu ihr kommen zu können, aber ich wollte auch mit dieser Frau namens Amanda Dumfries schlafen. Ich sagte mir immer wieder vor, daß das nur an dieser Situation lag, in der wir uns befanden, und vielleicht stimmte das auch, aber es änderte nichts an meiner Begierde.

Ich döste wieder vor mich hin und wurde erst gegen drei hellwach. Amanda hatte inzwischen eine Art Fötuslage eingenommen — sie hatte die Knie zur Brust hochgezogen und die Hände zwischen den Oberschenkeln vergraben. Sie schien tief zu schlafen. Ihr Sweatshirt hatte sich auf einer Seite etwas hochgeschoben und enthüllte herrlich weiße Haut. Ich spürte, daß ich eine völlig überflüssige und peinliche Erektion bekam.

Ich versuchte mich abzulenken und dachte daran, wie ich Brent Norton am Vortag hatte malen wollen. Nein, ich hatte nichts so Bedeutendes wie ein Gemädle im Sinn gehabt... ich hätte ihn nur gern mit meinem Bier in der Hand auf einen Holzklotz gesetzt und sein verschwitztes, müdes Gesicht und die beiden unordentlich hochstehenden Haarsträhnen seiner sonst immer untadeligen Frisur skizziert. Es hätte ein gutes Bild abgeben können. Ich hatte zwanzig Jahre des Zusammenlebens mit meinem Vater gebraucht, um den Gedanken zu akzeptieren, daß man sich damit begnügen mußte, nur gut zu sein.

Wissen Sie, was Talent ist? Der Fluch großer Erwartungen. Als Kind muß man sich damit herumschlagen. Wenn man schreiben kann, glaubt man, Gott habe einen auf die Welt geschickt, um Shakespeare zu übertreffen. Und wenn man malen kann, glaubt man vielleicht − ich tat es jedenfalls −, daß Gott einen auf die Welt geschickt habe, damit man seinen eigenen Vater übertreffe.

Es stellte sich heraus, daß ich nicht so gut war wie er. Ich bemühte mich länger darum, ihn zu übertreffen, als ich es überhaupt hätte tun sollen. Ich hatte eine Ausstellung in New York, die ein ziemlicher Mißerfolg war − die Kunstkritiker schrieben einmütig, ich käme an meinen Vater nicht heran. Ein Jahr später verdiente ich den Lebensunterhalt für Steff und mich mit Arbeiten auf Bestellung. Steff war damals schwanger, und ich setzte mich hin und redete mir selbst ins Gewissen. Das Ergebnis dieses Selbstgesprächs war die Überzeugung, daß große Kunst für mich immer ein Hobby sein würde, nicht mehr und nicht weniger.

Ich stellte Werbeplakate für ›Golden Girl‹-Shampoo her − das, wo das Girl rittlings auf seinem Fahrrad sitzt; das, wo es am Strand Frisbee spielt; das, wo es mit einem Drink in der Hand auf dem Balkon seiner Wohnung steht. Ich habe für die meisten großen Zeitschriften Kurzgeschichten illustriert, nachdem ich anfangs flotte Zeichnungen für die Stories in den billigeren Männermagazinen angefertigt hatte. Ich habe auch einige Filmplakate entworfen. Das Geld kommt herein. Wir können uns damit ganz gut über Wasser halten.

Letzten Sommer hatte ich meine letzte Ausstellung in Bridgton. Ich präsentierte neun Bilder, die ich innerhalb von fünf Jahren gemalt hatte, und ich verkaufte sechs davon. Das eine, das ich absolut nicht verkaufen wollte, stellte — ein merkwürdiger Zufall! — den Federal-Foods-Supermarkt dar, und zwar vom Ende des Parkplatzes aus gesehen. Auf meinem Bild war der Parkplatz leer, abgesehen von einer Reihe Campbell's Bohnen in Dosen — die Dosen werden zum Vordergrund hin immer größer, und die vorderste erweckt den Eindruck, als sei sie an die acht Fuß hoch. Das Bild hatte den Titel ›Bohnen und falsche Perspektive‹. Ein Mann aus Kalifornien, Direktor irgendeiner Gesellschaft, die Tennisbälle und Schläger und sonstige Sportartikel herstellt, wollte dieses Bild unbedingt haben und konnte sich nicht mit dem Kärtchen ›Unverkäuflich‹ abfinden, das am linken unteren Rand des Rahmens angebracht war. Er begann mit sechshundert Dollar und steigerte sein Angebot bis viertausend. Er sagte, er wolle es für sein Arbeitszimmer haben. Ich lehnte ab, und er zog betrübt von dannen, gab aber immer noch nicht ganz auf — er hinterließ seine Karte, für den Fall, daß ich es mir doch noch anders überlegen sollte.

Ich hätte das Geld gut gebrauchen können — in jenem Jahr erweiterten wir unser Haus um einen Anbau und legten uns ein neues Auto zu — aber ich konnte mich einfach nicht von dem Bild trennen. Ich konnte es nicht verkaufen, weil ich fühlte, daß es das beste Gemälde war, das ich je geschaffen hatte, und ich wollte es mir anschauen können, wenn mich jemand wieder einmal mit völlig unbewußter

Grausamkeit fragen sollte, wann ich endlich einmal etwas Ernsthaftes malen würde.

Dann zeigte ich es letztes Jahr im Herbst Ollie Weeks. Er bat mich, es fotografieren zu dürfen, um es eine Woche lang als Werbeplakat zu verwenden. Und das war das Ende meiner persönlichen falschen Perspektive. Ollie hatte mein Bild völlig richtig eingeschätzt, und dadurch zwang er auch mich, es endlich als das zu sehen, was es wirklich war – ein perfektes Exemplar kommerzieller Kunst. Nicht mehr und – Gott sei Dank! – nicht weniger.

Ich ließ ihn das Foto machen, und dann rief ich den Direktor in San Luis Obispo an und sagte ihm, er könne das Bild für zweitausendfünfhundert haben, wenn er noch interessiert daran sei. Er war es, und ich ließ es ihm per Schifffracht zukommen. Und seitdem ist jene Stimme enttäuschter Hoffnungen – die Stimme jenes betrogenen Kindes, die sich nie mit einem so gemäßigten Lob wie ›gut‹ zufriedengeben kann – weitgehend verstummt. Und abgesehen von einigen wenigen leisen Schreien – vergleichbar den Geräuschen, die jene unbekannten Wesen da draußen im Nebel ausstießen – hat sie mich seitdem nicht weiter belästigt. Vielleicht können Sie mir erklären, warum das Verstummen dieser kindischen fordernden Stimme für mich soviel Ähnlichkeit mit dem Sterben hat.

Gegen vier Uhr wachte Billy auf – zumindest halbwegs – und schaute verwirrt und fassungslos um sich. »Sind wir immer noch hier?«

»Ja, Liebling.«

Er begann, mit einer Hilflosigkeit zu weinen, die schrecklich war. Amanda erwachte und schaute zu uns herüber.

»Hallo, Kleiner«, sagte sie und zog ihn sanft an sich. »Alles wird ein bißchen besser aussehen, wenn es erst einmal hell wird.«

»Nein«, schluchzte Billy. »Es wird nicht besser sein. Nein. Nein. Nein.«

»Schscht«, sagte sie. Unsere Blicke trafen sich über seinen Kopf hinweg. »Schscht, schlaf weiter.«

»Ich will jetzt zu meiner Mutter.«

»Ja«, sagte Amanda. »Natürlich willst du das.«

Billy drehte sich auf ihrem Schoß um, bis er mich sehen konnte. Eine Zeitlang wandte er keinen Blick von mir. Dann schlief er wieder ein.

»Danke«, sagte ich. »Er brauchte Sie.«

»Er kennt mich ja nicht einmal.«

»Das spielt keine Rolle.«

»Was geht in Ihrem Kopf vor?« fragte sie. Ihre grünen Augen hielten meinen Blicken ruhig stand. »Was geht in Ihrem Kopf vor — ganz ehrlich?«

»Fragen Sie mich am Morgen.«

»Ich frage Sie aber jetzt.«

Ich öffnete gerade den Mund, um ihr zu antworten, als Ollie Weeks aus der Dunkelheit auftauchte, als sei er einer Horrorgeschichte entsprungen. Er hatte eine Taschenlampe in der Hand, die mit einer Damenbluse umhüllt war, und deren gedämpften Lichtstrahl er auf die Decke richtete. Das Licht zauberte seltsame Schatten auf sein verhärmtes Gesicht. »David«, flüsterte er.

Amanda betrachtete ihn zuerst bestürzt, dann beunruhigt.

»Was ist los, Ollie?« fragte ich.

»David«, flüsterte er wieder. »Kommen Sie mit. Bitte.«

»Ich möchte Billy nicht allein lassen. Er ist gerade eingeschlafen.«

»Ich bleibe bei ihm«, sagte Amanda. »Sie sollten lieber mitgehen.« Und noch leiser fügte sie hinzu: »Mein Gott, das wird nie ein Ende nehmen.«

Was aus den Soldaten geworden war. Amanda.
Eine Unterhaltung mit Dan Miller

Ich begleitete Ollie. Er ging auf den Lagerraum zu. Im Vorbeigehen holte er ein Bier aus der Kühlung.

»Ollie, was ist los?«

»Ich möchte, daß Sie's mit eigenen Augen sehen.«

Wir betraten den Lagerraum. Es war kalt dort. Ich hatte eine Abneigung gegen diesen Ort, seit die Sache mit Norm passiert war. Ich konnte auch nicht vergessen, daß hier irgendwo noch ein kleines totes Tentakelstück herumlag.

Ollie nahm jetzt die Bluse von der Taschenlampe und richtete den Lichtstrahl nach oben. Zuerst dachte ich, jemand hätte Schaufensterpuppen an einem der Heizungsrohre unter der Decke aufgehängt. Daß man sie an dünnem Draht oder etwas Ähnlichem aufgehängt hatte – ein beliebter Kindertrick an Halloween.

Dann bemerkte ich die Füße, die etwa sieben Zoll vom Boden entfernt baumelten. Zwei umgeworfene Stapel Kartons. Ich blickte hoch und sah die Gesichter, und ein Schrei drohte sich meiner Kehle zu entringen – es waren nicht die Gesichter von Schaufensterpuppen. Beide Köpfe waren zur Seite geneigt, als hätten sie irgendeinem fürchterlich komischen Witz gelauscht, einem Witz, über den sie so lachen mußten, daß sie hochrote Gesichter bekamen.

Ihre Schatten. Ihre langen Schatten an der Wand hinter ihnen. Ihre Zungen. Ihre heraushängenden Zungen.

Beide trugen Uniformen. Es waren die Milchbärte, die mir am Vortag aufgefallen waren, die ich dann aber aus dem Blickfeld verloren hatte. Die Armeetypen vom...

Der Schrei. Ich konnte ihn nicht unterdrücken. Er entrang sich meiner Kehle als Stöhnen und schwoll dann an wie eine Polizeisirene, bis Ollie mich fest am Arm packte, direkt über dem Ellbogen. »Schreien Sie nicht, David. Niemand außer

Ihnen und mir weiß etwas von dieser Sache. Und ich will, daß das so bleibt.«

Es gelang mir irgendwie, meinen Schrei abzustellen.

»Die Jungs von der Army«, brachte ich keuchend heraus.

»Vom Arrowhead-Projekt«, fuhr Ollie fort. »Klar.« Etwas Kaltes wurde mir in die Hand gedrückt. Die Bierdose. »Trinken Sie das. Sie brauchen es jetzt.«

Ich leerte die Dose auf einen Zug.

»Ich bin hergekommen, um nachzuschauen, ob wir noch Zylinder für den Gasgrill haben, den Mr. McVey benutzt hat. Ich entdeckte diese Burschen«, berichtete Ollie. »Ich stell' es mir vor, daß sie zuerst die Schlingen vorbereitet und sich auf die beiden Kartonstapel gestellt haben. Dann müssen sie einander die Hände zusammengebunden und gestützt haben, während sie nacheinander über das lange Seilstück zwischen ihren Handgelenken stiegen. Damit... damit ihre Hände auf dem Rücken sein würden, wissen Sie. Dann haben sie – so stelle ich es mir vor – ihre Köpfe in die Schlingen gelegt und diese fest angezogen, indem sie ihre Köpfe zur Seite warfen. Vielleicht hat einer von ihnen bis drei gezählt, und sie sind gleichzeitig gesprungen. Ich weiß es nicht.«

»So etwas ist doch gar nicht machbar«, sagte ich mit trockener Kehle. Aber ihre Hände waren tatsächlich auf dem Rücken zusammengebunden. Ich konnte meine Augen nicht davon losreißen.

»Doch. Wenn sie es wirklich verzweifelt gewollt haben, konnten sie's schaffen.«

»Aber warum?«

»Ich glaube, Sie wissen selbst warum. Die Touristen, die Sommerurlauber – wie dieser Miller – kämen natürlich nicht darauf, aber es gibt genügend Leute aus der näheren Umgebung, die genau richtig raten würden.«

»Das Arrowhead-Projekt?«

»Ich bekomme hier im Supermarkt eine ganze Menge mit. Den ganzen Frühling hindurch habe ich alles mögliche über dieses verdammte Arrowhead-Projekt gehört – nur nichts Gutes. Das schwarze Eis auf den Seen...«

Ich dachte an Bill Giosti, der sich auf mein Wagenfenster gestützt und mir seine Alkoholfahne ins Gesicht geblasen hatte. »Nicht einfach Atome, sondern *andere* Atome.« Und jetzt baumelten diese Körper am Heizungsrohr. Die geneigten Köpfe. Die herabbaumelnden Schuhe. Die wie Grillwürste heraushängenden Zungen.

Ich stellte mit Entsetzen fest, daß sich in meinem Innern neue Türen der Vorstellungskraft auftaten. Neu? Nicht so sehr neu. Eigentlich alte Türen der Vorstellungskraft. Die Vorstellungskraft eines Kindes, das noch nicht gelernt hat, sich dadurch zu schützen, daß es die Tunnel-Sehweise entwickelt, die neunzig Prozent des Universums von ihm fernhält. Kinder sehen alles, worauf ihr Blick zufällig fällt, hören alles, was im Hörbereich ihrer Ohren vernehmbar ist. Aber wenn Leben gleichzusetzen ist mit einer fortwährenden Vertiefung des Bewußtseins (wie auf einem gestickten Wandspruch behauptet wird, den meine Frau in der High School gearbeitet hat), so bedeutet es gleichzeitig auch eine fortwährende Verminderung der Fantasie.

Schrecken erweitert die Perspektive und die Vorstellungsgabe. Das Entsetzliche bestand in dem Wissen, daß ich auf einen Ort zusteuerte, den die meisten von uns verlassen, wenn sie aus den Windeln herauskommen und Trainingshosen anziehen. Ich sah dieses Entsetzen auch auf Ollies Gesicht. Wenn die Rationalität zusammenzubrechen droht, kann das menschliche Gehirn überlastet werden. Halluzinationen werden Wirklichkeit: die Toten gehen herum und reden, eine Rose beginnt zu singen.

»Ich habe mindestens zwei Dutzend Leute über dieses Thema reden gehört«, fuhr Ollie fort. »Justine Robards.

Nick Tochai. Ben Michaelson. In Kleinstädten ist es fast unmöglich, irgend etwas geheimzuhalten. Verschiedene Dinge kommen doch ans Licht. Manchmal ist es wie bei einer Quelle − sie sprudelt auf einmal einfach aus der Erde, und niemand hat eine Ahnung, woher sie gekommen ist. Man hört zufällig etwas in der Bücherei oder in der Werft in Harrison oder Gott weiß wo sonst. Jedenfalls habe ich den ganzen Frühling und Sommer über Gerede über das Arrowhead-Projekt gehört. Arrowhead-Projekt und nochmals Arrowhead-Projekt!«

»Aber diese beiden«, wandte ich ein. »Mein Gott, Ollie, sie waren doch noch halbe Kinder.«

»Auch in Vietnam waren solche halben Kinder, und sie schnitten den toten Gegnern die Ohren ab. Ich war dort. Ich habe es mit eigenen Augen gesehen.«

»Aber... was hätte sie zu dieser Tat treiben sollen?«

»Ich weiß es nicht. Vielleicht wußten sie etwas. Vielleicht hatten sie nur irgendeinen Verdacht. Jedenfalls muß ihnen bewußt gewesen sein, daß die Leute hier im Supermarkt ihnen schließlich irgendwann Fragen stellen würden. Wenn es überhaupt noch ein ›schließlich‹ und ›irgendwann‹ geben wird.«

»Wenn Sie recht haben«, sagte ich, »so muß es etwas wirklich Schlimmes sein.«

»Der Sturm«, sagte Ollie mit seiner sanften, ausgeglichenen Stimme. »Vielleicht hat er dort irgendwas freigesetzt. Vielleicht hat es einen Unfall gegeben. Sie haben dort vermutlich mit irgendwas herumexperimentiert. Einige Leute behaupten, dort würde mit besonders intensiven Lasern und Masern herumgespielt. Manchmal fällt auch das Wort Atomenergie. Und nehmen wir mal an... nehmen wir nur einmal an, daß sie ein Loch in eine andere Dimension geschlagen haben?«

»Das sind doch Hirngespinste«, sagte ich.

»Diese beiden auch?« fragte Ollie und deutete auf die beiden Leichen.

»Nein. Die Frage ist: Was sollen wir jetzt tun?«

»Ich glaube, wir sollten sie abschneiden und verstecken«, antwortete er prompt. »Sie unter einen Stapel von irgendwas legen, an dem die Leute kein Interesse haben werden – Spülmittel, Hundefutter oder sowas Ähnliches. Wenn diese Sache bekannt wird, wird alles nur noch schlimmer werden. Deshalb bin ich ja zu Ihnen gekommen, David. Ich wußte, daß Sie der einzige sind, dem ich voll und ganz vertrauen kann.«

»Es erinnert mich an die Naziverbrecher, die in ihren Zellen Selbstmord begingen, nachdem der Krieg verloren war«, murmelte ich.

»Ja. Ich hatte genau den gleichen Gedanken.«

Wir verstummten, und plötzlich waren jene leisen, schabenden Geräusche von der Außenseite der Ladetür wieder zu hören – die Geräusche der tastenden Tentakel. Wir rückten zusammen. Ich bekam eine Gänsehaut.

»Okay«, sagte ich.

»Wir erledigen das so schnell wie möglich«, sagte Ollie. Sein Saphirring funkelte, als er die Taschenlampe bewegte. »Ich möchte rasch hier herauskommen.«

Ich betrachtete die Stricke. Sie hatten die gleiche Sorte Wäscheleine benutzt wie ich, als der Mann mit der Golfmütze mir erlaubt hatte, die Leine um seine Taille zu binden. Die Schlingen hatten sich tief in ihre Hälse eingedrückt, und ich fragte mich immer wieder, was die beiden Jungen zu diesem verzweifelten Schritt getrieben haben mochte. Ich wußte genau, was Ollie meinte, wenn er sagte, daß die Nachricht von dem Doppelselbstmord für die Leute draußen im Supermarkt alles nur noch schlimmer machen würde. Für mich *war* es bereits schlimmer geworden – und ich hätte das eigentlich gar nicht mehr für möglich gehalten.

Ollie klappte sein Taschenmesser auf, ein gutes stabiles Werkzeug, das sich hervorragend zum Aufschlitzen von Kartons eignete. Und natürlich ebenso zum Durchschneiden von Stricken.

»Sie oder ich?« fragte er.

Ich schluckte. »Jeder einen.«

Wir erledigten es.

Als ich zurückkam, war Amanda verschwunden, und Mrs. Turman war bei Billy. Beide schliefen. Ich schlenderte einen der Gänge entlang, und eine Stimme rief leise: »Mr. Drayton. David.« Es war Amanda, die an der Treppe zum Büro des Geschäftsführers stand. Ihre Augen glichen Smaragden. »Was war los?«

»Nichts«, antwortete ich.

Sie trat auf mich zu. Ich nahm einen schwachen Parfumduft wahr. Und ich begehrte sie sehr. »Sie Lügner!« sagte sie.

»Es war nichts. Falscher Alarm.«

»Wenn Sie so wollen.« Sie nahm meine Hand. »Ich war gerade oben im Büro. Es ist leer, und die Tür läßt sich abschließen.«

Ihr Gesicht war ganz ruhig, aber ihre Augen funkelten wild, und man konnte ihren raschen Pulsschlag an ihrem Hals sehen.

»Ich verstehe nicht...«

»Ich habe gesehen, wie Sie mich angeschaut haben«, sagte sie. »Wenn wir erst lange darüber diskutieren müssen, hat es keinen Sinn. Diese Turman paßt auf Ihren Sohn auf.«

»Ja.« Ich erkannte, daß sich mir hier eine Gelegenheit bot — vielleicht nicht die beste, aber immerhin eine —, die erdrückende Last von dem, was Ollie und ich soeben getan hatten, wenigstens für kurze Zeit ein wenig zu vergessen. Nicht die beste Möglichkeit — aber die einzige.

Wir stiegen die schmale Treppe zum Büro hinauf. Es war leer, wie sie gesagt hatte. Ich schloß die Tür ab. In der Dunkelheit konnte ich sie nur noch umrißhaft sehen. Ich streckte meine Arme aus, berührte sie und zog sie an mich. Sie zitterte. Wir knieten uns auf den Boden und küßten uns, und ich wölbte meine Hand um ihre straffe Brust und fühlte ihren raschen Herzschlag durch ihr Sweatshirt hindurch. Ich dachte daran, wie Steffy Billy gesagt hatte, er dürfe die Stromleitungen nicht berühren. Ich dachte an den blauen Fleck auf ihrer Hüfte, als sie in unserer Hochzeitsnacht das braune Kleid ausgezogen hatte. Ich dachte daran, wie ich sie zum erstenmal gesehen hatte – sie war über die Promenade der University of Maine in Orono geradelt, und ich war mit meiner Mappe unter dem Arm unterwegs zu einem Seminar gewesen, das Vincent Hartgen abgehalten hatte. Ich bekam eine gewaltige Erektion.

Wir legten uns hin, und Amanda flüsterte: »Lieb' mich, David. Wärme mich.« Als es ihr dann kam, grub sie ihre Nägel in meinen Rücken und stammelte einen Namen, der nicht der meinige war. Es machte mir nichts aus. Wir waren dadurch nur quitt.

Als wir wieder hinunterkamen, war eine Art kriechende Dämmerung angebrochen. Die Schwärze vor den Sehschlitzen ging widerwillig in ein dumpfes Grau über, dann in die Farbe von Chrom und zuletzt in jenes grelle, konturenlose und unreflektierende Weiß einer Autokino-Leinwand. Mike Hatlen schlief auf einem Klappstuhl, den er sich irgendwo organisiert hatte. Dan Miller saß etwas weiter auf dem Boden und aß ein Donut, das mit weißem Puderzucker bestreut war.

»Setzen Sie sich doch, Mr. Drayton«, lud er mich ein.

Ich schaute mich suchend nach Amanda um, aber sie hatte sich schon ein ganzes Stück entfernt. Sie blickte nicht zurück. Unser Liebesakt im Dunkeln kam mir schon jetzt unwirklich vor; sogar in diesem unheimlichen Tageslicht konnte ich kaum daran glauben. Ich setzte mich.

»Essen Sie ein Donut.« Er streckte mir die Schachtel hin.

Ich schüttelte den Kopf. »Dieser viele Puderzucker ist das reinste Gift. Schlimmer als Zigaretten.«

Darüber mußte er ein wenig lachen. »In diesem Fall sollten Sie gleich zwei davon essen.«

Ich war überrascht, daß auch ich noch ein bißchen lachen konnte — er hatte mich dazu gebracht, und ich war ihm dafür dankbar. Ich aß tatsächlich zwei seiner Donuts. Sie schmeckten ausgezeichnet. Danach zündete ich mir eine Zigarette an, obwohl ich vormittags normalerweise nicht rauche.

»Ich muß wieder zu meinem Jungen gehen«, sagte ich. »Er wird bestimmt bald aufwachen.«

Miller nickte. »Diese rosa Insekten«, sagte er. »Sie sind alle verschwunden. Und die Vogeldinger auch. Hank Vannerman sagt, das letzte sei gegen vier ans Fenster geprallt. Offensichtlich ist das... das Leben dieser Kreaturen viel aktiver, wenn es dunkel geworden ist.«

»Brent Norton dürften Sie damit nicht kommen«, meinte ich. »Und Norm auch nicht.«

Er nickte wieder und schwieg lange Zeit. Schließlich zündete er sich eine Zigarette an und sah mich sehr ernst an. »Wir können nicht hierbleiben, Drayton«, sagte er.

»Hier gibt es jedenfalls genug zu essen und zu trinken.«

»Mit den Vorräten hat das nichts zu tun, und das wissen Sie genau. Was tun wir, wenn eines der großen Ungeheuer da draußen beschließt, den Supermarkt zu stürmen, anstatt nur im Nebel auf Beute zu warten? Sollen wir etwa versuchen, es mit Besenstielen und Holzkohleanzünder zu vertreiben?«

Er hatte natürlich völlig recht. Vielleicht schützte der Nebel uns in gewisser Weise; verbarg uns. Aber auf Dauer würde er uns vielleicht nicht verbergen, und außerdem gab es auch noch ein anderes Problem. Wir waren jetzt seit ungefähr achtzehn Stunden im Supermarkt, und ich fühlte, daß mich allmählich eine Art Lethargie überkam, wie bei den vereinzelten Gelegenheiten, wo ich zu weit hinausgeschwommen war. Ich verspürte das Bedürfnis, auf Nummer Sicher zu gehen, an Ort und Stelle zu bleiben, auf Billy aufzupassen (*und vielleicht mitten in der Nacht Amanda Dumfries zu bumsen*, flüsterte eine innere Stimme) und einfach abzuwarten, ob der Nebel sich nicht auflösen würde.

Ich konnte diese Lethargie auch auf anderen Gesichtern sehen, und ich begriff plötzlich, daß manche der hier versammelten Leute vermutlich unter gar keinen Umständen den Supermarkt verlassen würden. Allein schon der Gedanke, nach allem, was geschehen war, zur Tür hinauszugehen, würde sie lähmen.

Miller mochte mir diese Gedanken vom Gesicht abgelesen haben. Jedenfalls sagte er: »Es hielten sich etwa achtzig Personen hier auf, als dieser verdammte Nebel aufzog. Wenn man von dieser Zahl diesen Jungen Norm, Norton und die vier Leute abzieht, die mit ihm zusammen weggegangen sind, dazu noch Smalley, so bleiben dreiundsiebzig.«

Und wenn man die beiden Soldaten, die jetzt unter einem Berg Hundefutter ruhten, auch noch abzog, blieben einundsiebzig.

»Dann muß man die Leute abziehen, die geistig völlig weggetreten sind«, fuhr Miller fort. »Es dürften zehn oder zwölf sein. Sagen wir mal zehn. Damit bleiben etwa dreiundsechzig. *Aber*...« Er hob einen Finger, an dem noch etwas Puderzucker klebte. »Von diesen dreiundsechzig werden mindestens zwanzig auf gar keinen Fall rausgehen. Man müßte sie schon mit Brachialgewalt rausschleppen.«

»Worauf wollen Sie hinaus?«

»Daß wir hier unbedingt raus müssen. Ich gehe jedenfalls. So gegen Mittag, nehme ich an. Ich beabsichtige, soviel Leute wie nur möglich mitzunehmen — alle, die dazu bereit sind. Ich hätte es gern, wenn Sie und Ihr Junge mitkämen.«

»Nach dem, was Norton widerfahren ist?«

»Norton ist rausgegangen wie ein Lamm zur Schlachtbank. Das bedeutet aber noch lange nicht, daß ich mich ebenso verhalten muß — ich und die Leute, die mit mir kommen.«

»Was wollen Sie denn tun? Wir haben eine einzige Pistole?«

»Ein Glück, daß wir die wenigstens haben. Aber wenn es uns gelänge, die Kreuzung zu überqueren, könnten wir vielleicht bis zum Sportgeschäft in der Main Street kommen. Dort gibt es Pistolen in Hülle und Fülle.«

»Das ist mir ein Wenn und Vielleicht zuviel.«

»Drayton, dies ist nun mal eine Situation, bei der ohne Wenn und Vielleicht nichts zu machen ist.«

Das ging ihm sehr leicht über die Lippen, aber er brauchte schließlich auch nicht auf einen kleinen Jungen aufzupassen.

»Aber lassen wir das im Augenblick mal auf sich beruhen, okay? Ich konnte letzte Nacht nicht gut schlafen, dafür habe ich über einige Dinge nachgedacht. Wollen Sie hören, was mir dabei aufgefallen ist?«

»Na klar.«

Er stand auf und streckte sich. »Kommen Sie mit zum Fenster.«

Wir gingen zu einem der Sehschlitze. Der Mann, der dort Wache hielt, berichtete: »Die Insekten-Biester sind verschwunden.«

Miller klopfte ihm auf den Rücken. »Holen Sie sich erst mal 'nen Kaffee, Mann. Ich werd' solange aufpassen.«

»Okay. Danke.«

Er entfernte sich, und Miller und ich traten an seinen Sehschlitz heran. »So, nun sagen Sie mir, was Sie da draußen sehen«, forderte er mich auf.

Ich schaute hinaus. Der Abfallkübel war in der Nacht umgeworfen worden, vermutlich von einem der Vogel-Wesen. Zerknülltes Papier, Dosen und Pappbecher aus der nahegelegenen Milchbar lagen überall verstreut herum. Dahinter konnte ich die erste Reihe geparkter Wagen gerade noch erkennen, allerdings auch nur verschwommen. Darüber hinaus war überhaupt nichts zu sehen. Ich teilte Miller meine Beobachtungen mit.

»Der blaue Lieferwagen dort drüben gehört mir«, erklärte er. Er deutete darauf, und ich sah etwas Bläuliches im Nebel schimmern. »Wenn Sie sich aber zurückerinnern, fällt Ihnen bestimmt ein, daß der Parkplatz gestern, als Sie herkamen, sehr voll war. Stimmt's?«

Ich warf einen Blick auf meinen Scout und erinnerte mich, daß ich den Platz in der ersten Reihe nur ergattert hatte, weil jemand gerade weggefahren war. Ich nickte.

»Verknüpfen Sie jetzt etwas anderes mit dieser Tatsache, Drayton«, fuhr er fort. »Norton und seine vier... wie haben Sie sie genant?«

»Die Unbelehrbaren.«

»Ja, das trifft es genau. Die fünf gehen also hinaus, richtig? Sie legen fast die ganze Länge jener Wäscheleine zurück. Und dann hörten wir mit einem Mal dieses Gebrüll, als trample eine verdammte Herde Elefanten dort draußen herum. Stimmt's?«

»Es hörte sich nicht nach Elefanten an«, widersprach ich. »Es hörte sich...« *Nach etwas aus den Sümpfen in der prähistorischen Zeit unserer Erde an* — das hatte mir auf der Zunge gelegen, aber ich wollte es Miller nicht sagen, nicht nachdem er jenem Wachposten auf den Rücken geklopft und ihm gönnerhaft gesagt hatte, er solle sich einen Kaffee holen — wie ein Trainer, der einen Spieler bei einem großen Spiel auswechselt. Vielleicht hätte ich es Ollie anvertraut, aber nicht Miller. »Ich weiß nicht, wie es sich anhörte«, schloß ich lahm.

»Aber es hörte sich jedenfalls *gewaltig* an.«

»Ja.« Es hatte sich verdammt gewaltig angehört.

»Wie kommt es dann, daß wir nichts von zerschmetternden Autos gehört haben? Kein Klirren von Glas, kein Scheppern von Blech?«

»Na ja, weil...« Ich wußte nicht weiter. »Ich habe keine Ahnung.«

»Es ist unmöglich, daß sie den Parkplatz schon hinter sich hatten, als Wer-auch-immer über sie herfiel. Ich werde Ihnen sagen, was ich glaube: Ich glaube, wir haben deshalb nicht gehört, wie Autos demoliert wurden, weil eine ganze Menge davon vielleicht gar nicht mehr da ist. Einfach... verschwunden ist. In die Erde versunken, verdampft — nennen Sie's, wie Sie wollen. Jener Stoß, der stark genug war, um diese Holzrahmen zu verbiegen und zu zersplittern, und der das ganze Zeug von den Regalen warf. Und auch die Stadtsirene verstummte zur gleichen Zeit.«

Ich versuchte mir vorzustellen, daß der halbe Parkplatz verschwunden sein könnte. Ich versuchte mir auszumalen, daß ich hinausgehen und plötzlich vor einem brandneuen Abhang stehen würde, wo bisher der Parkplatz gewesen war. Vor einem Abhang, einer Schlucht... oder vielleicht auch vor einem endlosen Abgrund, der sich im konturenlosen weißen Nebel verlor...

Nach einigen Sekunden sagte ich: »Wenn Sie recht haben sollten — was glauben Sie, wie weit Sie in diesem Falle mit Ihrem Lieferwagen kommen würden?«

»Ich hatte nicht an meinen Lieferwagen gedacht, sondern an Ihr Auto mit Vierradantrieb.«

Das war etwas, worüber sich vielleicht nachzudenken lohnte, aber nicht jetzt. »Was liegt Ihnen sonst noch auf der Seele?«

Miller fuhr begierig fort: »Die Apotheke nebenan. Ich frage mich, was dort los ist.«

Ich öffnete schon den Mund, um zu sagen, daß ich nicht die geringste Ahnung hätte, worauf er anspiele, aber ich machte ihn abrupt wieder zu. Die Apotheke war geöffnet gewesen, als wir gestern vorfuhren. Die Türen hatten weit offengestanden und waren mit Gummikeilen festgestellt gewesen, damit wenigstens etwas kühle Luft in den Drugstore eindringen konnte – der Stromausfall hatte natürlich auch dort die Klimaanlage außer Betrieb gesetzt. Der Eingang zur Apotheke konnte höchstens zwanzig Fuß vom Eingang des Supermarktes entfernt sein. Warum...

»Warum ist niemand von den Leuten aus dem Drugstore hier aufgetaucht?« verlieh Miller meinen Gedanken laut Ausdruck. »Es sind inzwischen achtzehn Stunden vergangen. Sind sie nicht hungrig? Sie essen doch bestimmt keine Medikamente oder Drogeriewaren.«

»Sie führen auch ein paar Lebensmittel« wandte ich ein. »Sie haben immer irgendwelche Sonderangebote. Hundecrackers oder Gebäck, alles mögliche. Dazu kommt noch die Süßwarenabteilung.«

»Ich kann mir einfach nicht vorstellen, daß sie sich mit solchem Zeugs vollstopfen würden, nachdem hier im Supermarkt alles in Hülle und Fülle vorhanden ist.«

»Worauf wollen Sie hinaus?«

»Ich will auf folgendes hinaus: Ich möchte von hier verschwinden, aber ich habe nicht die geringste Lust, irgendwelchen aus einem zweitklassigen Horrorfilm entsprungenen Wesen als Mittagessen zu dienen. Wir könnten zu viert oder fünft die paar Schritte nach nebenan gehen und nachschauen, was im Drugstore los ist. Sozusagen als eine Art Versuchsballon.«

»Ist das jetzt alles?«

»Nein, da wäre noch eine Sache.«

»Nämlich?«

»Die dort«, sagte Miller und deutete mit dem Daumen in Richtung eines Mittelgangs. »Dieses verrückte Weib. Diese Hexe.«

Er meinte Mrs. Carmody. Sie war nicht mehr allein. Zwei Frauen hatten sich ihr angeschlossen. Aus ihren grellen Kleidern schloß ich, daß es sich vermutlich um Touristinnen handelte, die ihren Familien vielleicht gesagt hatten, sie wollten kurz in die Stadt und ein paar Sachen besorgen, und die sich nun vor Sorge um ihre Männer und Kinder verzehrten. Es waren Frauen, die begierig nach jedem Strohhalm griffen. Vielleicht sogar nach dem düsteren Trost einer Mrs. Carmody.

Sie redete und gestikulierte mit strengem, grimmigem Gesicht. Die beiden Frauen hörten ihr begeistert zu.

»Sie ist ein weiterer Grund, weshalb ich hier wegkommen möchte, Drayton. Bis heute abend wird sie bestimmt schon sechs Leute um sich geschart haben. Und wenn diese Nacht jene gräßlichen Insekten und Vögel wieder auftauchen, wird sie morgen früh eine ganze Gemeinde um sich geschart haben. Sie wird den Leuten suggerieren, wer geopfert werden muß, um die Lage zu verbessern. Vielleicht wird ihre Wahl auf mich fallen, vielleicht auf Sie – oder auf Ihren Jungen.«

»Das ist doch kompletter Blödsinn!« sagte ich. Aber war es das tatsächlich? Der kalte Schauder, der mir den Rücken herunterlief, deutete darauf hin, daß ich nicht hundertprozentig davon überzeugt war, daß Miller nur Blödsinn verzapfte. Mrs. Carmodys Mund war unaufhörlich in Bewegung. Die Augen der Touristinnen hingen an ihren runzeligen Lippen. War es Blödsinn? Ich dachte an die staubigen ausgestopften Tiere, die aus ihrem Spiegelbach tranken. Mrs. Carmody verfügte über Autorität. Sogar die sonst so nüchterne Steffy erwähnte Mrs. Carmodys Namen nur mit Unbehagen.

Dieses verrückte Weib, so hatte Miller sie genannt. *Diese Hexe!*

»Die Nerven der Menschen in diesem Supermarkt sind aufs äußerste angespannt«, sagte Miller. Er deutete auf die rotlackierten Rahmen, die die Segmente des Schaufensters begrenzten — jene zersplitterten, verbogenen Rahmen. »Und ihr Gehirn ist vermutlich ähnlich lädiert wie diese Rahmen! Meines ist es jedenfalls! Ich habe die halbe Nacht nachgedacht. Irgendwann glaubte ich dann fast schon, daß ich im Irrenhaus von Danvers bin und in einer Zwangsjacke stecke und alles mögliche über rosa Insekten und dinosaurierartige Vögel und Tentakel zusammenfantasiere, und daß das alles vorbeigehen wird, sobald mir der nette Krankenwärter eine Ladung Thorazin in den Arm spritzen wird.« Sein kleines Gesicht war bleich und angespannt. Er warf einen Blick auf Mrs. Carmody, dann wandte er sich wieder mir zu. »Ich sagte Ihnen — es könnte soweit kommen. Je verstörter die Leute werden, desto vernünftiger und überzeugender wird sie manchen von ihnen vorkommen. Und ich möchte nicht mehr hier sein, wenn das passiert.«

Mrs. Carmodys Lippen, die sich unaufhörlich bewegten. Ihre Zunge, die um ihre Zahnstummel herumtanzte. Sie sah wirklich wie eine Hexe aus. Man müßte ihr nur noch einen spitzen schwarzen Hut aufsetzen, dann wäre sie perfekt. Was erzählte sie ihren beiden Anhängerinnen in den grellen Sommerkleidern?

Arrowhead-Projekt? Schwarzer Frühling? Greuelwesen aus dem Erdinnern. Menschenopfer?

Unsinn.

Und doch...

»Also, was sagen Sie?«

»Vorerst erkläre ich mich zu folgendem bereit«, antwortete ich. »Wir werden versuchen, in die Apotheke zu gelangen, Sie, ich, Ollie — wenn er mitgehen will — und ein-zwei andere Leute. Anschließend werde ich weitersehen.« Sogar dieses Zugeständnis gab mir schon das Gefühl, auf einem schmalen Balken über eine abgrundtiefe Schlucht balancieren zu wollen. Ich würde Billy nicht gerade helfen, wenn ich mich da draußen abschlachten ließ. Andererseits konnte ich ihm aber auch nicht dadurch helfen, daß ich mich hier einfach auf meinem Hintern ausruhte. Zwanzig Fuß bis zum Drugstore. Das konnte nicht so schlimm sein.

»Wann?« fragte Miller.

»Geben Sie mir eine Stunde Zeit!«

»Okay.«

Die Expedition zur Apotheke

Ich sagte Mrs. Turman, Amanda und Billy Bescheid. Ihm schien es an diesem Morgen etwas besser zu gehen. Er hatte zum Frühstück zwei Donuts gegessen und ›Special K‹ dazu getrunken. Danach machte ich mit ihm eine Verfolgungsjagd die Gänge rauf und runter und brachte ihn sogar ein bißchen zum Lachen. Kinder sind so sensibel, daß sie einen zu Tode erschrecken können. Billy war viel zu bleich, seine Augen waren vom Weinen in der Nacht immer noch angeschwollen, und sein Gesicht sah furchtbar erschöpft aus. In gewisser Weise sah es aus wie das Gesicht eines alten Mannes. Aber er lebte noch, und er konnte noch lachen... zumindest solange, bis ihm wieder einfiel, wo er war und was um uns herum vorging.

Nach dem Herumrennen setzten wir uns zu Amanda und

Hattie Turman und tranken Fruchtsaft aus Pappbechern, und ich erzählte ihm, daß ich mit einigen anderen Leuten zum Drugstore gehen würde.

»Ich will nicht, daß du weggehst«, sagte er sofort, und sein Gesicht umwölkte sich.

»Mir wird nichts passieren, Big Bill. Und ich bringe dir ein ›Spiderman‹-Comicheft mit.«

»Ich will aber, daß du *hier* bleibst!« Jetzt war sein Gesicht nicht nur umwölkt, es kündete ein drohendes Gewitter an. Ich nahm seine Hand! Er zog sie weg. Ich nahm sie wieder.

»Billy? früher oder später müssen wir hier heraus. Das verstehst du doch?«

»Wenn der Nebel verschwindet...« Aber er sagte es ohne jede Überzeugung. Er trank seinen Fruchtsaft langsam und ohne Genuß.

»Billy, der Nebel hält sich jetzt schon fast einen ganzen Tag lang.«

»Ich will meine Mutti!«

»Nun, vielleicht ist das der erste Schritt, um zu ihr zurückzukommen.«

»Machen Sie dem Jungen keine allzu großen Hoffnungen, David«, mahnte Mrs. Turman.

»Verdammt nochmal«, fuhr ich sie an, »der Junge muß schließlich irgendeine Hoffnung haben.«

Sie blickte zu Boden. »Ja! Vermutlich haben Sie recht.«

Billy hatte unseren kleinen Wortwechsel nicht verfolgt. Ihn bewegte etwas ganz anderes. »Vati... Vati, da draußen sind Wesen. *Wesen.*«

»Ja, das weiß ich! Aber eine Menge von ihnen — nicht alle, aber eine ganze Menge — scheinen erst abends hervorzukommen.«

»Sie werden warten«, sagte er. Er starrte mich mit riesigen Augen an. »Sie werden im Nebel warten... und wenn du nicht mehr hierher zurück kannst, werden sie kommen und dich auffressen. Wie in den Märchen.« Er schlang seine Arme um meinen Hals und preßte sich in wilder Panik an mich. »Vati, bitte geh nicht!«

Ich löste seine Arme so sanft wie möglich und sagte ihm, daß ich es tun müsse. »Aber ich komme bald zurück, Billy.«

»Okay«, sagte er heiser, aber er schaute mich nicht mehr an. Er glaubte nicht, daß ich zurückkommen würde. Es stand in seinem Gesicht geschrieben, das nun nicht mehr zornig, sondern nur noch sorgenvoll und traurig aussah. Ich fragte mich wieder, ob meine Entscheidung richtig war, mein Leben zu riskieren. Dann schaute ich zufällig zum Mittelgang hinüber und sah dort Mrs. Carmody. Sie hatte einen dritten Zuhörer gewonnen, einen Mann mit grauen Schläfen und blutunterlaufenen Augen. Seine abgespannte Miene und seine zitternden Hände verrieten nur allzu deutlich, daß er einen Kater hatte. Es war kein anderer als unser alter Freund Myron La Fleur. Der Bursche, der keine Skrupel gehabt hatte, einen Jungen hinauszuschicken, um die Arbeit eines Mannes zu verrichten.

Dieses verrückte Weib. Diese Hexe.

Ich küßte Billy und drückte ihn noch einmal ganz fest an mich. Dann ging ich nach vorne, in Richtung Schaufenster – aber nicht durch den Mittelgang. Ich wollte ihr nicht unter die Augen kommen.

Unterwegs holte Amanda mich ein. »Mußt du das wirklich tun?« fragte sie.

»Ja, ich denke schon.«

»Entschuldige bitte, wenn ich sage, daß es sich für mich so anhört wie irgend so ein verdammter Macho-Quatsch.« Auf ihren Wangen brannten hektische rote Flecken, und ihre Augen waren grüner denn je. Sie war sehr erregt.

Ich nahm ihren Arm und berichtete ihr von meiner Unterhaltung mit Dan Miller. Das Rätsel der Autos und die Tatsache, daß niemand von der Apotheke zu uns herübergekommen war, machten auf sie keinen großen Eindruck. Dafür aber die Sache mit Mrs. Carmody.

»Er könnte recht haben«, murmelte Sie.

»Glaubst du das wirklich?«

»Ich weiß nicht. Diese Frau hat etwas Giftiges an sich. Und wenn die Leute noch sehr lange solche Ängste durchstehen müssen, werden sie sich jedem zuwenden, der ihnen Rettung verheißt.«

»Aber ein Menschenopfer, Amanda?«

»Die Azteken brachten auch Menschenopfer dar«, erwiderte sie ruhig. »Hör mal, David, du mußt zurückkommen! Wenn irgendwas passiert... *irgendwas*... mußt du sofort umkehren. Nimm deine Beine in die Hand und renne, wenn es sein muß. Nicht für mich – was letzte Nacht vorgefallen ist, war schön, aber das war letzte Nacht. Komm für deinen Jungen zurück.«

»Ja, das werde ich.«

»Hoffentlich«, sagte sie, und nun sah sie genauso wie Billy aus, erschöpft und alt. Mir fiel auf, daß die meisten von uns so aussahen. Mrs. Carmody allerdings nicht. Sie sah irgendwie jünger und vitaler aus. Als sei sie ganz in ihrem Element. Als... als blühe sie jetzt erst so richtig auf.

Es wurde halb zehn, bis wir uns auf den Weg machten. Wir waren zu siebt: Ollie, Dan Miller, Mike Hatlen, Myron LaFleurs ehemaliger Kumpel Jim (auch er hatte einen Kater, aber er schien fest entschlossen zu büßen), Buddy Eagleton und ich. Die siebte war Hilda Reppler. Miller und Hatlen versuchten halbherzig, es ihr auszureden. Sie hörte nicht auf sie. Ich versuchte es erst gar nicht. Ich hatte den Verdacht, daß sie kompetenter als jeder von uns sein könnte, ausgenommen vielleicht Ollie. Sie nahm eine kleine Einkaufstasche aus Segeltuch mit, vollgepackt mit Insektenspraydosen, die schon alle geöffnet und sofort einsatzbereit waren. In der anderen Hand hatte sie einen Tennisschläger aus der Sportartikelabteilung in Gang 2.

»Was woll'n Sie denn mit dem Schläger machen, Mrs. Reppler?« fragte Jim.

»Ich weiß nicht«, erwiderte sie. Sie hatte eine tiefe, rauhe und kräftige Stimme. »Aber er liegt gut in meiner Hand!« sie musterte ihn mit kühlem Blick von Kopf bis Fuß. »Jim Grondin, nicht wahr? Hatte ich dich nicht in der Schule?«

Jim verzog das Gesicht zu einem albernen Grinsen. Er fühlte sich offensichtlich nicht wohl in seiner Haut. »Ja mich und meine Schwester Pauline.«

»Gestern abend wohl zuviel getrunken?«

Jim, der sie um einiges überragte und mindestens hundert Pfund mehr wog als sie, bekam einen hochroten Kopf. »Äh, nein...«

Sie wandte sich ab und fiel ihm ins Wort. »Ich glaube, wir sind alle soweit«, sagte sie.

Jeder von uns trug etwas bei sich, obwohl es wirklich eine seltsame Waffensammlung war. Ollie hatte Amandas Pistole, Buddy Eagleton eine Eisenstange, die er irgendwo hinten gefunden hatte, und ich einen Besenstiel.

»Okay«, rief Dan Miller. »Hört mal zu, Leute!«

Etwa ein Dutzend Leute hatten sich in der Nähe der Ausgangstür versammelt, um zu sehen, was los war. Rechts von ihnen stand Mrs. Carmody mit ihren neuen Freunden.

»Wir gehen zum Drugstore rüber, um nachzuschauen, wie dort die Lage ist. Vielleicht werden wir auch etwas mitbringen können, um Mrs. Clapham zu helfen.« Das war die alte Frau, die am Vorabend niedergetrampelt worden war. Sie hatte sich ein Bein gebrochen und litt große Schmerzen.

Miller schaute uns sechs der Reihe nach an. »Wir werden keine Risiken eingehen«, sagte er. »Beim ersten Anzeichen einer Bedrohung werden wir sofort in den Supermarkt zurückkehren...«

»Und damit alle Ausgeburten der Hölle auf uns hetzen!« schrie Mrs. Carmody.

»Sie hat recht!« kam eine der Touristinnen ihr zu Hilfe. »Sie werden sie nur auf uns aufmerksam machen! Und dann werden sie hierher kommen! Warum können Sie nicht alles im guten alten Zustand belassen.«

Die Leute, die sich um uns versammelt hatten, murmelten zustimmend.

»Wollen Sie diesen Zustand wirklich als *gut* bezeichnen?« fragte ich.

Die Frau blickte verlegen zu Boden.

Mrs. Carmody trat einen Schritt vor. Ihre Augen funkelten wild. »Sie werden da draußen sterben, David Drayton! Wollen Sie Ihren Sohn zu einem Waisenkind machen?« Sie spießte nacheinander uns alle mit ihren Blicken auf. Buddy Eagleton senkte die Augen und hob gleichzeitig seine Eisenstange, als wollte er sie damit abwehren.

»Ihr alle werdet da draußen umkommen! Habt ihr denn immer noch nicht begriffen, daß das Ende der Welt angebrochen ist? Alle Ausgeburten der Hölle sind losgelassen! Der Höllendrachen speit Feuer, und jeder von euch, der durch diese Tür hinausgeht, wird in Stücke gerissen werden! Und dann werden sie kommen und auch uns holen, genau wie diese gute Frau gesagt hat! Wollt ihr Leute das wirklich zulassen?« Sie hatte sich mit dem letzten Satz an die Zuschauer gewandt, die nun leise zu murren begannen. »Nach allem, was gestern den Ungläubigen widerfahren ist? Dort draußen lauert der Tod! *Der TOD!* Der...«

Eine Dose Erbsen flog plötzlich durch die Luft und traf Mrs. Carmody mit voller Wucht an der rechten Brust. Sie taumelte zurück und schrie erschrocken auf.

Amanda kam drohend näher. »Halten Sie den Mund!« rief sie. »Halten Sie den Mund, Sie elender Aasgeier!«

»Sie ist eine Dienerin Satans!« kreischte Mrs. Carmody.

Ein bösartiges Lächeln überzog ihr Gesicht. »Mit wem haben Sie letzte Nacht geschlafen, meine Dame? Mit wem haben Sie sich letzte Nacht vergnügt? Mutter Carmody sieht alles, o ja, Mutter Carmody sieht, was allen anderen verborgen bleibt!«

Aber der kurze Zauberbann, den sie geschaffen hatte, war gebrochen, und Amanda zuckte nicht einmal mit der Wimper.

»Was ist – gehen wir, oder wollen wir den ganzen Tag hier herumstehen?« fragte Mrs. Reppler.

Und wir gingen. Gott steh uns bei, wir gingen.

Dan Miller übernahm die Führung. Ollie ging als zweiter. Ich war der letzte, mit Mrs. Reppler vor mir. Ich glaube, ich hatte noch nie im Leben solche Angst gehabt, und die Hand, mit der ich den Besenstiel umklammerte, war schweißnaß.

Da war dieser dünne, beißende, unnatürliche Geruch des Nebels. Als ich aus der Tür herauskam, waren Miller und Ollie schon von ihm verschluckt, und auch Hatlen, der dritte in der Reihe, war kaum mehr zu sehen.

Nur zwanzig Fuß, sagte ich mir immer wieder vor. *Nur zwanzig Fuß.*

Mrs. Reppler ging langsam und energisch vor mir her und schwenkte leicht ihren Tennisschläger. Links von uns war eine rote Mauer. Rechts von uns die erste Reihe von Wagen, die wie Geisterschiffe verschwommen aus dem Nebel auftauchten. Ein weiterer Abfallkübel wurde plötzlich sichtbar, danach eine Bank, auf der manchmal Leute warteten, bis der öffentliche Fernsprecher frei wurde. *Nur zwanzig Fuß, Miller ist vermutlich schon an der Apotheke angelangt, zwanzig Fuß sind nur zehn oder zwölf Schritte, also...*

»O mein Gott!« schrie Miller. »Heiliger Himmel, schaut euch das an!«

Miller war also tatsächlich am Ziel angelangt.

Buddy Eagleton ging vor Mrs. Reppler her, und er drehte sich um und wollte zurückrennen, mit weit aufgerissenen, starren Augen. Sie stieß ihn mit ihrem Tennisschläger leicht an die Brust. »Wohin sind *Sie* denn unterwegs?« fragte sie mit ihrer strengen, etwas rauhen Stimme, und sofort legte sich seine Panik.

Wir erreichten Miller. Ich warf einen Blick über die Schulter zurück und stellte fest, daß der Supermarkt vom Nebel verschluckt worden war. Die rote Mauer verblaßte dicht hinter mir zu einem hellen, verwaschenen Rosa und verschwand etwa fünf Fuß vor der Ausgangstür des ›Federal‹ vollständig. Ich fühlte mich isolierter, einsamer denn je in meinem Leben. Es war so, als sei ich plötzlich aus dem Mutterschoß gefallen.

Die Apotheke war Schauplatz eines Gemetzels gewesen.

Miller und ich hatten fast richtig vermutet. Alle Wesen in dem Nebel folgten in erster Linie ihrem Geruchssinn. Verständlicherweise. Gutes Sehvermögen wäre für sie fast völlig überflüssig gewesen. Etwas nützlicher hätte gutes Gehör sein können, aber der Nebel hatte, wie bereits erwähnt, die Eigenschaft, akustische Gesetze auf den Kopf zu stellen – Laute, die ganz in der Nähe ertönten, hörten sich an, als seien sie weit entfernt, und Laute, die weit entfernt waren, klangen – manchmal wenigstens – so, als seien sie ganz nahe. Die Wesen im Nebel vertrauten ihrem verläßlichsten Sinn. Sie folgten ihren Nasen.

Wir im Supermarkt waren in erster Linie durch den Stromausfall verschont geblieben. Die elektrischen Türen funktionierten nicht. Der Supermarkt war gewissermaßen verriegelt gewesen, als der Nebel kam. Aber die Drugstoretüren... sie waren weit geöffnet gewesen. Der Stromausfall hatte seine Klimaanlage lahmgelegt, und man hatte die Türen geöffnet, um die leichte Brise einzulassen. Nur war auch noch etwas anderes dort eingedrungen.

Ein Mann in kastanienbraunem T-Shirt lag bäuchlings auf der Schwelle. Vielmehr dachte ich im ersten Augenblick, sein T-Shirt sei kastanienbraun. Dann sah ich einige weiße Stellen darunter und begriff, daß es einmal ganz weiß gewesen war. Das Kastanienbraun war getrocknetes Blut. Und noch etwas anderes stimmte nicht mit ihm. Ich kam zuerst nicht darauf, was es war. Sogar als Buddy sich abwandte und sich geräuschvoll übergab, begriff ich es nicht. Ich nehme an, daß unser Gehirn es zuerst nicht wahrhaben will, wenn jemandem etwas so... so Schauerliches zustößt – es sei denn vielleicht im Krieg.

Sein Kopf war verschwunden, das war's. Seine Beine lagen gespreizt im Eingang der Apotheke, und sein Kopf hätte eigentlich über die niedrige Stufe herabhängen müssen; aber sein Kopf fehlte einfach.

Jim Grondin hatte genug. Er wandte sich ab, die Hände auf den Mund gepreßt; die blutunterlaufenen Augen starrten mich irre an. Dann stolperte er taumelnd auf den Supermarkt zu.

Die anderen achteten nicht darauf. Miller war in die Apotheke hineingegangen. Mike Hatlen folgte ihm. Mrs. Reppler stellte sich an einer Seite der Tür mit ihrem Tennisschläger in Positur. Ollie stand auf der anderen Türseite und hielt Amandas Pistole schußbereit auf das Pflaster gerichtet.

Er sagte ruhig: »Allmählich verliere ich jede Hoffnung, David.«

Buddy Eagleton lehnte erschöpft am Telefon, wie jemand, der gerade schlechte Nachrichten von zuhause bekommen hat. Seine breiten Schultern zitterten vor Schluchzen.

»Zähl' uns noch nicht vorzeitig aus«, sagte ich zu Ollie. Ich ging die Stufe hinauf. Ich wollte den Drugstore eigentlich nicht betreten, aber ich hatte meinem Sohn ein Comicheft versprochen.

Der Drugstore bot einen chaotischen Anblick. Taschenbücher und Zeitschriften lagen verstreut umher. Direkt vor meinen Füßen entdeckte ich ein ›Spiderman‹-Comicheft, hob es ganz automatisch auf und schob es in die Gesäßtasche. Flaschen und Schachteln lagen auf den Gängen herum. Eine Hand hing über einem der Regale.

Ein Gefühl der Unwirklichkeit überkam mich. Die Trümmer... *das Blutbad*... das war schon schlimm genug. Aber gleichzeitig sah es so aus, als hätte hier irgendeine verrückte Party stattgefunden. Der Raum war mit etwas behängt und geschmückt, was ich auf den ersten Blick für Fahnenbänder hielt. Aber sie waren nicht breit und flach; sie hatten mehr Ähnlichkeit mit sehr dicken Schnüren oder sehr dünnen Kabeln. Mir fiel auf, daß sie fast die gleiche grellweiße Farbe hatten wie der Nebel selbst, und ein eiskalter Schauder lief mir über den Rücken. Kreppapier war es auch nicht. Was dann? An einigen dieser seltsamen Schnüre hingen Zeitschriften und Bücher und baumelten im Luftzug hin und her.

Mike Hatlen trat mit dem Fuß nach einem merkwürdigen schwarzen Ding. Es war lang und stachelig. »Was zum Teufel ist denn das?« fragte er.

Und plötzlich wußte ich es. Ich wußte, was all jene unglücklichen Menschen getötet hatte, die zufällig in der Apotheke gewesen waren, als der Nebel kam. Jene Menschen, die das Pech gehabt hatten, gerochen zu werden.

»Raus hier!« sagte ich. Meine Kehle war völlig trocken, und die Worte kamen nicht laut heraus. »Nichts wie weg hier!«

Ollie sah mich an. »David...«

»Es sind Spinnweben«, erklärte ich. Und dann kamen zwei Schreie aus dem Nebel. Der erste war vielleicht ein Angstschrei. Der zweite ein Schmerzensschrei. Es war Jim. *Wenn es Schulden gab, die beglichen werden mußten — er bezahlte sie jetzt.*

»Raus hier!« brüllte ich Mike und Dan zu.

Dann schnellte etwas aus dem Nebel heraus. Es war unmöglich, es vor diesem weißen Hintergrund zu erkennen, aber ich konnte es hören. Es klang wie eine Ochsenpeitsche, mit der jemand ohne großen Kraftaufwand geknallt hatte. Sehen konnte ich es erst, als es sich um Buddy Eagletons Schenkel schlang.

Er schrie auf und packte das erste, was ihm unter die Finger kam. Zufällig war es das Telefon. Der Hörer flog, soweit seine Schnur reichte, und baumelte dann hin und her.

»O mein Gott, das tut WEH!« brüllte Buddy.

Ollie hielt ihn fest, und ich sah, was passierte. Im gleichen Moment begriff ich auch, warum der Kopf des Mannes auf der Schwelle fehlte. Das dünne weiße Kabel, das sich wie eine Seidenschnur um Buddys Bein geschlungen hatte, bohrte sich in sein Fleisch hinein. Das Hosenbein seiner Jeans war säuberlich abgeschnitten worden und rutschte an seinem Bein herab. Aus einem sauberen kreisförmigen Einschnitt in seiner Haut spritzte Blut hervor, als das Kabel tiefer ins Fleisch eindrang.

Ollie zog mit aller Kraft. Ein surrendes Geräusch ertönte, und Buddy war frei. Seine Lippen waren vom Schock blau angelaufen.

Mike und Dan bewegten sich auf die Tür zu, aber viel zu langsam. Dann rannte Dan in mehrere der herabhängenden Schnüre hinein und blieb daran hängen wie ein Insekt am Fliegenfänger. Er riß sich mit einem enormen Ruck los, wobei ein Stück seines Hemdes an den Spinnweben zurückblieb.

Plötzlich war die Luft erfüllt von diesem Peitschenknallen, und die dünnen weißen Kabel schwirrten um uns herum. Sie waren alle mit jener ätzenden Substanz bedeckt. Ich wich zweien davon aus, mehr durch glücklichen Zufall als durch Geschicklichkeit. Eines landete direkt vor meinen Füßen, und ich hörte das schwache Zischen kochenden Asphalts. Ein anderes kam durch die Luft angesaust, und Mrs. Reppler schlug ruhig mit ihrem Tennisschläger danach. Das Kabel klebte daran fest, und ich hörte ein hohes *Twing! Twing! Twing!*, als das Ätzmittel sich durch das Netz des Schlägers fraß und es zerspringen ließ. Es klang, als ob jemand rasch an den Saiten einer Violine zupfe. Einen Augenblick später wand sich eine andere Spinnwebe um das obere Ende des Griffes, und der Schläger wurde in den Nebel gerissen.

»Zurück!« brüllte Ollie.

Wir setzten uns in Bewegung. Ollie hatte einen Arm um Buddy gelegt. Dan Miller und Mike Hatlen rahmten Mrs. Reppler ein. Die weißen Spinnweben schnellten weiterhin aus dem Nebel hervor. Man konnte sie erst sehen, wenn sie sich vom roten Hintergrund der Mauer abhoben.

Eine wand sich um Mike Hatlens linken Arm. Eine andere schlang sich mehrmals um seinen Hals. Seine Schlagader wurde durchtrennt, und er wurde mit schlaff herunterhängendem Kopf weggeschleppt. Einer seiner Schuhe fiel ihm dabei vom Fuß und blieb auf der Seite liegen.

Buddy sackte plötzlich zusammen und brachte dabei Ollie fast zu Fall. »Er ist ohnmächtig geworden, David. Helfen Sie mir.«

Ich packte Buddy um die Taille, und wir stolperten ungeschickt mit ihm vorwärts. Sogar in bewußtlosem Zustand hielt Buddy seine Eisenstange fest umklammert. Das Bein, um das sich die Spinnwebe geschlungen hatte, hing in einem schrecklich verzerrten Winkel am übrigen Körper.

Mrs. Reppler hatte sich umgedreht. »Achtung!« schrie sie mit ihrer rauhen Stimme. »Gefahr von hinten!«

Gerade als ich mich umdrehen wollte, senkte sich eine Spinnwebe auf Dan Millers Kopf herab. Er schlug danach, riß daran.

Eine der Spinnen war aus dem Nebel hinter uns aufgetaucht. Sie hatte die Größe eines großen Hundes. Sie war schwarz, mit gelben Streifen. Ihre Augen waren purpurrot wie Granatäpfel. Sie bewegte sich auf ihren zwölf oder vierzehn Beinen rasch auf uns zu — es war nicht etwa eine gewöhnliche irdische Spinne, nur in Horrorfilmgröße; nein, es war etwas völlig anderes, vielleicht überhaupt keine richtige Spinne. Wenn er sie gesehen hätte, hätte Mike Hatlen verstanden, was das borstige schwarze Ding gewesen war, nach dem er in der Apotheke getreten hatte.

Sie kam immer näher auf uns zu, während sie aus einer ovalen Öffnung am Oberbauch eifrig ihr Netz spann. Diese Spinnweben glitten auf uns zu, fast wie ein grausiger Fächer. Beim Anblick dieses Alptraums, der so große Ähnlichkeit mit jenen schwarzen Spinnen hatte, die in den dunklen Ecken unseres Bootshauses hausten und ihre toten Fliegen und Insekten bewachten, drohte ich völlig den Verstand zu verlieren. Ich glaube heute, daß nur der Gedanke an Billy mich davor bewahrte. Ich stieß einen Laut aus. Lachte. Weinte. Schrie. Ich weiß nicht, was davon am ehesten zutrifft.

Aber Ollie Weeks glich einem Felsen. Er hob Amandas Pistole so ruhig wie ein Mann, der auf eine Zielscheibe schießt, und feuerte aus nächster Nähe auf diese Kreatur. Welcher Hölle sie auch entsprungen sein mochte, unverletzbar war sie jedenfalls nicht. Eine schwarze Flüssigkeit spritzte aus ihrem Körper hervor, und sie stieß einen schrecklichen Schrei aus, der so tief war, daß man ihn mehr fühlte als hörte — wie eine Baßnote aus einem Synthesizer. Dann hastete sie in den Nebel zurück und verschwand. Die ganze Szene hätte ein Trugbild aus einem fürchterlichen Drogentraum sein können... wenn da nicht die Pfützen jener klebrigen schwarzen Flüssigkeit gewesen wären, die die Spinne hinterlassen hatte.

Buddys Eisenstange entglitt endlich seiner Hand und fiel zu Boden. »Er ist tot«, sagte Ollie. »Sie können ihn loslassen, David. Das verdammte Ding hat ihn an der Schenkelarterie erwischt – er ist tot. Machen wir um Gottes willen, daß wir hier wegkommen.« Sein Gesicht war wieder schweißüberströmt, seine Augen traten fast aus den Höhlen. Eine Spinnwebe senkte sich auf seinen Handrücken herab, und Ollie schwenkte den Arm und zerriß sie. Eine blutige Strieme zog sich über seine Hand.

Wieder schrie Mrs. Reppler »Achtung!«, und wir drehten uns rasch um. Eine weitere Spinne war aus dem Nebel aufgetaucht und hatte ihre Beine um Dan Miller geschlungen. Er schlug mit den Fäusten nach ihr. Während ich mich bückte und Buddys Eisenstange aufhob, begann die Spinne Dan mit ihrem tödlichen Faden zu umwickeln, und seine verzweifelte Abwehr wurde zu einem schauerlichen Todestanz.

Mrs. Reppler ging mit einer Dose Insektenspray in der ausgestreckten Hand auf die Spinne zu, die ihre Beine gierig auch nach der Frau ausstreckte. Sie drückte auf den Knopf und schoß eine Ladung des Sprays direkt in eines der juwelenartig funkelnden Augen. Wieder ertönte jener tiefe Schmerzenslaut. Ein Zittern durchlief den ganzen Körper der Spinne, und dann begann sie sich zurückzuziehen, wobei ihre haarigen Beine leise übers Pflaster kratzten. Dans Körper zog sie hinter sich her, wie einen Kokon umhüllt.

Mrs. Reppler schleuderte die Spraydose nach ihr. Sie prallte am Körper der Spinne ab und fiel auf den Asphalt. Die Spinne stieß so hart gegen die Seite eines kleinen Sportwagens, daß seine Federung ins Wippen kam. Dann verschwand sie.

Ich eilte zu Mrs. Reppler, die auf ihren Füßen schwankte und leichenblaß war. Ich legte den Arm um sie. »Danke, junger Mann«, sagte sie. »Ich fühle mich ein bißchen schwach!«

»Kein Wunder«, sagte ich heiser.

»Ich hätte ihn gerettet, wenn ich gekonnt hätte.«

»Das weiß ich.«

Ollie trat zu uns. Wir rannten auf die Supermarkttüren zu, während die Spinnweben überall um uns herum herniedersausten. Eine fiel auf Mrs. Repplers Einkaufstasche und drang tief ins Tuch ein. Die Lehrerin zerrte mit beiden Händen an den Henkeln und verteidigte energisch ihr Eigenum, aber sie verlor es trotzdem. Die Tasche wurde in den Nebel gezogen.

Als wir die Eingangstür erreichten, stürzte eine kleinere Spinne, nicht größer als ein junger Cockerspaniel, aus dem Nebel hervor. Sie produzierte keine Spinnweben; vielleicht war sie dazu noch nicht alt genug. Während Ollie seine breite Schulter gegen die Tür stemmte, um Mrs. Reppler eintreten zu lassen, schleuderte ich die Eisenstange wie einen Speer nach der Spinne und spießte sie auf. Sie zuckte wahnsinnig hin und her, ihre Beine peitschten die Luft, und ihre roten Augen schienen mich anzustarren, so als wollte sie sich mich genau einprägen...

»David!« Ollie hielt immer noch die Tür auf.

Ich rannte hinein. Er folgte mir.

Bleiche, verängstigte Gesichter starrten uns entgegen. Wir waren zu siebt weggegangen. Nur drei waren zurückgekehrt. Ollie lehnte schwer atmend an der Glastür. Er begann, Amandas Pistole zu laden. Sein weißes Hemd klebte ihm am Körper, und große graue Schweißflecken breiteten sich unter seinen Achseln aus.

»Was ist es?« fragte jemand leise und heiser.

»Spinnen«, antwortete Mrs. Reppler grimmig. »Diese gemeinen Biester haben sich meine Einkaufstasche geschnappt.«

Dann kam Billy weinend auf mich zugerannt. Ich drückte ihn an mich. Sehr, sehr fest.

Mrs. Carmodys Zauber. Die zweite Nacht im Supermarkt. Die letzte Konfrontation.

Ich wollte nichts weiter als schlafen, und ich erinnere mich an nichts, was in den nächsten vier Stunden vorging.

Amanda erzählte mir später, ich hätte im Schlaf sehr viel gesprochen und ein- oder zweimal geschrien, aber ich erinnere mich an keine Träume. Als ich aufwachte, war es Nachmittag. Ich war schrecklich durstig. Die Milch war teilweise sauer geworden, aber teilweise auch noch in Ordnungq und ich trank einen Viertelliter.

Billy und Mrs. Turman saßen neben mir, als Amanda auf uns zukam. Der alte Mann, der sich erboten hatte, seine Schrotflinte aus dem Kofferraum seines Wagens zu holen, war bei ihr – er hieß Cornell, fiel mir ein. Ambrose Cornell.

»Wie geht's, mein Sohn?« fragte er mich.

»Ganz ordentlich.« Aber ich war immer noch durstig, und ich hatte Kopfschmerzen. Vor allem aber hatte ich Angst. Ich legte einen Arm um Billy und blickte von Cornell zu Amanda. »Was ist los?«

»Mr. Cornell ist wegen dieser Mrs. Carmody beunruhigt. Und ich auch.«

»Billy, wollen wir beide uns ein bißchen die Beine vertreten?« fragte Hattie.

»Ich habe keine Lust.«

»Komm, Big Bill, ein bißchen Bewegung wird dir guttun«, sagte ich. Er gehorchte mir nur widerwillig.

»So, und nun zu Mrs. Carmody. Was ist los?« fragte ich.

»Sie hetzt die Leute auf«, sagte Cornell. Er sah mich mit

der Grimmigkeit eines alten Mannes an. »Ich glaube, wir müssen dem ein Ende bereiten. Auf irgendeine Weise.«

»Sie hat jetzt schon fast ein Dutzend Leute um sich gesammelt. Es ist wie so 'ne Art verrückter Gottesdienst.«

Mir fiel ein Gespräch ein, das ich mit einem Freund geführt hatte, der in Otisfield wohnte, Schriftsteller war und seine Frau und zwei Kinder ernährte, indem er Hühner züchtete und jedes Jahr ein Buch veröffentlichte – Spionagegeschichten. Wir waren auf die steigende Popularität von Büchern zu sprechen gekommen, die sich mit dem Übernatürlichen beschäftigten. Bault hatte darauf hingewiesen, daß die Zeitschrift ›Unheimliche Geschichten‹ in den 40er Jahren ihren Autoren nur ein Trinkgeld bezahlen konnte und in den 50er Jahren bankrott ging. Aber wenn die Maschinen versagen, hatte er ausgeführt (während seine Frau prüfend Eier gegen das Licht hielt und draußen die Hähne krähten), wenn die Technologien versagen, wenn die herkömmlichen Religionslehren versagen, brauchen die Menschen irgend etwas anderes. Sogar ein Zombie, der durch die Nacht schleicht, kann sehr erheiternd wirken, im Vergleich zu jenem existenziellen Horror, daß die Ozonschicht sich unter dem vereinten Angriff einer Million Deodorantspraydosen verflüchtigt, die Fluorokarbonat enthalten.

Wir waren jetzt seit sechsundzwanzig Stunden im Supermarkt eingesperrt, und wir konnten nicht die geringsten Erfolge vorweisen. Unsere einzige Expedition nach draußen hatte zu Verlusten von 57% geführt. Es war letzten Endes vielleicht gar nicht so erstaunlich, daß Mrs. Carmodys Saat jetzt aufging.

»Hat sie wirklich schon ein Dutzend Anhänger?« fragte ich.

»Nein, vorläufig sind es erst acht«, sagte Cornell. »Aber sie hält keinen Augenblick ihren Mund! Ihre Zunge steht nicht still! Es erinnert mich an jene zehnstündigen Reden, die Castro zu halten pflegte. Diese verdammte Unruhestifterin!«

Acht Personen... Nicht so sehr viel, nicht einmal genug, um eine Geschworenenbank zu füllen. Aber ich verstand Amandas und Cornells Beunruhigung. Diese Anzahl genügte, um sie sozusagen zur stärksten politischen Gruppe im Supermarkt zu machen, vor allem jetzt, nachdem Dan und Mike nicht mehr unter uns weilten. Der Gedanke, daß diese größte Gruppe in unserem geschlossenen System begierig Mrs. Carmodys schwülstigem Gerede über die Abgründe der Hölle und die sieben Phiolen, die geöffnet wurden, lauschte, verursachte mir ein starkes Gefühl von Klaustrophobie.

»Sie hat wieder angefangen, über Menschenopfer zu sprechen«, berichtete Amanda. »Bud Brown hat ihr gesagt, sie solle aufhören, in seinem Geschäft solchen Unsinn zu schwafeln. Und zwei ihrer Anhänger – einer davon war dieser Myron LaFleur – erklärten Brown, er solle lieber selbst den Mund halten, weil dies schließlich immer noch ein freies Land sei. Brown dachte nicht daran, den Mund zu halten, und es kam zu einem Handgemenge.«

»Brown hat sich dabei eine blutige Nase eingehandelt«, sagte Cornell. »Diese Leute meinen es ernst.«

»Aber sie werden doch bestimmt nicht soweit gehen, wirklich jemanden umzubringen«, wandte ich ein.

»Ich weiß nicht, wie weit sie gehen werden, wenn dieser verdammte Nebel sich nicht bald auflöst«, sagte Cornell leise. »Aber ich möchte es auch gar nicht wissen. Ich habe die Absicht, von hier zu verschwinden.«

»Leichter gesagt als getan.« Aber in meinem Kopf nahm ein bestimmter Gedanke allmählich Form an. *Geruch.* Das war der Schlüssel. Wir waren im Supermarkt so gut wie völlig in Ruhe gelassen worden. Die rosa Insekten-Wesen waren wahrscheinlich vom Licht angezogen worden, wie normale Insekten auch. Die Vogel-Wesen waren ganz einfach auf Nahrungssuche gewesen. Aber die größeren Kreaturen hatten uns hier drinnen in Ruhe gelassen. Zu dem Gemetzel in der Apotheke war es nur gekommen, weil die Türen weit geöffnet gewesen waren – dessen war ich mir ganz sicher. Das oder die Wesen, die Norton und seine Gruppe überwältigt hatten, und die sich angehört hatten, als seien sie riesengroß, waren nicht in die Nähe des Supermarktes gekommen. Und das bedeutete, daß es vielleicht...

Plötzlich hatte ich das dringende Bedürfnis, mit Ollie Weeks zu sprechen. Ich *mußte* mit ihm sprechen.

»Ich habe die feste Absicht, von hier zu verschwinden oder bei diesem Versuch umzukommen«, erklärte Cornell. »Ich habe nicht die Absicht, den Rest des Sommers hier zu verbringen.«

»Es hat vier Selbstmorde gegeben«, berichtete Amanda plötzlich.

»Was?« Ich dachte zuerst etwas schuldbewußt, daß die Leichen der Soldaten entdeckt worden waren.

»Tabletten«, sagte Cornell kurz. »Ich und einige andere Männer haben die Leichen in den Lagerraum geschafft.«

Ich mußte ein schrilles Gelächter unterdrücken. Wir hatten da hinten allmählich schon eine richtige Leichenhalle.

»Die Reihen lichten sich«, sagte Cornell. »Ich möchte mich aus dem Staub machen.«

»Sie werden nicht bis zu Ihrem Auto kommen. Glauben Sie mir.«

»Nicht einmal bis zur ersten Wagenreihe? Das ist näher als die Apotheke.«

Ich gab ihm keine Antwort. In jenem Augenblick jedenfalls nicht.

Etwa eine Stunde später fand ich Ollie an der Bierkühlung. Er trank ein ›Busch‹. Sein Gesicht war teilnahmslos, aber auch er schien Mrs. Carmody zu beobachten. Sie war unermüdlich. Und sie sprach tatsächlich wieder über Menschenopfer, nur daß ihr jetzt niemand mehr befahl, den Mund zu halten. Einige jener Leute, die ihr noch gestern gesagt hatten, sie solle den Mund halten, waren nun entweder ganz ihrer Meinung oder aber zumindest bereit, ihr zuzuhören – und die anderen ließ man nicht mehr zu Wort kommen.

»Bis morgen früh könnte sie diese Leute völlig umgekrempelt haben«, meinte Ollie. »Vielleicht auch nicht... aber wenn es ihr gelingt – was glauben Sie, wen sie als Opfer auswählt?«

Bud Brown war ihr entgegengetreten. Und Amanda. Und der junge Mann, der ihr einen Stoß versetzt hatte. Und ich war natürlich auch noch da.

»Ollie«, sagte ich, »ich glaube, daß etwa ein Dutzend von uns hier wegkommen könnte. Ich weiß nicht, wie weit wir kommen würden, aber ich glaube, daß wir zumindest hier rauskommen könnten.«

»Wie?«

Ich erklärte ihm meinen Plan. Er war sehr einfach. Wenn wir so schnell wie möglich zu meinem Scout rannten und hineinsprangen, würde den Wesen kein Menschengeruch in die Nase steigen. Zumindest nicht, wenn wir die Fenster geschlossen hielten.

»Aber angenommen, daß sie auch von anderen Gerüchen angezogen werden?« fragte Ollie. »Von Auspuffgasen beispielsweise.«

»Dann wären wir geliefert«, gab ich zu.

»Bewegung«, sagte er. »Auch die Bewegung eines Autos durch den Nebel könnte sie anziehen, David.«

»Das glaube ich nicht. Nicht, solange sie ihre Beute nicht riechen können. Ich bin wirklich der Meinung, daß das der Schlüssel ist, um von hier wegzukommen.«

»Aber Sie wissen es nicht genau?«
»Nein, ganz sicher bin ich mir da nicht.«
»Wohin würden Sie denn fahren?«
»Als erstes nach Hause. Um meine Frau zu holen.«
»David...«
»Ja, ich weiß schon. Sagen wir also, um nachzusehen. Um ganz *sicher* zu sein.«
»Die Biester da draußen können überall sein, David. Sie können Sie erwischen, sobald Sie auf Ihrem Hof aus Ihrem Scout aussteigen.«
»Wenn das geschehen sollte, würde der Scout Ihnen gehören. Ich würde Sie nur darum bitten, auf Billy aufzupassen, so gut und so lange Sie können.«
Ollie trank sein Bier aus und warf die leere Dose zu den anderen ins Kühlfach. Der Kolben von Amandas Pistole ragte aus seiner Tasche heraus.
»Nach Süden?« fragte er und sah mir fest in die Augen.
»Ja«, antwortete ich. »Ich würde in Richtung Süden fahren und mit aller Macht versuchen, aus dem Nebel herauszukommen.«
»Wieviel Benzin haben Sie?«
»Der Tank ist fast voll.«
»Haben Sie auch überlegt, daß es sich überhaupt als unmöglich erweisen könnte herauszukommen?«
Ich *hatte* daran gedacht. Angenommen, daß das, womit die Typen vom Arrowhead-Projekt herumexperimentiert hatten, die gesamte Region in eine andere Dimension versetzt hatte, ebenso leicht, wie unsereiner die Socken wendet? »Es ist mir durch den Kopf gegangen«, antwortete ich, »aber die Alternative scheint darin zu bestehen herumzusitzen und abzuwarten, wen Mrs. Carmody als Opfer auswählt.«
»Dachten Sie daran, heute aufzubrechen?«

»Nein. Es ist bereits Nachmittag, und viele dieser Wesen werden nachts erst richtig aktiv. Ich dachte an morgen früh.«

»Wen würden Sie gern mitnehmen?«

»Mich, Sie und Billy. Hattie Turman. Amanda Dumfries. Den alten Cornell und Mrs. Reppler. Vielleicht auch noch Bud Brown. Das wären acht Personen, aber Billy kann bei jemandem auf dem Schoß sitzen, und wir können alle eng zusammenrücken.«

Er dachte darüber nach. »In Ordnung«, sagte er schließlich. »Wir werden es versuchen. Haben Sie schon mit irgend jemandem darüber gesprochen?«

»Nein, noch nicht.«

»Ich würde Ihnen raten, bis morgen früh so gegen vier Uhr niemandem etwas davon zu sagen. Ich werde einige Tüten mit Nahrungsmitteln unter der Kasse deponieren, die der Tür am nächsten ist. Wenn wir Glück haben, können wir vielleicht hinausschlüpfen, bevor jemand merkt, was los ist.« Seine Blicke schweiften wieder zu Mrs. Carmody. »Wenn *sie* es wüßte, würde sie vielleicht versuchen, uns daran zu hindern.«

»Glauben Sie?«

Ollie holte sich ein neues Bier. »Ja, das glaube ich«, sagte er sehr ernst.

Jener Nachmittag — der gestrige — schien im Zeitlupentempo zu vergehen. Dann wurde es dunkel, und der Nebel nahm wieder jene trübe Chromfarbe an. Was von der Außenwelt überhaupt noch zu sehen war, verschmolz mit der Dunkelheit, als es halb neun wurde.

Die rosa Insekten kamen wieder, gefolgt von den Vogel-Wesen, die ans Fenster prallten und die Insekten verschlangen. Ab und zu war aus der Dunkelheit ein Brüllen zu vernehmen, und einmal, kurz vor Mitternacht, erklang ein langgezogenes *Aaaaa-ruuuuu!* Die Menschen im Supermarkt blickten mit verängstigten, forschenden Gesichtern in die Finsternis hinaus. Es war jene Art von Laut, den man vielleicht von einem Alligator im Sumpf erwarten würde.

Millers Prophezeiung erfüllte sich tatsächlich. Bis zu den frühen Morgenstunden hatte Mrs. Carmody ein weiteres halbes Dutzend Seelen für sich gewonnen, darunter auch Mr. McVey, den Metzger. Er stand mit verschränkten Armen da und ließ sie nicht aus den Augen.

Sie war ganz in ihrem Element. Sie schien keinen Schlaf zu benötigen. Ihre Predigt, ein stetiger Strom von Schreckensbildern à la Doré, Bosch und Jonathan Edwards, nahm kein Ende; vielmehr steuerte sie auf irgendeinen Höhepunkt zu. Ihre Gruppe begann mit ihr zu murmeln, sich unbewußt hin und her zu wiegen wie echte Gläubige bei einer Erweckungspredigt. Alle Augen hatten den gleichen leeren Ausdruck und glänzten. Sie standen alle unter Mrs. Carmodys Zauber.

Gegen drei Uhr früh (die Predigt ging pausenlos weiter, und jene Leute, die daran nicht interessiert waren, hatten sich nach hinten verzogen und versuchten, etwas Schlaf zu finden) sah ich, wie Ollie eine Tüte mit Lebensmitteln auf einem Fach unter jener Kasse deponierte, die der Ausgangstür am nächsten war. Eine halbe Stunde später stellte er eine weitere Tüte daneben. Niemand außer mir schien gesehen zu haben, was er machte. Billy, Amanda und Mrs. Turman schliefen nebeneinander in der Nähe der geplünderten Kaltimbiß-Abteilung. Ich setzte mich zu ihnen und fiel in einen unruhigen Halbschlaf.

Auf meiner Armbanduhr war es Viertel nach vier, als Ollie mich wachrüttelte. Cornell war bei ihm. Seine Augen leuchteten munter hinter seiner Brille hervor.

»Es ist Zeit, David«, sagte Ollie.

Ich spürte, wie sich mein Magen nervös zusammenkrampfte, aber das legte sich rasch wieder. Ich rüttelte Amanda wach. Flüchtig ging mir die Frage im Kopf herum, was wohl passieren würde, wenn Amanda und Stephanie zusammen im Auto sitzen würden, aber ich verdrängte diesen Gedanken rasch wieder. Heute würde es das beste sein, die Dinge einfach so zu nehmen, wie sie kamen.

Jene erstaunlich grünen Augen öffneten sich und sahen mich an. »David?«

»Wir wollen versuchen, von hier wegzukommen. Möchtest du mitkommen?«

»Wovon sprichst du?«

Ich wollte es ihr erklären, aber dann weckte ich zuerst Mrs. Turman auf, damit ich nicht zweimal dasselbe erzählen mußte.

»Diese Theorie über den Geruch«, sagte Amanda. »Es ist nichts weiter als eine Vermutung, oder?«

»Ja.«

»Das ist mir egal«, meinte Hattie. Ihr Gesicht war weiß, und obwohl sie einige Stunden geschlafen hatte, lagen große dunkle Ringe unter ihren Augen. »Ich würde alles tun – jedes Risiko eingehen –, nur um wieder die Sonne zu sehen!«

Nur um wieder die Sonne zu sehen. Ein Schauder überlief mich. Sie hatte ihren Finger auf eine Stelle gelegt, die dem Zentrum meiner eigenen Ängste sehr nahe kam. Man konnte die Sonne durch den Nebel hindurch nur noch wie eine kleine Silbermünze sehen. Es war so, als seien wir auf der Venus gelandet.

Es waren nicht einmal so sehr die Monster, die im Nebel lauerten – mein Speerwurf mit der Eisenstange hatte mir gezeigt, daß sie keine unsterblichen Lovecraft'schen Wesen waren, sondern organische Kreaturen, die durchaus verletzbar waren. Es war vielmehr der Nebel selbst, der die Kräfte schwächte und den Willen lähmte. *Nur um wieder die Sonne zu sehen.* Sie hatte recht. Das allein war es schon wert, selbst durch die Hölle zu gehen.

Ich lächelte Hattie zu, und sie erwiderte zögernd mein Lächeln.

»Ja«, sagte Amanda. »Ich auch.«

Ich begann, Billy so sanft wie möglich zu wecken.

»Ich bin mit von der Partie«, erklärte Mrs. Reppler kurz und bündig.

Wir standen alle zusammen in der Nähe der Fleischtheke, alle außer Bud Brown. Er hatte uns für die Einladung gedankt, sie aber abgelehnt. Er wolle seinen Posten im Supermarkt nicht verlassen, hatte er erklärt, aber in bemerkenswert freundlichem Ton hinzugefügt, daß er Ollie keinen Vorwurf deswegen mache.

Ein unangenehmer süßlicher Gestank begann allmählich von der weißen Fleischtheke auszugehen, ein Gestank, der mich an jenen erinnerte, den wir einmal erlebt hatten, als wir nach einer Woche Aufenthalt am Kap heimkamen und feststellen mußten, daß unsere Tiefkühltruhe währenddessen ihren Geist aufgegeben hatte. Ich glaube, es war der Gestank von verdorbenem Fleisch, der Mr. McVey zu der Gruppe um Mrs. Carmody getrieben hatte.

»... *Sühne! Wir wollen jetzt über die Sühne nachdenken. Wir sind mit Geißeln und Skorpionen geschlagen worden! Wir sind bestraft worden, weil wir in jene Geheimnisse eingedrungen sind, die Gott von jeher unserem Zugriff entzogen hat! Wir haben gesehen, daß die Erde sich aufgetan hat! Wir haben gräßliche Obszönitäten mit ansehen müssen! Der Felsen wird sie nicht verbergen, der tote Baum trägt keine Frucht! Und wie soll das enden? Was wird es beenden?«*

»*Sühne!*« brüllte der gute alte Myron LaFleur.

»*Sühne... Sühne...*«, flüsterten die anderen unsicher.

»*Bringt eure Überzeugung laut zum Ausdruck! Laßt es mich hö-*

ren!« kreischte Mrs. Carmody. Ihre Halsadern schwollen an und traten hervor. Ihre Stimme war jetzt heiser und überschlug sich, war aber immer noch kraftvoll. Mir fiel ein, daß erst der Nebel ihr diese Macht verliehen hatte – die Macht, Geister zu verwirren, Menschen mit Worten zu betören, so wie er uns anderen die Energie entzogen hatte, die uns die Sonne spendete. Bis dahin war sie nur eine exzentrische alte Frau gewesen, die ein Antiquitätengeschäft in einer Kleinstadt hatte, wo es vor derartigen Geschäften nur so wimmelte. Nur eine alte Frau mit einigen ausgestopften Tieren im Hinterzimmer und einem gewissen Ruf als

(diese Hexe... dieses verdammte Weib)

Expertin für Volksheilkunde. Es heißt, sie könne mit einem Apfelbaumstock Wasser aufspüren, Warzen wegzaubern und einem eine Creme verkaufen, die Sommersprossen fast verschwinden ließe. Ich hatte sogar gehört – vom alten Bill Giosti, wenn ich mich nicht irre –, daß Mrs. Carmody (natürlich völlig vertraulich) Abhilfe für Liebesprobleme kenne; sie könne einem einen Trank verabreichen, der dem Schwanz seine alte Potenz wiedergäbe.

»SÜHNE!« brüllten sie jetzt alle zusammen.

»*Richtig – Sühne!*« schrie sie ekstatisch. »*Sühne wird diesen Nebel beseitigen! Sühne wird diese Monster und Ausgeburten der Hölle besiegen! Sühne wird den Nebel von euren Augen nehmen und euch sehend machen!*« Ihre Stimme wurde etwas leiser. »*Und was sagt die Bibel über Sühne? Was ist Sühne? Was ist in den Augen Gottes die einzige Läuterung von den Sünden?*«

»*Blut.*«

Diesmal jagte der Ausruf mir einen Schauder durch den ganzen Körper, und mir sträubten sich die Nackenhaare. Mr. McVey hatte dieses Wort ausgesprochen, Mr. McVey, der Metzger, der in Bridgton schon Fleisch geschnitten hatte, als ich noch ein kleines Kind gewesen war und mich an der talentierten Hand meines Vaters festgehalten hatte. Mr. McVey, der Kundenwünsche entgegennahm und in seinem weißen Kittel Fleisch schnitt. Mr. McVey, der sehr erfahren im Umgang mit dem Messer war – ja, und auch mit dem Hackmesser und der Knochensäge. Mr. McVey, der besser als jeder andere verstand, daß die Läuterung der Seele aus den Wunden des Körpers fließt.

»*Blut*...«, flüsterten sie.

»Vati, ich hab' Angst«, sagte Billy. Er umklammerte meine Hand, und sein Gesichtchen war bleich und angespannt.

»Ollie«, sagte ich, »wir sollten machen, daß wir aus diesem Irrenhaus rauskommen!«

»Also, gehen wir.«

Wir gingen als lose Gruppe den zweiten Gang entlang – Ollie, Amanda, Cornell, Mrs. Turman, Mrs. Reppler, Billy und ich. Es war Viertel vor fünf, und der Nebel begann wieder heller zu werden.

»Sie und Cornell nehmen die Lebensmitteltüten«, sagte Ollie zu mir.

»Okay.«

»Ich gehe als erster hinaus. Ihr Scout hat vier Türen, nicht wahr?«

»Ja.«

»Okay, ich werde die Fahrertür und die Hintertür auf der gleichen Seite öffnen. Mrs. Dumfries, können Sie Billy tragen?«

Sie nahm ihn auf den Arm.

»Bin ich zu schwer?« fragte Billy.

»Nein, Liebling.«

»Gut.«

»Sie und Billy steigen vorne ein«, fuhr Ollie fort. »Rücken Sie weiter bis zur anderen Tür. Mrs. Turman setzt sich vorne in die Mitte, David auf den Fahrersitz. Wir übrigen werden...«

»Wohin wollten Sie denn gehen?«

Es war Mrs. Carmody.

Sie stand an der Kasse, wo Ollie die Lebensmitteltüten versteckt hatte. Ihr greller gelber Hosenanzug leuchtete im Halbdunkel. Ihre Haare standen wild nach allen Seiten ab und erinnerten mich an Elsa Lanchester in ›Frankensteins Braut‹. Ihre Augen sprühten Blitze. Zehn oder fünfzehn Leute standen hinter ihr und versperrten die Türen.

Ihre Gesichter hatten den Ausdruck von Menschen, die einen schweren Autounfall erlitten oder die Landung einer fliegenden Untertasse miterlebt oder gesehen hatten, wie ein Baum seine Wurzeln aus der Erde zog und davonspazierte.

Billy preßte sich gegen Amanda und vergrub sein Gesicht an ihrem Hals.

»Wir gehen jetzt hinaus, Mrs. Carmody«, sagte Ollie. Seine Stimme war bemerkenswert sanft und freundlich. »Lassen Sie uns bitte vorbei!«

»Sie können nicht hinaus. Dieser Weg führt in den Tod. Haben Sie das denn immer noch nicht begriffen?«

»Niemand hat Sie an Ihrem Tun gehindert«, sagte ich. »Wir wollen nichts als das gleiche Recht.«

Sie bückte sich und fand auf Anhieb die Tüten mit den Lebensmitteln. Sie mußte die ganze Zeit gewußt haben, was wir vorhatten. Sie zog die Tüten aus dem Fach, wo Ollie sie versteckt hatte. Eine riß auf, und Dosen rollten über den Boden. Sie schleuderte die andere zu Boden. Glas zerbrach klirrend, und Mineralwasser ergoß sich überallhin.

»Das sind jene Leute, die an allem schuld sind!« brüllte sie. »Leute, die sich dem Willen des Allmächtigen nicht beugen wollen! Sie sind der Sünde des Stolzes verfallen, hochmütig sind sie und starrsinnig! Einer von ihnen muß geopfert werden! *Von einem dieser Sünder muß das Sühneblut kommen!*«

Ein zustimmendes Gemurmel feuerte sie nur noch mehr an. Sie hatte sich in eine Raserei hineingesteigert. Speichel flog von ihren Lippen, als sie den Leuten, die sich hinter ihr scharten, zuschrie: »*Den Jungen wollen wir! Packt ihn! Holt ihn euch! Wir wollen den Jungen!*«

Sie stürzten vorwärts, allen voran Myron LaFleur mit freudig funkelnden Augen. Mr. McVey war direkt hinter ihm, mit leerem und törichtem Gesicht.

Amanda stolperte rückwärts und drückte Billy fester an sich. Seine Arme umschlangen ihren Hals. Sie sah mich entsetzt an. »David, was soll ich nur...«

»*Schnappt sie euch beide!*« kreischte Mrs. Carmody. »*Holt sie! Holt euch auch diese Hure!*«

Ihr Gesicht erstrahlte in düsterer Freude. Ihre Tasche hing immer noch an ihrem Arm. Sie begann auf und ab zu springen. »*Schnappt euch den Jungen, schnappt euch die Hure, schnappt sie euch beide, schnappt sie euch alle, schnappt ...*«

Ein lauter Knall.

Alle erstarrten, als seien wir eine Klasse ungezogener, lärmender Schüler, und als sei der Lehrer gerade zurückgekommen und habe die Tür laut zugeworfen. Myron LaFleur und Mr. McVey blieben wie angewurzelt stehen, etwa zehn Schritte von uns entfernt. Myron drehte sich nach dem Metzger um und warf ihm einen verunsicherten Blick zu. Dieser schien aber gar nicht wahrzunehmen, daß LaFleur ihn anschaute. Mr. McVey hatte einen Ausdruck, den ich in den beiden letzten Tagen auf nur allzu vielen Gesichtern gesehen habe. Er hatte den Verstand verloren. Er war übergeschnappt.

Myron starrte nun Ollie mit weit aufgerissenen, erschrokkenen Augen an und wich zurück. Dann begann er zu rennen. Er bog um die Ecke des Ganges, stolperte über eine Dose, fiel hin, taumelte hoch und verschwand.

Ollie stand noch immer in der klassischen Position des Zielscheiben-Schützen da, Amandas Pistole mit beiden Händen haltend.

Mrs. Carmody stand noch immer neben der Kasse. Sie umklammerte mit ihren leberfleckigen Händen ihren Bauch. Blut strömte zwischen ihren Fingern hindurch und rann auf ihre gelbe Hose.

Ihr Mund öffnete und schloß sich. Einmal. Zweimal. Sie versuchte zu sprechen. Schließlich gelang es ihr.

»*Ihr werdet alle da draußen sterben!*« sagte sie, und dann fiel sie langsam vornüber. Ihre Tasche glitt ihr vom Arm, fiel auf den Boden, und der Inhalt wurde in der ganzen Gegend verstreut.

Ihre ›Gemeinde‹ wich zurück, zerstreute sich etwas. Keiner von ihnen konnte seinen Blick von der auf dem Boden liegenden Gestalt und von dem dunklen Blut abwenden, das unter ihrem Körper hervorquoll. »Ihr habt sie umgebracht!« schrie jemand ängstlich und zornig. Aber niemand wies darauf hin, daß sie etwas Ähnliches mit meinem Sohn vorgehabt hatte.

Ollie stand noch immer wie versteinert da, aber jetzt zitterte sein Mund. Ich berührte ihn sanft. »Ollie, gehen wir. Und herzlichen Dank!«

»Ich habe sie umgebracht«, murmelte er heiser. »Mein Gott, ich habe sie umgebracht!«

»Ja«, sagte ich. »Und genau dafür habe ich mich bei Ihnen bedankt. Und nun wollen wir gehen!«

Wir setzten uns wieder in Bewegung.

Nachdem wir jetzt – dank Mrs. Carmody – keine Lebensmitteltüten zu tragen hatten, konnte ich Billy selbst tragen. Wir blieben einen Augenblick vor der Tür stehen, und Ollie sagte mit leiser, gepreßter Stimme: »Ich hätte sie nicht erschossen, David, wenn es irgendeine andere Möglichkeit gegeben hätte.«

»Ja.«
»Glauben Sie mir das?«
»Ja, ich glaube Ihnen.«
»Dann können wir jetzt gehen.«
Wir gingen hinaus.

Das Ende

Ollie bewegte sich schnell auf mein Auto zu, die Pistole schußbereit in der rechten Hand. Als Billy und ich aus der Tür traten, war er schon beim Scout angelangt, ein schattenhafter Ollie, der einem Gespenst aus irgendeinem Fernsehfilm glich. Er öffnete die Fahrertür. Dann die Hintertür. Und dann kam etwas aus dem Nebel geschossen und zerschnitt seinen Körper fast in zwei Hälften.

Ich habe dieses Wesen nicht genau gesehen, und ich bin froh darüber. Es schien rot zu sein wie ein gekochter Hummer. Es hatte große Scheren. Es stieß einen tiefen Grunzlaut aus, ähnlich jenem, den wir gehört hatten, nachdem Norton und seine kleine Schar von Unbelehrbaren hinausgegangen waren.

Ollie feuerte einen Schuß ab, und dann schossen die Scheren der Kreatur vorwärts, und Ollies Körper wurde zertrennt. Ein schrecklicher Blutstrahl spritzte hoch. Amandas Pistole entfiel seiner Hand, fiel aufs Pflaster, und ein Schuß löste sich. Flüchtig sah ich, wie in einem Alptraum, riesige schwarze glanzlose Augen, und dann zog sich die Kreatur wieder in den Nebel zurück, Ollie Weeks – oder vielmehr das, was von ihm noch übrig war – fest im Griff. Ein langer, in viele Segmente unterteilter Skorpionskörper schleppte sich übers Pflaster.

Einen Augenblick lang hatte ich die Wahl. Vielleicht ist das immer so, wie kurz dieser Moment auch sein mag. Die eine Hälfte von mir wollte in den Supermarkt zurückrennen, Billy fest an meine Brust gepreßt. Die andere Hälfte wollte zum Scout rasen, Billy hineinwerfen und dann selbst ins Auto springen. Dann schrie Amanda. Es war ein hoher, anschwellender Ton, der eine fast ultraschallartige Wirkung hatte. Billy klammerte sich an mich und vergrub sein Gesicht an meiner Brust.

Eine der Spinnen hatte Hattie Turman erwischt. Sie war sehr groß. Sie hatte Hattie zu Boden geworfen, und Hatties Kleid war hochgerutscht und entblößte ihre knochigen Knie. Die Spinne betastete mit ihren haarigen, stacheligen Beinen Hatties Körper, schien ihre Schultern zu liebkosen. Dann begann sie ihr Netz zu spinnen.

Mrs. Carmody hatte recht, dachte ich. *Wir werden hier draußen alle sterben, wir werden hier draußen tatsächlich sterben.*

»Amanda!« schrie ich.

Keine Antwort. Sie war völlig hysterisch. Die Spinne umhüllte sorgfältig Billys Babysitter Hattie Turman, die so gern Puzzles zusammengesetzt hatte. Die Spinnweben liefen kreuz und quer über ihren Körper und färbten sich an jenen Stellen, wo die ätzende Deckschicht in sie eindrang, schon rot.

Cornell wich langsam zurück. Seine Augen waren hinter den Brillengläsern tellergroß. Dann drehte er sich auf dem Absatz um und rannte. Er stieß die Eingangstür auf und stürzte in den Supermarkt hinein.

Mit meiner Unschlüssigkeit war es vorbei, als Mrs. Reppler energisch vortrat und Amanda zwei kräftige Ohrfeigen gab. Die junge Frau hörte auf zu schreien. Ich ging zu ihr, drehte sie so, daß sie mit dem Gesicht zum Scout stand, und brüllte sie an: »Los!«

Sie rannte los. Mrs. Reppler überholte mich. Sie schob Amanda auf den Rücksitz des Wagens, sprang selbst hinein und schlug die Tür zu.

Ich löste Billys Arme von meinem Hals und warf ihn hinein. Als ich selbst einsteigen wollte, schlang sich eine Spinnwebe um meinen Fußknöchel. Es brannte, als ob eine Angelrute mit hoher Geschwindigkeit durch die geschlossene Faust gezogen würde. Das kabelartige Ding war sehr stark, aber ich ruckte kräftig mit dem Fuß und zerriß es. Ich glitt hinters Steuer.

»Schließ die Tür, so schließ doch die Tür!« schrie Amanda.

Ich schloß die Tür. Nur wenige Sekunden später stieß eine der Spinnen dagegen. Ich war nur wenige Zoll von ihren roten bösartig-dummen Augen entfernt. Ihre Beine, die so dick waren wie mein Handgelenk, tasteten über die Motorhaube. Amanda schrie unaufhörlich, wie eine Feuersirene.

»Halten Sie den Mund!« schrie Mrs. Rappler sie an.

Die Spinne gab auf. Sie konnte uns nicht riechen, folglich waren wir für sie auch nicht mehr vorhanden. Sie stolzierte auf ihren gräßlich vielen Beinen in den Nebel zurück, wurde immer gespenstischer und verschwand dann völlig.

Ich schaute aus dem Fenster, vergewisserte mich, daß sie tatsächlich fort war und öffnete die Tür.

»Was tust du?« kreischte Amanda, aber ich wußte, was ich tat.

Ich glaube, Ollie hätte genau das gleiche getan. Ich stellte einen Fuß aufs Pflaster, beugte mich vor und holte die Pistole. Etwas kam auf mich zugeschossen, aber ich habe es nie zu Gesicht bekommen. Ich schwang rasch mein Bein ins Auto zurück und schlug die Tür zu.

Amanda begann zu schluchzen. Mrs. Reppler legte einen Arm um sie und tröstete sie.

»Fahren wir jetzt nach Hause, Vati?« fragte Billy.

»Wir werden es versuchen, Big Bill.«

»Okay«, sagte er leise.

Ich prüfte die Pistole und legte sie ins Handschuhfach. Ollie hatte sie nach der Expedition in die Apotheke wieder geladen. Die übrige Munition war zusammen mit ihm verschwunden, aber das war nicht allzu tragisch. Er hatte auf Mrs. Carmody geschossen, er hatte einmal auf die Kreatur mit den Scheren geschossen, und ein Schuß hatte sich beim Aufprall auf den Boden von selbst gelöst. Wir waren vier Personen im Auto, aber wenn es zum Schlimmsten kommen sollte, werde ich für mich selbst auch einen anderen Ausweg finden.

Ich durchlebte einen schrecklichen Augenblick, als ich meinen Schlüsselbund nicht finden konnte. Ich kramte in allen Taschen — vergeblich. Ich zwang mich, noch einmal langsam und ruhig zu suchen. Sie lagen in meiner Jeanstasche, waren nur unter das Kleingeld gerutscht, wie Schlüssel das manchmal so an sich haben. Der Motor sprang sofort an. Dieses vertraute, beruhigende Geräusch ließ Amanda wieder in Tränen ausbrechen.

Ich saß müßig da und wartete darauf, daß irgend ein teuflisches Wesen aus dem Nebel auftauchen würde, angelockt vom Motorenlärm und den Auspuffgasen. Fünf Minuten vergingen — die längsten fünf Minuten meines Lebens! Nichts geschah.

»Wollen wir nun hier sitzen bleiben oder losfahren?« fragte Mrs. Reppler schließlich.

»Wir fahren«, antwortete ich. Ich setzte aus der Parklücke zurück und legte den ersten Gang ein.

Irgendein Impuls — vermutlich kein sehr edler — trieb mich dazu, so dicht wie nur möglich am Supermarkt entlangzufahren. Die rechte Stoßstange des Scouts schob den Abfallkübel zur Seite. Wegen der Düngersäcke war es unmöglich, in den Supermarkt hineinzuschauen, aber an jedem Sehschlitz klebten zwei oder drei Gesichter und starrten zu uns hinaus.

Dann bog ich nach links ab, und der Nebel schloß sich undurchdringlich hinter uns. Und ich weiß nicht, was aus all jenen Menschen geworden ist.

Ich fuhr mit der phänomenalen Geschwindigkeit von fünf Meilen pro Stunde die Kansas Road entlang. Obwohl die Scheinwerfer und die Nebelleuchten eingeschaltet waren, konnte man höchstens sieben bis zehn Fuß weit sehen.

Miller hatte recht gehabt – die Erde hatte eine furchtbare Erschütterung durchgemacht. Stellenweise war die Straße nur rissig, aber an anderen Stellen schien der Boden tief eingebrochen zu sein, und große Stücke Pflaster standen hoch. Dank des Vierradantriebs konnte ich die Hindernisse überwinden. Dem Himmel sei Dank dafür! Aber ich hatte schreckliche Angst, daß bald irgend ein Hindernis kommen würde, gegen das selbst der Vierradantrieb machtlos wäre.

Ich brauchte vierzig Minuten für eine Strecke, die ich normalerweise in sieben oder acht Minuten zurücklegte. Schließlich tauchte aber doch das Verkehrsschild auf, das auf unseren Privatweg aufmerksam machte. Billy, den ich um Viertel vor fünf aufgeweckt hatte, war fest eingeschlafen. Dieses Auto war ihm so vertraut, daß er sich darin wohl wie zu Hause fühlte.

Amanda betrachtete nervös den Weg. »Willst du wirklich da entlangfahren?«

»Ich werd's zumindest versuchen«, sagte ich.

Aber es erwies sich als unmöglich. Der heftige Sturm hatte sehr viele Bäume gelockert, und jene unheimlich starke Erschütterung hatte sie vollends zu Fall gebracht. Die ersten beiden waren ziemlich klein, und ich konnte mit knirschenden Reifen über sie hinwegfahren. Aber dann lag eine ehrwürdige alte Fichte quer über dem Weg wie eine Barrikade, die Rebellen errichtet hatten. Bis zum Haus war es immer noch fast eine Viertelmeile. Billy schlief neben mir, und ich stellte den Motor ab, legte meine Hände über die Augen und versuchte mir darüber klarzuwerden, was ich nun tun sollte.

Während ich jetzt im ›Howard Johnson‹ in der Nähe von Ausfahrt 3 der Maine-Autobahn sitze und das alles niederschreibe, bin ich fast überzeugt davon, daß Mrs. Reppler, diese zähe, sehr fähige Frau, mir mit wenigen raschen Pinselstrichen die ganze Aussichtslosigkeit der Situation hätte vor Augen stellen können. Aber sie war so rücksichtsvoll, mich auf meine eigene Art und Weise alles überdenken zu lassen.

Ich konnte nicht aussteigen. Ich durfte sie nicht verlassen. Ich konnte mir nicht einmal einreden, daß all jene Horrorfilm-Monster sich nur in der Nähe des Supermarktes versammelt hatten. Wenn ich das Fenster etwas herunterkurbelte, konnte ich hören, wie sie im Wald herumtobten. Feuchtigkeit tropfte von den Blättern aufs Autodach. Einen Augenblick lang verdunkelte sich der Nebel, und irgendein alptraumhaftes drachenartiges Wesen flog über uns hinweg, ohne daß wir es aber genau erkennen konnten.

Ich versuche mir einzureden – heute morgen und auch jetzt noch –, daß sie, wenn sie sehr schnell gewesen war, wenn sie ins Haus gerannt war und sämtliche Eingänge fest verschlossen hatte, daß sie dann genug Nahrungsmittel für zehn Tage oder zwei Wochen hatte. Es funktioniert nicht so richtig, denn immer wieder drängt sich mir das Bild auf, wie ich sie zuletzt gesehen habe, mit ihrem alten Sonnenhut auf dem Kopf und in ihren Gartenhandschuhen, unterwegs zu unserem kleinen Gemüsegarten, während hinter ihr der Nebel unerbittlich über den See aufzog.

Es ist Billy, an den ich jetzt denken muß. Billy, sage ich mir immer wieder vor. Big Bill, Big Bill, Big Bill... ich sollte es hundertmal auf dieses Blatt Papier schreiben, wie ein Kind, das eine Strafarbeit aufbekommen hat.

Jedenfalls tat ich schließlich das einzige, was mir zu tun übrig blieb. Ich steuerte den Wagen vorsichtig auf die Kansas Road zurück. Dann weinte ich.

Amanda berührte schüchtern meine Schulter. »David, es tut mir so leid«, sagte sie.

»Ja«, murmelte ich und versuchte erfolglos, meine Tränen zurückzuhalten. »Ja, mir auch.«

Ich fuhr zur Straße 302 und wandte mich nach links, in Richtung Portland. Auch diese Straße war teilweise aufgerissen und voller Löcher, aber insgesamt war sie doch in besserem Zustand als die Kansas Road. Ich machte mir Sorgen wegen der Brücken. In Maine gibt es zahlreiche Flüsse, und auf Schritt und Tritt stößt man auf große und kleine Brücken. Aber der Naples-Damm war unbeschädigt, und von dort bis Portland kamen wir zwar langsam aber stetig voran.

Der Nebel blieb weiterhin dick. Einmal mußte ich anhalten, weil ich dachte, daß Bäume die Straße versperrten. Dann begannen diese Bäume sich wellenförmig zu bewegen, und ich begriff, daß es Tentakel waren. Ich blieb stehen, und etwas später zogen sie sich zurück. Einmal landete ein großes Wesen mit einem schillernden grünen Körper und langen durchsichtigen Flügeln auf der Motorhaube. Es sah aus wie eine riesige unförmige Libelle. Es blieb einen Augenblick auf dem Auto sitzen, dann breitete es seine Schwingen aus und verschwand im Nebel.

Billy wachte auf, nachdem wir etwa zwei Stunden unterwegs waren, und fragte, ob wir Mutti schon abgeholt hätten. Ich erklärte ihm, ich hätte wegen der umgestürzten Bäume nicht bis ans Haus heranfahren können.

»Geht es ihr gut, Vati?«

»Billy, ich weiß es nicht. Aber wir werden zurückkommen und uns vergewissern.«

Er weinte nicht. Statt dessen döste er wieder ein. Mir wären Tränen lieber gewesen. Es gefiel mir gar nicht, daß er so ungewöhnlich viel schlief.

Ich bekam starkes Kopfweh. Teilweise kam es davon, daß ich ständig mit einer Geschwindigkeit von fünf oder zehn Meilen pro Stunde durch den Nebel fahren mußte, teilweise kam es von der Nervenanspannung: jeden Moment konnte irgendein Ungeheuer aus dem Nebel auftauchen — bis hin zu einer dreiköpfigen Hydra. Ich glaube, ich betete. Ich bat Gott, daß Stephanie doch am Leben sein möge, daß Er sie nicht für meinen Ehebruch bestrafen solle. Ich bat Gott, Er möge mich Billy in Sicherheit bringen lassen, weil der Kleine ohnehin schon soviel mitgemacht hatte.

Die meisten Leute hatten am Straßenrand angehalten, als der Nebel aufgezogen war, und gegen Mittag erreichten wir North Windham. Ich versuchte, auf der River Road weiterzufahren, aber nach etwa vier Meilen mußte ich feststellen, daß eine Brücke eingestürzt war, die einen kleinen, laut plätschernden Bach überspannte. Ich legte fast eine Meile im Rückwärtsgang zurück, bis ich eine Stelle fand, die breit genug zum Wenden war. Es blieb uns nichts anderes übrig, als auf der 302 bis Portland weiterzufahren.

Dort bog ich auf die Autobahn ab. Die einstmals ordentliche Reihe von Maut-Glaskabinen gleich hinter der Auffahrt glich jetzt augenlosen Skeletten. Überall lagen Glassplitter herum. Alle Kabinen waren leer. Auf einer Schwelle lag ein zerrissenes Jackett mit den Abzeichen der ›Maine Turnpike Authority‹ an den Ärmeln. Es war mit klebrigem, noch nicht ganz trockenem Blut durchtränkt. Wir hatten keine lebende Menschenseele mehr gesehen, seit wir den Supermarkt verlassen hatten.

»David, schalten Sie doch mal Ihr Radio ein«, sagte Mrs. Reppler.

Ich schlug mir vor Ärger über mich selbst an die Stirn und fragte mich, wie ich nur so dumm gewesen sein konnte, das Autoradio völlig zu vergessen.

»Tun Sie das nicht«, sagte Mrs. Reppler kurz. »Sie können nicht an alles denken. Wenn Sie es versuchen, werden Sie verrückt und sind zu gar nichts mehr zu gebrauchen.«

Im gesamten Mittelwellenbereich war nur ein Störgeräusch zu hören, und auf UKW herrschte völliges Schweigen.

»Bedeutet das, daß sämtliche Sender nicht mehr arbeiten?« fragte Amanda. Ich ahnte, woran sie dachte. Wir waren jetzt so weit südlich, daß wir uns eigentlich im Empfangsbereich verschiedener starker Bostoner Sender wie WRKO, WBZ und WMEX befinden müßten. Aber wenn Boston verschwunden war...

»Es braucht überhaupt nichts Derartiges zu bedeuten«, sagte ich. »Dieses Störgeräusch auf Mittelwelle ist reine Interferenz. Der Nebel hat auch auf Rundfunkwellen eine stark dämpfende Wirkung.«

»Bist du sicher, daß es nur damit zusammenhängt?«

»Ja«, antwortete ich, obwohl ich mir alles andere als sicher war.

Wir fuhren in Richtung Süden; die Meilensteine glitten an uns vorüber, angefangen mit 40, mit kleiner werdenden Zahlen. Bei Meilenstein 1 würden wir die Grenze nach New Hampshire erreicht haben. Auf der Autobahn kamen wir aber langsamer vorwärts: viele Fahrer hatten nicht aufgeben wollen, und an zahlreichen Stellen war es zu Auffahrunfällen gekommen. Ich mußte mehrmals auf den Mittelstreifen ausweichen.

So gegen zwanzig nach eins – ich wurde allmählich hungrig – packte Billy mich plötzlich am Arm. »Vati, was ist das? *Was ist das?*«

Ein Schatten tauchte verschwommen als dunkler Fleck aus dem Nebel auf. Er war so groß wie ein Felsen und kam direkt auf uns zu. Ich trat auf die Bremse. Amanda, die kurz zuvor eingedöst war, wurde nach vorne geworfen.

Etwas kam auf uns zu; das ist wieder das einzige, was ich mit Sicherheit sagen kann. Vielleicht lag das daran, daß der Nebel uns nur flüchtige und unscharfe Blicke auf alles erlaubte, aber ich halte es für ebenso wahrscheinlich, daß es gewisse Dinge gibt, die aufzunehmen unser Gehirn sich einfach weigert. Es gibt so finstere, grauenhafte Dinge — ebenso wie es vermutlich auch so überwältigend schöne Dinge gibt —, daß sie einfach nicht durch die winzigen Türen der menschlichen Wahrnehmungskraft gehen.

Es hatte sechs Beine, das weiß ich. Seine Haut war schiefergrau, an manchen Stellen aber auch dunkelbraun. Diese dunkelbraunen Flecken erinnerten mich absurderweise an die Leberflecken auf Mrs. Carmodys Händen. Seine Haut legte sich in tiefe Falten, und Hunderte jener rosa Insekten-Wesen mit den Stielaugen saßen auf ihm herum. Ich weiß nicht, wie groß es wirklich war, aber jedenfalls stapfte es einfach über uns hinweg. Es setzte eines seiner grauen faltigen Beine direkt neben meinem Fenster auf, und Mrs. Reppler sagte später, sie hätte seinen Bauch nicht sehen können, obwohl sie ihren Nacken nach oben verrenkt hätte. Sie sah nur zwei gewaltige säulenartige Beine, die in den Nebel emporragten wie lebende Türme, soweit das Blickfeld reichte.

In dem Moment, als es sich direkt über dem Scout befand, hatte ich den Eindruck, es sei so groß, daß sich daneben ein Blauwal wie eine Forelle ausnehmen würde — mit anderen Worten so groß, daß es jedes Vorstellungsvermögen überschritt. Dann verschwand es und schickte nur eine seismologische Serie von starken Beben zurück. Es hatte auf der Autobahn Spuren hinterlassen — Spuren, die so tief waren, daß ich nicht auf den Boden sehen konnte. Jeder einzelne Fußabdruck war fast so groß, daß der ganze Scout hineinfallen konnte.

Einen Augenblick lang sagte niemand ein Wort. Kein Laut war zu hören, abgesehen von unseren lauten Atemzügen und den schwächer werdenden dröhnenden Schritten dieses Ungeheuers.

Dann sagte Billy: »War es ein Dinosaurier, Vati? Wie jener Vogel im Supermarkt?«

»Ich glaube nicht. Ich glaube nicht, daß es jemals zuvor ein so riesiges Tier gegeben hat. Zumindest nicht auf der Erde.«

Ich dachte ans Arrowhead-Projekt und fragte mich wieder, was für verrückte Experimente sie dort wohl angestellt hatten.

»Könnten wir bitte weiterfahren?« fragte Amanda schüchtern. »Es könnte zurückkommen.«

Ja, und ebenso gut konnten weiter vorne noch mehr von diesen Monstern sein. Aber es hätte keinen Sinn gehabt, Amanda darauf hinzuweisen. Wir mußten weiterfahren. Ich steuerte den Wagen im Zickzackkurs vorsichtig an den fürchterlichen Fußspuren vorbei, bis sie von der Straße abbogen.

Das also ist passiert. Jetzt wissen Sie alles. Das heißt, fast alles — zu einem allerletzten Punkt komme ich gleich noch. Aber Sie dürfen keinen ordentlichen Schluß erwarten. Es gibt kein »*Und sie entkamen dem Nebel in den strahlenden Sonnenschein eines neuen Tages*« oder »*Als sie erwachten, war endlich die Nationalgarde eingetroffen*«, nicht einmal jenes beliebte alte Hilfsmittel: »*Es war alles nur ein Traum gewesen.*«

Es ist vermutlich das, was mein Vater mißbilligend »ein Hitchcock-Ende« nannte, worunter er einen doppeldeutigen Schluß verstand, der es dem Leser oder Zuschauer erlaubte, eigene Erwägungen über den Ausgang anzustellen. Mein Vater hatte für solche Geschichten nur Verachtung übrig und bezeichnete sie als »billige Tricks«.

Wir erreichten dieses ›Howard Johnson‹ in der Nähe von Ausfahrt 3 bei Einbruch der Dämmerung, gerade als das Fahren zu einem selbstmörderischen Risiko zu werden begann. Kurz zuvor hatten wir auf der Brücke über den Saco River wahnsinniges Glück gehabt. Sie hatte sehr stark beschädigt ausgesehen, aber wir hatten im Nebel nicht erkennen können, ob sie noch ganz war oder nicht. *Dieses* Spiel haben wir gewonnen.

Aber wir müssen jetzt an morgen denken.

Während ich diese Zeilen schreibe, ist es Viertel vor ein Uhr nachts. Heute ist der 23. Juli. Der Sturm, der anscheinend die ganze Katastrophe ausgelöst hat, liegt nur vier Tage zurück. Billy schläft in der Halle auf einer Matratze, die ich für ihn herausgeschleppt habe. Amanda und Mrs. Reppler sind ganz in seiner Nähe. Ich schreibe im Licht einer großen Taschenlampe, und draußen prallen die rosa Insekten unaufhörlich gegen die Fensterscheibe. Ab und zu erzittert sie stärker, wenn einer der Vögel sich seine Beute holt.

Der Scout hat noch genügend Benzin für etwa neunzig Meilen. Die Alternative bestünde darin, hier zu tanken; draußen sind Zapfsäulen, und trotz des Stromausfalls könnte ich vermutlich doch etwas Benzin tanken. Aber...

Aber dazu müßte ich mich im Freien aufhalten.

Wenn wir – hier oder anderswo – Benzin bekommen, werden wir immer weiterfahren. Ich habe jetzt ein Ziel vor Augen, müssen Sie wissen. Das ist der letzte Punkt, von dem ich Ihnen berichten wollte.

Ich bin mir nicht sicher. Verdammt, das ist das Problem. Vielleicht hat meine Fantasie mir einen Streich gespielt, vielleicht war es nichts als Wunschdenken. Und selbst wenn nicht — es ist ein so weiter Weg. Wieviel Meilen? Wieviel Brücken? Wieviel Ungeheuer, die liebend gern meinen Sohn in Stücke reißen und fressen würden, ungeachtet all seiner Entsetzens- und Schmerzensschreie.

Die Wahrscheinlichkeit ist so groß, daß es überhaupt nur ein Wunschtraum war, daß ich den anderen nichts davon erzählt habe... zumindest bis jetzt noch nicht.

In der Wohnung des Geschäftsführers fand ich ein großes batteriebetriebenes Radiogerät. Eine flache Antenne führte von seiner Rückseite zum Fenster hinaus. Ich schaltete es ein und drehte am Einstellknopf. Ich probierte alle Kanäle durch und hörte immer nur Störgeräusche oder aber überhaupt nichts.

Und dann, ganz am Ende des Mittelwellenbandes, als ich das Gerät gerade wieder abstellen wollte, glaubte ich — oder träumte ich — ein einziges Wort zu hören.

Mehr nicht. Ich lauschte eine volle Stunde. Es kam nichts mehr. Wenn ich dieses eine Wort tatsächlich gehört haben sollte, muß es durch einen winzigen Riß in diesem geräuschdämpfenden Nebel gedrungen sein, durch einen minimalen Spalt, der sich sofort wieder geschlossen hat.

Ein einziges Wort.

Ich muß zu etwas Schlaf kommen... Wenn ich überhaupt schlafen kann und nicht bis zum Tagesanbruch von all den Gesichern verfolgt werde — Ollie Weeks und Mrs. Carmody und Norm, und von Stephanies Gesicht, überschattet von der breiten Krempe ihres Sonnenhuts.

Es gibt hier ein Restaurant, ein typisches ›Howard Johnson‹-Restaurant mit einem Speisesaal und einer langen hufeisenförmigen Imbißtheke. Ich werde diese Blätter auf die Theke legen, und vielleicht wird jemand sie eines Tages finden und lesen.

Ein einziges Wort.

Wenn ich es nur tatsächlich gehört habe.

Wenn.

Ich gehe jetzt schlafen. Aber vorher werde ich meinem Sohn einen Kuß geben und ihm zwei Worte ins Ohr flüstern. Gegen die Träume, die ihn vielleicht heimsuchen werden, wissen Sie.

Zwei Worte, die für mich jetzt sozusagen identisch sind.

Das eine ist Hartford.

Das andere ist Hoffnung.

ANHANG

Die englischen Titel der in diesem Band enthaltenen Geschichten:

Der Mann, der niemandem die Hand geben wollte
The Man Who Would Not Shake Hands

Achtung – Tiger!
Here There Be Tygres

Omi – Gramma

Morgenlieferungen
Morning Deliveries (Milkman 1)

Der Nebel – The Mist

Stephen King

Stephen King kultiviert den Schrecken... ein pures, blankes, ein atemloses Entsetzen.« SÜDDEUTSCHE ZEITUNG

Die besten und erfolgreichsten Romane des »King of Horror« in einer Meister-Edition.

12 Aktionstitel zu einmaligen Sonderpreisen.

Brennen muß Salem
01/9470

Die Augen des Drachen
01/9471

**Dead Zone
Das Attentat**
01/9472

**Friedhof der
Kuscheltiere**
01/9473

Monstrum
01/9474

Stark
01/9475

Christine
01/9476

In einer kleinen Stadt
01/9477

Im Morgengrauen
01/9478

Der Gesang der Toten
01/9479

Der Fornit
01/8480

**Frühling, Sommer,
Herbst und Tod**
01/9481

Wilhelm Heyne Verlag
München

John Saul

Entsetzen... Schauder... unheimliche Bedrohung... Psycho-Horror in höchster Vollendung. »Ein Schriftsteller mit unfehlbarem Gespür für Gänsehaut.«   DETROIT NEWS

01/9092

Außerdem erschienen:

Blinde Rache
01/6636

Wehe, wenn sie wiederkehren
01/6740

Das Kind der Rache
01/6963

Höllenfeuer
01/7659

Wehe, wenn der Wind weht
01/7755

Im Banne des Bösen
01/7873

Zeit des Grauens
01/7944

Bestien
01/8035

Teuflische Schwestern
01/8203

Prophet des Unheils
01/8336

Wehe, wenn Du weggehst
01/8437

In den Klauen des Bösen
01/8673

Schule des Schreckens
01/8762

Wilhelm Heyne Verlag
München

Dean Koontz

"Er bringt den Leser dazu, die ganze Nacht lang weiterzulesen... das Zimmer hell erleuchtet und sämtliche Türen verriegelt." NEWSWEEK

Unheil über der Stadt 01/6667
Wenn die Dunkelheit kommt 01/6833
Das Haus der Angst 01/6913
Die Maske 01/6951
Die Augen der Dunkelheit 01/7707
Schattenfeuer 01/7810
Schwarzer Mond 01/7903
Tür ins Dunkel 01/7992
Todesdämmerung 01/8041
Brandzeichen 01/8063
In der Kälte der Nacht 01/8251
Schutzengel 01/8340
Mitternacht 01/8444
Ort des Grauens 01/8627
Vision 01/8736
Zwielicht Roman 01/8853
Die Kälte des Feuers 01/9080

TITEL IM JUMBO FORMAT
Die Kälte des Feuers 41/32
Schlüssel der Dunkelheit 41/40
Zwielicht 41/29

Wilhelm Heyne Verlag
München

Peter Straub

Geheimnisvolles Grauen beherrscht seine spektakulären Horror-Romane. Ein Großmeister des Unheimlichen!

01/8603

Außerdem lieferbar:

Schattenland
01/6713

Julia
01/6724

Das geheimnisvolle Mädchen
01/6781

Die fremde Frau
01/6877

Wenn du wüßtest ...
01/7909

Koko
01/8223

Stephen King/Peter Straub
Der Talisman
01/7662

Wilhelm Heyne Verlag
München

Thomas Harris

Beklemmende Charakterstudien von unheimlicher Spannung und erschreckender Abgründigkeit halten den Leser von der ersten bis zur letzten Seite gefangen. Ein neuer Kultautor!

Seine Romane im Heyne-Taschenbuch:

Roter Drache
01/7684

Schwarzer Sonntag
01/7779

Das Schweigen der Lämmer
01/8294

Wilhelm Heyne Verlag
München

James Herbert

Unheimliche Psychoschocker des englischen Horrorspezialisten von internationalem Rang. James Herbert hat weltweit über 27 Millionen Bücher verkauft!

01/8772

Außerdem lieferbar:

Domain
01/7616

Die Ratten
01/7686

Die Brut
01/7784

Die Gruft
01/7857

Unheil
01/7974

Dunkel
01/8049

Todeskralle
01/8138

Nachtschatten
01/8237

Blutwaffe
01/8374

Höllenhund
01/8418

Erscheinung
01/8666

Creed
Heyne Jumbo 41/39

Wilhelm Heyne Verlag
München